UN ASSAGGIO D'AMORE

di Clare Lydon

Prima edizione luglio 2025
Pubblicato da Custard Books
Copyright © 2025 Clare Lydon
ISBN: 978-1-912019-28-1

Editor: Francescaabb
Corretorre di bozze: Michela Mattei
Design della copertina: Lise Gold
Composizione tipografica: Adrian McLaughlin

Per saperne di più: www.clarelydon.co.uk
Seguitemi su TikTok: @clarelydonauthor
Seguitemi su Instagram: @clarefic

Altri libri di Clare Lydon

Baciala E Basta
Prima Di Dire Sì, Lo Voglio
Change Of Heart: Edizione Italiana
C'era Una Volta Una Principessa
It Started With A Kiss: Edizione Italiana
Niente Da Perdere
Superstar

Ringraziamenti

Se state leggendo questo testo significa che il libro è uscito. Evviva!

Durante le ricerche per questo libro ho fatto un viaggio nelle Cotswolds. Upper Chewford è un mix di Bourton-on-the-Water, Lower Slaughter, Burford e Stow-on-the-Wold. E sì, quei piccoli ponti esistono davvero! Grazie all'azienda Cotswolds Gin per aver ispirato la distilleria (e per l'eccellente gin che produce). Grazie anche a Nicola Rossi per le sue conoscenze in materia di gelato e per il suo passato da gelataia. Sono ancora impressionata.

Grazie di cuore a Lise per la copertina, a Francesca e Michela per il loro fantastico editing e correzione di bozze, e ad Adrian per l'impaginazione impeccabile. Produrre un libro richiede un team esperto, e sono felice di avervi tutti al mio fianco.

Grazie anche a mia moglie, Yvonne, anche se odia essere ringraziata. Tieni duro, tesoro. Grazie per tutte le cene deliziose che mi hai preparato mentre lavoravo.

Infine, ma non per questo meno importante, grazie a voi per aver comprato questo libro, per aver sostenuto il mio lavoro e, in definitiva, per aver realizzato il mio sogno di essere un'autrice. È grazie a voi che scrivo. Spero che la storia di Natalie ed Ellie vi piaccia.

Se avete voglia di mettervi in contatto con me, potete farlo utilizzando uno dei metodi indicati di seguito. Sono molto attiva su Instagram.

Facebook: www.facebook.com/clare.lydon
Instagram: @clarefic
TikTok: @clarelydonauthor
Per saperne di più: www.clarelydon.co.uk
Email: mail@clarelydon.co.uk

Grazie mille per aver letto!

Capitolo 1

Natalie Hill amava molte cose di sua zia Yolanda, ma le sue abilità culinarie non erano in cima alla lista. Per fortuna il marito di Yolanda, Max, sapeva come muoversi in cucina. Nonostante la zia minacciasse continuamente di cucinare la cena settimanale della famiglia, Max di solito aveva la meglio. Anche quella sera era stato così.

L'aroma di agnello e rosmarino aleggiava ancora nell'aria mentre finivano di mangiare. La cucina dei suoi zii era una di quelle stanze sgangherate in stile rustico, ristrutturate ad arte. Aveva un tavolo di legno che poteva ospitare otto persone, un vecchio camino e pentole e padelle di rame appese a rastrelliere sospese al soffitto.

Natalie passò la punta delle dita sull'angolo del tavolo. Aveva litigato con quello spigolo all'età di cinque anni, e il tavolo aveva vinto.

"Ho provato quei nuovi cioccolatini al gin che stai pensando di esporre in negozio". Yolanda si stropicciò il viso come una bambina di cinque anni. "Li hai assaggiati?". Mise in bocca l'ultimo boccone di purè alla senape senza mai staccare gli occhi dalla nipote.

"Sì. Ma a giudicare dalla tua faccia, non sei entusiasta...". Non ci voleva un investigatore esperto per capirlo.

Yolanda scosse la testa. I suoi capelli corti e biondi erano tagliati più corti del solito. Li aveva fatti rasare? Stava forse attraversando una crisi di mezza età? "Non proprio. Quelli al whisky andavano bene, ma quelli al gin non sono adatti. Troppo cioccolatosi".

"Sanno troppo di gin". Era la figlia di Yolanda, Fi, ad intervenire. Era al telefono, a quanto pareva per sbrigare le ordinazioni. Yolanda aveva ricordato a Fi per tutta la cena che avrebbe dovuto farlo durante l'orario di lavoro, ma Fi lavorava secondo orari propri. Aveva dei punti positivi, perché era un'ottima brand manager e venditrice, ma odiava che le si dicesse cosa fare.

A quanto pare Natalie avrebbe dovuto trovare un altro fornitore di cioccolato. "Non siete entusiaste, ok. Ne ho alcuni nella borsa se vuoi dare la tua opinione, Max".

Max per un attimo sembrò triste. "Ma ho preparato una cheesecake al gin tonic per dessert".

"Non andrà sprecata. Il gin non è mai troppo". Quella di Yolanda era un'affermazione, non una domanda. Era la proprietaria della distilleria locale di gin, quindi era lei l'esperta. Si voltò verso Natalie. "Ma una volta che avremo fatto bene questi cioccolatini, andranno a ruba. Sento già le casse suonare, non è vero?".

"Se vivessimo nel 1985, quando le casse suonavano davvero, sì". Fi mise giù il telefono, inarcando un sopracciglio.

Yolanda diede un colpetto alla spalla della figlia. "Il 1985 è stato un anno fantastico. Ci siamo sposati, per esempio". Si chinò e posò un bacio delicato sulle labbra di Max.

Il modo in cui la zia riusciva a passare dalla sfacciataggine al romanticismo era un'abilità che Natalie avrebbe voluto padroneggiare. "Credo che con i cioccolatini e le nuove candele appena arrivate, le casse suoneranno. Che è esattamente quello che vogliamo". Natalie fece una pausa. "Hai pensato anche all'idea del festival estivo? Se la distilleria mettesse i soldi per farlo partire, sarebbe una grande opportunità di marketing. E poi, farebbe miracoli per la nostra immagine".

Yolanda si sedette sulla sedia e si accarezzò il ventre piatto. Sua zia mangiava come un bue, ma non era mai ingrassata. Era una meraviglia della scienza moderna. Natalie lo attribuì alla sua energia nervosa e al suo costante movimento, cosa che aveva trasmesso a Fi. Sia la madre che la figlia stavano muovendo una gamba su e giù, e Natalie poteva quasi sentire il cervello di Yolanda ticchettare come un orologio.

"La nostra immagine ha bisogno di un miracolo?". Yolanda si accigliò. "Siamo benvoluti. Non siamo i Carlisle, che rimangono seduti nella loro grande casa su montagne di soldi".

Natalie scosse la testa. "No, ma la pubblicità non è mai abbastanza, vero?".

Un brusco cenno di assenso. "Ottima osservazione. Anche a me piace l'idea. Metti insieme un piano e fammi sapere. Riuscirai a farlo in tempo? Siamo già a marzo".

Natalie sorrise. "Non dovrebbe essere un problema. Dammi una settimana e ti farò sapere".

Yolanda inspirò l'aria tra i denti prima di voltarsi verso Fi. "Perché non te ne esci anche tu con queste idee di marketing, figlia cara?".

Il nuovo cane di Fi, Rocky, si dimenava sotto il tavolo. Le sue zampe scivolavano sul pavimento lucido, facendo abbassare lo sguardo a tutti. Fi lo tirò in grembo e ricevette una lauta lavata di faccia come ringraziamento. Natalie non era sicura che fosse la mossa più saggia. Essendo ancora un cucciolo, Rocky era incline a fare pipì all'improvviso, e il grembo di Fi era un posto come un altro.

"Perché sono impegnata a creare una famiglia. Hai detto che volevi dei nipoti: eccolo qui". Alzò la zampa di Rocky e gli fece fare un cenno a Yolanda. Fi si era da poco tinta i capelli corti di grigio, e a Yolanda ancora non andava giù. A 56 anni, faceva di tutto per combattere il processo di invecchiamento, coprendo il suo grigio fin troppo reale con striature bionde.

"A proposito di cioccolato, sai che ne ho mangiato uno davvero buono di recente?". Fi non aspettò la risposta. "Al Chocolate Box. Chiunque l'abbia rilevato ha un ottimo fornitore. Dovresti chiedere chi è".

Natalie incrociò le braccia sul petto. "Ho sentito dire che era qualcuno di Londra che cercava di fare soldi facili".

I vecchi proprietari, i McMann, avevano un po' lasciato andare il negozio mentre invecchiavano. Entrambi sulla sessantina, quando la salute di Elijah McMann si era deteriorata, avevano venduto al di sotto del valore di mercato per liberarsene rapidamente. Natalie ne era ancora infastidita. Gli imprenditori delle grandi città che arrivavano nei paesini a comprare gli immobili la facevano sempre arrabbiare.

Fi scrollò le spalle, allontanando il piatto non ancora pulito. "Non lo so, ma dovresti passarci. Hanno tolto tutto e ora è molto elegante. Moderno. E poi, vendono ogni sorta di dolci". Alzò le sopracciglia. "Anche le candele".

Certo che vendevano candele. "Dovremo solo fare in modo che le nostre siano migliori, no?".

"Con Natalie al comando, sicuramente lo saranno". Max le fece l'occhiolino mentre sparecchiava. Se Natalie avesse mai avuto un'altra relazione, ne avrebbe voluta una simile a quella dei suoi zii. Loro erano il suo modello di riferimento, a differenza dei suoi genitori.

"Papà è venuto in ufficio oggi?".

Yolanda scosse la testa, sorseggiando il suo bicchiere di merlot. La sua fede di diamanti scintillava quando sollevava il calice. Aveva una passione per i gioielli e per il gin, per fortuna poteva permettersi entrambi. "No, si è dato di nuovo malato. Ha lavorato comunque da casa, sai com'è fatto".

Natalie lo sapeva. Il matrimonio dei suoi era crollato e lui non aveva preso nemmeno un giorno di ferie per affrontarlo. Per lui il lavoro veniva sempre prima di tutto. Anche per questo la mamma se n'era andata. "Domani passerò a trovarlo. Gli ho mandato un messaggio prima e mi ha detto che stava bene, solo un po' sottotono". Non era da lui, ma sarebbe andata a indagare. Avrebbe risolto anche il problema del cioccolato. Non voleva deludere la zia.

"Fi ti ha detto che ha scaricato un'app di incontri?". Gli occhi nocciola di Yolanda si illuminarono quando mise una mano sul braccio della figlia.

Un rossore si insinuò sulle guance di Fi. Si contorse sotto i riflettori mentre tre paia di occhi si fissavano su di lei. "Non ho ancora avuto fortuna, quindi non sperarci troppo". Fi si mise a sedere e guardò Natalie. "Qui c'è poca scelta, come sappiamo bene sia io che Nat".

"Come si può resistere a queste guance?". Yolanda strinse la guancia di Fi tra pollice e indice.

Fi scosse la testa, allontanando la madre dal suo viso. Almeno Natalie non doveva sopportare che sua madre lo facesse, visto che viveva a quattro ore di macchina da lì.

"Dovresti provare anche tu, Miss Lavoro-Sempre-e-Non-Esco-Mai".

Ora era il turno di Natalie di arrossire. "Io esco sempre".

"No, non è vero. Hai trent'anni, dovresti uscire molto di più. Invece, sei sempre al lavoro". Yolanda si sedette in avanti. "Il problema è che dedichi troppo del tuo tempo ad Upper Chewford e alla distilleria Yolanda".

"Non mi dispiace, mi rende felice".

"A me dispiace". Yolanda si premette l'indice sul petto. "Hai pensato di andare a quell'appuntamento al buio al pub? Potresti conoscere qualche donna del posto, e in più faresti un favore a Eugenie".

Natalie sospirò. Sapeva che Eugenie, la proprietaria del Golden Fleece, era amica di Yolanda, ma ne avevano già parlato in passato. "Non voglio uscire con Harry, te l'ho detto. E poi, non ha una storia con Josie?".

"No, Josie è tornata negli Stati Uniti". Fi alzò lo sguardo quando parlò.

"I rimpiazzi non sono nel mio stile. E poi sai che non mi piace parlare in pubblico". Dopo un particolare incidente a scuola, Natalie aveva evitato i riflettori.

"Questo non è un discorso in pubblico, devi solo fare domande preparate in anticipo. E ci sono altre due donne oltre a Harry".

Natalie chiuse gli occhi. Doveva farlo? Doveva dire di sì per togliersi di dosso la zia? Non era su un palcoscenico, quindi non era la sua più grande paura. Inoltre, era al pub, un luogo sicuro. Si morse il labbro mentre rifletteva. "Se dico che ci penserò, mi lascerai in pace?".

Yolanda le rivolse un sorriso estremamente smielato. "Sì. È tutto quello che ho bisogno di sentire". Fece l'occhiolino. "Dirò a Eugenie che andrai".

Capitolo 2

Ellie Knap lasciò che il suo sguardo si posasse sul panorama visibile dalla finestra principale del cottage. Era ciò che l'aveva spinta a firmare il contratto d'affitto: campi verdi e ampi cieli blu, molto lontani da quello che vedeva dal suo appartamento al centro di Londra. Tuttavia, in una scena che ricordava quelle mattine londinesi, aveva appena preso tre Nurofen. Due come diceva la confezione, uno in più come portafortuna. Ora si stava massaggiando le tempie, aspettando che il familiare dolore alla testa si calmasse. Doveva prenderne un altro? Si stropicciò la faccia. No. Era così che le star delle sitcom americane diventavano dipendenti dagli antidolorifici, non è vero? Tutta quell'aria fresca avrebbe dovuto curare il suo mal di testa, ma finora non ci era riuscita.

Il rumore di un'auto che entrava nel vialetto di casa sua interruppe i suoi pensieri. Accese la macchina del caffè. Sarebbe dovuta andare a correre quella mattina, forse avrebbe evitato il mal di testa. D'altra parte, era quasi un anno che non andava a correre. Era un'altra cosa che la campagna avrebbe dovuto cambiare, ma non era ancora successo.

Quando sentì la portiera sbattere all'esterno, si premette le tempie un'ultima volta, poi sfoderò il suo sorriso più bello. Sua sorella Red sarebbe stata lì per una settimana, quindi le avrebbe mostrato lo splendore delle Cotswolds. Forse così avrebbe smesso di dire che Ellie si era isolata dal mondo e viveva come un'eremita. Che ne sapeva Red, con la sua vita perfetta e i suoi prati curati dell'Hampshire?

Ellie aprì con uno strattone la porta d'ingresso e fu subito travolta. Non era certo una nana, con il suo metro e ottanta, ma Red la sovrastava facilmente con almeno sette centimetri in più.

"Come sta la mia sorella maggiore, quella che vive come un monaco tibetano?". Red si ritrasse mentre parlava, tenendo Ellie a distanza. "Sei dimagrita". Si accigliò. "Non dovevi perdere peso dopo Grace. Comunque, avrebbero potuto scegliere un nome meno adatto per lei?". Era una domanda che non aveva bisogno di risposta. "Invece io sto sopravvivendo con una dieta a base di caffeina e cioccolato, ma giuro che questa settimana sono riuscita a prendere più di un centimetro sulla vita". Red afferrò le dita di Ellie, guidandole sulla sua vita.

Ellie pizzicò doverosamente la pelle di Red, provando a prendere grasso inesistente.

"Avanti, dimmi: sono diventata enorme dall'ultima volta che abbiamo parlato? Sii brutale, ho bisogno della sincera verità. Gareth continua a dirmi che sono ridicola a dirlo".

Gareth era il marito di Red, da tempo sofferente. Ellie sgranò gli occhi. "Sei ridicola. Sono d'accordo con Gareth: sappiamo entrambi che puoi mangiare quello che vuoi". Abbracciò forte la sorella e la strinse più a lungo del necessario. Dopo le ultime settimane in cui non aveva visto nessuno, era bello vedere un volto familiare. Soprattutto uno che era sempre dalla sua parte.

Stringendole ancora la mano, Red trascinò Ellie in cucina. Appoggiò la borsetta di pelle nera Prada su uno degli sgabelli del bar e tirò fuori una piccola scatola bianca. Nuovi cioccolatini. Ellie era sempre stata l'assaggiatrice di Red da quando avevano condiviso l'appartamento anni prima. Le mancavano quei tempi giovanili e più innocenti.

"Cosa sono questi?" Ellie sollevò il coperchio, con impresse in argento le parole "Red Chocolatier".

"Prepara il caffè, poi ne prendiamo uno. Sono al cocco, con una punta di ciliegia. L'idea mi è venuta quando siamo andati in Australia l'anno scorso: lì hanno delle barrette di cioccolato che si chiamano Cherry Ripe; sono cocco, cioccolato e ciliegia. È una combinazione vincente. Se ti piacciono, te ne porto un po' per il tuo negozio. Ne ho già spediti alcuni agli altri clienti e ho lasciato che il team ne preparasse un sacco oggi". Fece un occhiolino a Ellie. "Mi sa che abbiamo per le mani un altro gusto vincente".

Ellie mise una tazza di caffè sotto la macchinetta e premette il pulsante verde, poi mise in bocca un cioccolatino. Si fermò quando il sapore delizioso le riempì la bocca. Era divino. Ultimamente non aveva avuto molti momenti di pura beatitudine, ma mangiare i cioccolatini di Red di solito funzionava. Ringraziò la fortuna che sua sorella fosse una cioccolataia e non una contabile. Certo, sarebbe riuscita a far risparmiare Ellie sulle tasse, ma il livello di beatitudine sarebbe stato decisamente inferiore.

"Ti piace?".

Ellie si pulì i denti con la lingua prima di rispondere. "Mi piace. Ma ne mangio solo uno, altrimenti prenderò anche io un centimetro".

"Ma per favore", rispose Red. "Hai mangiato qualcosa di diverso da pane e Marmite ultimamente?".

Ellie cercò di coprire il barattolo di Marmite sul bancone, ma non ci riuscì.

Red si avvicinò al bancone della colazione, lo afferrò prima che potesse farlo Ellie e lo tenne in aria. "Reperto A". Scosse la testa. "Hai mai lasciato queste quattro mura nelle ultime settimane se non per comprare questo?".

Ellie aveva ammesso a Red al telefono di essere uscita solo due volte negli ultimi tempi, entrambe per comprare beni di prima necessità. "Te l'ho detto, mi sto rimettendo in sesto. Londra mi ha fatto perdere la testa. Mi sto prendendo un po' di tempo per me".

Red sospirò e rimise il barattolo sul bancone. "Sì? Il tempo per sé non viene generalmente trascorso alle terme, ai ritiri di yoga, arrampicandosi sulle montagne e rilassandosi?". Mosse il braccio per indicare tutta la cucina. "Ti sei trapiantata in una specie di idillio rurale, ma non vedo grandi trasformazioni in stile *Mangia, prega, ama*. Lei è andata in Italia e si è buttata nella comunità locale. Tu sei venuta nelle Cotswolds e ti sei chiusa in te stessa".

Ellie aggiunse un goccio di latte al caffè di Red prima di rimettere la confezione in frigo. "Hai letto troppo *Marie Claire*". Si voltò verso la sorella. "La vita vera non è una rivista patinata. La vita vera è dura e disordinata. Avevo bisogno di una pausa da tutto".

Red prese il caffè e, quando Ellie ebbe preparato il suo, la portò sul divano dall'altra parte della stanza principale. La cucina era a un'estremità, il salotto all'altra in un grande *open space*.

"Quello di cui hai bisogno è di metterti in gioco. Di riconnetterti con le persone e con la vita". Red prese la mano destra di Ellie e le passò il pollice sulle nocche. "Hai anche bisogno di una crema per le mani, quindi la compriamo oggi pomeriggio". Quando sorrise, la pelle intorno agli occhi le si stropicciò. Almeno però il sorriso di Red era genuino, il che era più di quanto Ellie potesse dire dei propri sorrisi negli ultimi tempi.

Sua sorella la guardò dall'alto in basso. "Sembri magra e triste. Persino i tuoi occhi azzurro cielo sono pieni di nuvole. E hai bisogno di un taglio di capelli".

Cavolo, dritta al punto. Ellie si passò una mano tra i capelli neri ossidiana; sapeva che Red aveva ragione. Guardò il viso perfettamente truccato della sorella, i suoi capelli rossi acconciati e tinti. Se Red aveva mai attraversato un periodo difficile, Ellie non ne era a conoscenza. "Lo so. Ma trovare un nuovo parrucchiere è *difficile*".

"Ne troveremo uno oggi. Sarà la nostra missione". Red la guardò, scuotendo la testa. "Pensavo che questo trasferimento fosse il tuo biglietto per la felicità. L'ultima volta hai detto che le cose sarebbero cambiate, ma è vero?".

Era vero, Ellie aveva detto così. Questa volta voleva davvero farcela. "Le cose stanno per cambiare. Sono le ultime settimane che passo in questo cottage. Il Chocolate Box sta andando bene, soprattutto grazie a te e a Donna, e la vendita della gelateria è stata conclusa. Domani incontrerò l'agente per ritirare le chiavi".

Il volto di Red si illuminò. "Bene. È quello di cui hai bisogno. Esci, stai in mezzo alla gente e smetti di nasconderti a mangiare toast. Cosa direbbe il tuo allenatore londinese del fatto che sopravvivi solo con i carboidrati?".

Ellie si lasciò andare a una vera e propria risata, che

le fece dolere il viso. Red la faceva sempre ridere di gusto. "Credo che non mi parlerebbe mai più".

Il suo allenatore, Bryan, l'avrebbe rimproverata sonoramente per la sua dieta senza proteine né verdure. Tuttavia, Londra sembrava molto lontana dopo sei mesi in campagna. Sei mesi in cui solo la pioggia e le pecore le avevano fatto compagnia. Un tempo, Ellie era stata un'analista finanziaria di successo in città, i suoi mal di testa quotidiani ne erano la prova. Ma poi, dopo aver visto Grace con la sua assistente, qualcosa era scattato. Ellie aveva premuto il pulsante di emergenza, era scesa da quell'ascensore di emozioni e non si era più voltata indietro.

Ora era il momento di iniziare la fase successiva della sua vita, solo che era terrorizzata. Era davvero in grado di stare in mezzo a tutte quelle persone nuove? Il paese avrebbe accolto lei e la sua gelateria?

L'Ellie londinese, audace e senza peli sulla lingua, avrebbe continuato a lavorare senza guardare in faccia a nessuno. Quella versione era ancora dentro di lei da qualche parte, doveva solo farla uscire di nuovo.

"Sei almeno uscita a correre sulle splendide colline che ti circondano? Io e Gareth abbiamo fatto dieci chilometri prima che partissi, stamattina".

Ellie sgranò gli occhi. "Perché tu sei una superdonna e vivi una vita folle. Io invece mi sono rilassata. E poi, ha piovuto molto".

Red scosse la testa, attirando la sorella in un abbraccio. "Mi preoccupo per te, lo sai? Qualcuno deve farlo. E non saranno i nostri genitori, vero?".

Ellie fece una profonda risata. "Non credo proprio". Raddrizzò la schiena. "Ma come ho detto, domani vado a ritirare le chiavi. C'è molto lavoro da fare, ma i costruttori ritengono di poter finire in cinque settimane. Con un po' di fortuna, potrò aprire per la fine di aprile. Forse non sono andata a correre, ma non sono stata con le mani in mano".

La gelateria aveva bisogno di essere sistemata, visto che in passato aveva ospitato una sartoria. Ellie aveva rilevato il Chocolate Box perché il prezzo era buono e, con Red al suo fianco, non sembrava una scelta avventata. Inoltre, Red aveva nominato la sua amica Donna come titolare, così Ellie non aveva avuto alcun problema, a parte il fatto di aver sborsato i soldi. La gelateria, tuttavia, era la sua creatura, e aveva intenzione di godersela appieno. Sarebbe stato difficile lavorare a contatto con il pubblico invece di stare seduta dietro a uno schermo a scorrere fogli di calcolo? L'avrebbe scoperto presto.

"Bene". Red aggrottò le sopracciglia. "A che ora vai a ritirare le chiavi domani?".

"Dopo le quattro".

"Ho delle riunioni a quell'ora. Quanto dista Upper Chewford?". Red si inclinò per prendere il suo caffè.

"Circa quindici minuti di macchina".

"Possiamo andarci adesso, in bicicletta? Ti farebbe bene prendere un po' d'aria e ho le biciclette sul retro della macchina".

Ellie pensò per un attimo, poi annuì. "Perché no?".

Red sorrise. "Finiamo il caffè e andiamo, allora. Così mi fai vedere la tua nuova gelateria e poi possiamo andare a pranzo".

***

Red aveva dimenticato i caschi, ma Ellie preferiva così. Mentre scendevano a ruota libera dalla collina verso la pista ciclabile che correva attraverso i campi fino a Upper Chewford, Ellie dimenticò momentaneamente la pesantezza della vita. Red aveva ragione: aveva solo bisogno di sentire il vento tra i capelli e il sole sul viso. Sollevò il volto verso il sole e sorrise. Anche il mal di testa si stava attenuando.

"È bellissimo, cazzo!". Le parole di Red si fecero strada nella brezza ed Ellie poteva sentire il sorriso che le avvolgeva. Red aveva molti clienti appassionati di cioccolato nei paesi dell'Hampshire e, quando poteva, li raggiungeva in bicicletta. "Molto meglio che stare in macchina!".

Ellie annuì, ingoiando l'odore dei campi di colza e il loro profumo oleoso e muschiato. Un'auto le sorpassò nella direzione opposta proprio mentre imboccavano la strada sterrata che serviva sia agli escursionisti che ai ciclisti. Visto che era metà marzo, durante il periodo scolastico, era deserta. Una volta sulla pista poterono pedalare fianco a fianco.

"Non me l'hai detto, hai scelto un nome?".

"Per la gelateria?" Ellie lanciò un'occhiata a Red mentre si toglieva qualcosa dal viso.

"Sì".

Scosse la testa. "Non ancora. Voglio qualcosa di intelligente e accattivante, ma non troppo londinese. Voglio inserirmi, non distinguermi. È uno dei motivi per cui ho mantenuto il nome Chocolate Box". Red avrebbe voluto usare un nome molto più elegante, ma Ellie aveva insistito. Sperava che tranquillizzasse la gente del posto. Lo avrebbe scoperto presto, quando si sarebbe trasferita lì.

Davanti a lei c'era un futuro luminoso, o almeno così

continuava a dire Red. Doveva solo coglierlo. Cosa stava facendo Grace in quel momento? Ellie guardò l'orologio: erano le dieci del mattino. Probabilmente era appollaiata sul bordo della sua scrivania, con il telefono tra il collo e la spalla, a sbraitare numeri al telefono. Mentre stringeva il manubrio e pompava i pedali per guadagnare velocità, Ellie sapeva quello che preferiva fare. Grace era la sua vita passata; guidare quella bicicletta e sentire la forza dei suoi muscoli era la sua nuova vita.

Nella sua vecchia vita aveva trascorso le giornate con il pilota automatico. Nella sua nuova vita, aveva intenzione di essere molto attiva. A differenza di sua sorella, che gesticolava selvaggiamente accanto a lei. "Scoop-a-licious? Il Regno del Gelato? Ice Ice Baby? Ultimate Scoop?" Red tirò un pugno all'aria mentre recitava i suoi suggerimenti, finendo per barcollare a destra e a sinistra. Spinse accidentalmente Ellie con la mano.

Ellie dovete usare tutta la sua forza per rimanere in piedi e non finire in un cespuglio pieno di rovi. Si fermò, mettendo un piede a terra, mentre il battito cardiaco si stabilizzava. "Ehi!" Guardò in basso. Tutti gli arti erano presenti e intatti. "Guarda dove vai!"

Anche Red si fermò, facendole un sorriso imbarazzato. "Mi dispiace. Mi sono lasciata trasportare dai nomi della gelateria. Però erano belli, no?".

Ellie sgranò gli occhi e ricominciarono a pedalare, fianco a fianco. "Non erano male, in effetti", concesse Ellie alla fine. "Sei sprecata nell'industria del cioccolato. Dovresti occuparti di marketing e branding".

La sorella scoppiò a ridere, stavolta con entrambe le

mani sul manubrio. "Lo so. Ma se dovessi assistere a una sola riunione probabilmente finirei per uccidere qualcuno, quindi è meglio che me ne stia buona nella mia cucina".

"Come se fossi mai rimasta in cucina". Il motivo del successo di Red Chocolatier era che Red *era* il marchio. Era apparsa su riviste patinate e giornali nazionali e i suoi cioccolatini erano sempre nella lista dei prodotti artigianali da acquistare a Natale.

"Mi piace Ultimate Scoop". Ellie annuì mentre la pista girava a destra, verso il fiume Ale. Aveva percorso quel tragitto un paio di volte da quando era arrivata. "Potresti essere sulla buona strada".

Per un po' non parlarono, gli unici suoni erano il canto degli uccelli e il fruscio delle foglie sugli alberi. Uscirono dalla pista ed entrarono nel paese. Red emise un basso fischio. "È questa Upper Chewford? Sono i ponti di cui parlavi?".

Ellie annuì, sorridendo quando li rivide. "Sì, siamo arrivate".

Il fiume Ale, che costeggiava il lato sud del paese, era largo circa nove metri e profondo un metro. Le anatre nuotavano lungo la sua modesta distesa e il fiume era attraversato da una serie di piccole passerelle larghe abbastanza da ospitare tre o quattro persone al massimo. Era costeggiato da cottage costruiti in pietra delle Cotswolds color biscotto, insieme a un pub e a ricchi giardini verdi.

"Quei ponti sono così carini! Però, senza ringhiere, c'è il rischio che la gente che esce dal pub cada nel fiume".

"Lo so", disse Ellie, pedalando accanto alla sorella. "Il mio nuovo paese è super instagrammabile. Aspetta di vedere la piazza, dove si trova l'Ultimate Scoop. Sembra uscita da un romanzo di *Famous Five*, con un contorno di *Gilmore Girls*".

"Se c'è una tavola calda con Luke dietro il bancone, portami lì a pranzo, per favore".

Ellie scosse la testa. "Niente tavola calda. Ma se la gelateria va bene, chi lo sa? Potrebbe essere la mia prossima impresa". Una giovane donna con un cucciolo di boxer si avvicinò mentre procedevano.

"Credevo che cercassi di non essere la tipica londinese ricca che arriva spavalda e si compra l'intero paese".

Ellie fece un sorrisetto. "Me ne sono dimenticata per un attimo, ma hai ragione. Questa settimana, con il tuo aiuto, inizierò a diventare una vera e propria Cotswolder, inserendomi senza problemi nel paese. Attraversiamo il ponte su cui si trova quella donna. Credo che la piazza non sia lontana da lì".

"Sono molto contenta di vedere il tuo nuovo impero", rispose Red. "Mi prometti però che non avrai il gelato alla banana nel menu? Qualsiasi cosa gusto banana dovrebbe essere bandita, secondo me".

"Adoro le banane!". Ellie traballava leggermente mentre si girava. Non doveva cadere nel fiume, non sarebbe stato un buon inizio per la sua nuova vita nelle Cotswolds. "Stavo pensando che potrei vendere il gusto banana e caramella mou. O forse banana e caffè".

Red si infilò due dita in bocca ed emise un rantolo, ma staccando un braccio dal manubrio deviò a sinistra e si scontrò di nuovo con Ellie.

Quando la mano di Red la colpì per la seconda volta e la spinse verso sinistra, Ellie vacillò.

Non era il momento di vacillare.

Non su un ponte di due metri.

Si diresse verso la donna minuta con il taglio corto, che era ignara del pericolo.

Il senso panico serpeggiava in lei mentre lottava per controllare meglio la bicicletta. Strinse il manubrio e sterzò ulteriormente a sinistra proprio mentre la donna si girava.

La donna urlò. "Attenta!".

Si scansò con un balzo. Purtroppo, nel farlo, fu colta di sorpresa e barcollò all'indietro.

Ellie aprì la bocca per avvertire la donna che era vicina al bordo del ponte. La donna sbandò e si fermò, facendo volare in aria piccoli sassi.

Fece un passo indietro mentre i sassi si innalzavano verso l'alto, colpendole il viso. In quel momento, barcollò per la seconda volta, facendo un ultimo passo decisivo al rallentatore, indietreggiando verso il nulla.

Ellie sgranò gli occhi terrorizzata, lasciò cadere la bicicletta e si precipitò verso di lei. "No!", gridò.

Troppo tardi.

La donna cadde all'indietro nell'aria, con un movimento quasi artistico.

Il tonfo nell'acqua fu forte come il battito del cuore di Ellie, che le rimbombava nelle orecchie.

Il tempo si fermò quando Ellie si concentrò su di lei. Per un attimo ci fu silenzio.

Ellie chiuse gli occhi. *Cazzo.*

Quando le riaprì, la donna si stava raddrizzando, schizzando, prima di alzarsi in piedi. Se era in piedi, si sperava che non fosse gravemente ferita. Era un buon segno. Tuttavia, era ancora nel fiume e inzuppata. L'acqua le scendeva dal viso, dai capelli e dai vestiti. Era in tenuta da corsa. Era già andata a correre o doveva ancora iniziare?

Ellie non aveva idea di come scusarsi. Era tutta colpa di sua sorella.

Si sporse sul bordo del ponte, sperando di sembrare abbastanza contrita. "Stai bene? Mi dispiace tanto, è stata tutta colpa nostra". Ellie scosse la testa. Bel modo di presentarsi al paese.

Red apparve accanto a Ellie, con le guance del colore dei suoi capelli. "È stata colpa mia, l'ho spinta". Le porse una mano. "Possiamo aiutarti ad alzarti?".

La donna scosse entrambe le braccia, poi scosse la testa, poi iniziò a guadare la riva. "Ci sono dieci ponti. Gli altri sono vuoti. Perché venire su questo e buttarmi giù?".

Ellie voleva che la terra la inghiottisse. Era per questo che non usciva più spesso: c'era sempre il rischio di fare del male alle persone. Ma avrebbe dovuto superarlo, no? Lasciò la bicicletta e corse verso il punto in cui la donna si era fermata, offrendole la mano.

La donna alzò lo sguardo, con gli occhi castani sgranati. Ellie non la biasimava. Ignorò la sua mano e fece leva sulla riva per mettersi in piedi, rabbrividendo mentre usciva. Era una fresca mattina di primavera, ma Ellie immaginava che l'acqua fosse fredda. I capezzoli della donna le dicevano che era gelida. Cercò di non fissarli.

"Mi dispiace davvero, davvero tanto". Non migliorava la situazione, vero?

La donna la fulminò con lo sguardo. "Se non sai andare in bicicletta, magari scendi la prossima volta che devi attraversare un ponte. È più sicuro per tutti".

Ellie digrignò i denti, annuendo. "Non mi scuserò mai abbastanza. Posso offrirti un caffè per riscaldarti?".

La donna sorrise a quell'affermazione. Le illuminò il viso.

Qualcosa nello stomaco di Ellie si agitò.

"Non credo sia il momento giusto per chiedermi di uscire". Sospirò. "Vado a casa ad asciugarmi. Cerca di non far cadere nessun altro nel fiume oggi, ok?".

Con ciò se ne andò, senza voltarsi indietro.

Ellie non la biasimava. Tornò da Red, che teneva in mano entrambe le biciclette con il volto teso.

"Sei una cazzo di idiota, lo sai?".

"Sono semplicemente piena di sorprese. Fa parte del mio fascino". Red trasalì. "Pensi che la nostra strategia per integrarci nel paese abbia avuto successo?".

"Un gran successo", rispose Ellie.

Capitolo 3

Natalie mise la bottiglia di gin Yolanda nel sacchetto di carta marrone e sorrise alla cliente. "Prego. E ricordi, è più buono accompagnato da molto ghiaccio e da una fetta di pompelmo rosa".

La donna annuì. "Pompelmo rosa. Capito". Il campanello cromato sopra la porta tintinnò mentre usciva.

Natalie diede un'occhiata alla distilleria, con i suoi pavimenti scuri e lucidi, i robusti scaffali di legno e la cabina di degustazione in fondo. Non era il tipico ufficio, ma lei era contenta di lavorare lì. L'ultima ora era stata pazzesca e il suo vice, Guy, era dal dentista. Finalmente il negozio era vuoto e calmo dopo la calca dell'ora di pranzo. Gli scaffali del gin e del whisky dovevano essere riempiti, quindi Natalie si avvicinò agli armadietti sotto i robusti espositori e prese due bottiglie per mano.

Il gin era diventato popolare proprio al momento giusto per Yolanda e la sua distilleria. Natalie si appuntò di dire alla zia di darsi da fare con i nuovi gusti che aveva promesso. Voleva anche dire a lei e Max di venire a cena da lei la settimana seguente: aveva una nuova ricetta di Nigella al curry che avrebbero apprezzato.

Lo sguardo le cadde sui campioni di cioccolato alcolico.

Sua zia aveva ragione. Il cioccolato che avevano usato era troppo amaro. Aveva affrontato la telefonata imbarazzante di prima, dicendo al fornitore che non avrebbe proseguito con l'ordine. L'azienda aveva sede a Cheltenham, quindi almeno non li avrebbe incontrati in paese. Tornò al tavolo da disegno. Le candele stavano vendendo bene, così come gli strofinacci e i sottobicchieri della distilleria. Non capiva bene perché vendessero gli strofinacci, ma i turisti li adoravano e il guadagno era da capogiro.

La vetrina di Natalie si affacciava sulla piazza del paese, ma l'ingresso del negozio era accessibile da una strada laterale acciottolata, appena più larga di un'automobile. Il negozio dall'altra parte era la sartoria del signor Clarke, ma da quando era andato in pensione tre mesi prima era rimasto vuoto. Natalie aveva visto Jodie della Cotswolds Immobiliare che faceva vedere il negozio a qualcuno, ma i progetti erano ancora un mistero. Aveva sentito dire che sarebbe potuta diventare un bar, o forse una gelateria. A Natalie non importava, purché qualcuno lo occupasse presto. Non era bello vedere negozi vuoti nella piazza principale del paese. E poi, un'attività fiorente accanto alla sua non poteva che giovare anche alla sua distilleria.

Lo squillo del telefono la interruppe. Afferrò la maniglia rossa d'epoca e portò il ricevitore all'orecchio.

"Distilleria Yolanda, come posso aiutarvi?".

"Natalie? Sono Eugenie. Ti stavo chiamando per l'appuntamento al buio. Non so se l'hai saputo, ma la serata della settimana scorsa è stata pazzesca. Non siamo mai stati così pieni. Vorrei farne una per sole donne, visto che ora ci sono alcune donne lesbiche nel paese, tutte molto carine".

Come era possibile che Eugenie conoscesse più lesbiche di Natalie? "Yolanda ha detto che saresti disposta a partecipare. Ti va bene la prossima settimana?".

Non poteva tirarsene fuori, vero? Da quando si era lasciata con Ethan, tutto il paese aspettava che si mettesse con qualcuno. Ma forse, partecipando, avrebbe incontrato qualcuno. Magari quella sera avrebbe conosciuto la donna dei suoi sogni. Erano successe cose più strane.

"Che giorno sarebbe?"

"Va bene mercoledì? Così hai una settimana per scegliere come vestirti e preparare qualche domanda".

"Va bene. Ci sentiamo nel fine settimana per definire i dettagli".

Mise giù il ricevitore e rimase per dieci secondi a fissare il vuoto. Aveva appena commesso un grosso errore? Chissà.

Una Land Rover nera entrò nella strada laterale del negozio e si fermò proprio davanti alla sua porta, bloccando l'ingresso. Qualcuno scese; una portiera sbatté. Forse stavano lasciando qualcosa. Aspettò qualche minuto. Niente. Natalie si acciglìò. Davanti alla porta del suo negozio non c'era un posto auto valido.

Il campanello sopra la porta emise il suo solito tintinnio quando Natalie uscì nella strada laterale acciottolata. Svicolò oltre a macchina, ma si sentiva molto tesa. Avrebbe affrontato la situazione con calma. Era il suo nuovo vicino di negozio? Se era così, non prometteva nulla di buono. Fece un respiro profondo quando raggiunse la porta del negozio vuoto, scorgendo una donna attraverso la porta.

Però non era una donna qualsiasi, era la donna della bicicletta del giorno prima. Quella che l'aveva spinta nel fiume per la prima volta in vita sua. Fi era caduta nel fiume innumerevoli volte, di solito da ubriaca. Era un suo grande talento, ma per Natalie era stata la prima volta. Non era intenzionata a darvi seguito. Anche se era primavera, il fiume era maledettamente freddo.

Quando vide Natalie, il volto della donna attraversò una gamma di emozioni prima di stabilizzarsi su un sorriso nervoso. Esitò, poi aprì la porta del negozio. "Ciao di nuovo!".

Voleva essere gioviale e sbarazzina. Scelta interessante.

Scrutò Natalie dall'alto in basso. "Sei molto più asciutta dell'ultima volta che ti ho vista". Un sorriso sofferente. "Mi scuso di nuovo".

Natalie incrociò le braccia sul petto. "Sono sopravvissuta, come puoi vedere".

"Vero". La voce della donna era molto più profonda e sicura di quando si erano incontrate la prima volta. Il suo accento era da ricchi e da scuola privata, a differenza di quello di Natalie. Sembrava più elegante anche di aspetto. Sicuramente era più alta di lei, ma la maggior parte delle persone era più alta di Natalie. Indossava jeans su misura e scarpe che non sembravano aver mai visto il fango. Scarpe da città. Portava i capelli tagliati a caschetto e i suoi occhi azzurri non incontravano quelli di Natalie.

Natalie non era sorpresa. Tese una mano.

La donna fece un passo indietro prima di incontrare finalmente il suo sguardo. Le strinse lentamente la mano.

"Sono Natalie, gestisco il negozio di alcolici qui di fronte". Al contatto, Natalie fu attraversata da una scossa elettrica, ma la ignorò. Invece, inclinò la testa in direzione del suo negozio. "Solo che al momento nessuno può entrare nel mio negozio, perché la tua auto blocca l'ingresso. Quindi sono venuta a salutarti e a chiederti se puoi spostarla".

Sul volto della donna si delineò un'espressione consapevole. Trasalì e lasciò andare la mano di Natalie. "Oh Dio, mi dispiace tanto. Non ho guardato dove fosse la porta. È la prima volta che vengo a vedere il negozio, ho appena preso le chiavi". Si girò e indicò le chiavi, appoggiate sul bancone. "Volevo parcheggiare in piazza, ma non avevo con me i contanti per il parcometro. A Londra pagano tutti con la carta, ma qui no". Fece una pausa. "Non sto facendo una buona prima impressione, vero?".

Natalie inclinò la testa. "Ho visto di meglio". Quella donna era il perfetto stereotipo londinese, visto che non portava nemmeno denaro contante. "Non c'è bisogno di contanti per parcheggiare in piazza se si ha un permesso di parcheggio. Basta chiamare il comune ".

La donna annuì. "Bene. Lo farò". Tentò un altro sorriso, ma non era convincente. "Va bene se faccio qualche altra foto, poi mi tolgo di mezzo?".

Natalie sostenne il suo sguardo. "Se ti fermi solo qualche minuto in più, certo". Resistette all'impulso di alzare gli occhi al cielo. "Non ho capito il tuo nome".

La donna scosse la testa e un sorriso sincero le attraversò il viso. "Giuro che non sono scortese, scusami, mi sono solo lasciata trasportare dalla mattinata. Ho comprato il negozio solo due settimane fa e ho ora le chiavi. Mi chiamo Ellie. Ellie Knap".

Natalie rilassò le spalle, dandole un po' di tregua. Finché non la spingeva nel fiume o non parcheggiava davanti al negozio la sua auto troppo grande, forse potevano andare d'accordo.

Dopotutto, sarebbero state vicine di casa per motivi di lavoro. "Piacere di conoscerti, Ellie Knap. Di nuovo". Natalie fece una pausa. "È meglio che torni al negozio". Si girò, poi tornò indietro. "Una domanda. Che negozio vuoi aprire?".

"Una gelateria". Il viso di Ellie si illuminò quando lo disse. Le si addiceva. Avrebbe dovuto sorridere più spesso. Quando sorrideva, era come se fosse appena uscito il sole. "Voglio dire, ci sarà anche uno spazio bar, ma il punto forte sarà il gelato".

"Chi non ama il gelato?". Tutti amavano il gelato lì così come amavano il gin, e Natalie non conosceva nessuno a cui non piacessero entrambi. "Non vedo l'ora. Sono sicura che ci vedremo molto più spesso".

Ellie annuì, prima di sollevare il telefono. "Certo. Faccio queste foto e poi mi tolgo di mezzo. La prossima volta che ci incontreremo, prometto di non crearti problemi".

Capitolo 4

Ellie afferrò il volante e scosse la testa mentre si allontanava. *Brava, Ellie. Davvero brava.*

Non aveva fatto una buona prima impressione alla sua nuova vicina di negozio, ma onestamente, il parcheggio era scomodo e chi portava le monete? A Londra era abituata ad accostare in posti stretti e ad accendere le quattro frecce, ma sembrava che lì quelle regole non valessero.

Si appuntò mentalmente di parlare con Red di come trattare con le piccole imprese e i loro proprietari. Era chiaro che non era come avere a che fare con società senza volto, visto che poteva vedere i loro occhi. Natalie aveva dei sorprendenti occhi marroni che si erano impressi nel cervello di Ellie quando si erano concentrati su di lei. Sembrava amichevole ed efficiente, il tipo di qualità che Ellie avrebbe dovuto sviluppare da sola dopo troppo tempo passato in città.

Era abbastanza sicura che i suoi colleghi precedenti non l'avrebbero mai descritta come *amichevole*. Che cosa aveva detto Mandy quando se n'era andata? "Sei bravissima a parlare con gli oggetti inanimati, come i fogli di calcolo. Forse dovresti esercitarti a parlare anche con le persone, perché hai delle chiare difficoltà". Quella frase aveva fatto male. Ellie pensava che tra lei e Mandy ci fosse sintonia; se questo era ciò che le dicevano i suoi amici, poteva solo immaginare cosa dicevano gli altri alle sue spalle. Trasferirsi in campagna era stato un tentativo di reinventarsi. Ci stava ancora lavorando.

All'angolo della piazza del paese rallentò l'auto per far attraversare la strada a due persone. Tra di loro trasportavano un'ingombrante testiera di un letto nera imbottita, di quelle che sembrano destinate a caderti addosso nel sonno e a ucciderti. Potevano camminare più lentamente? Era un'altra cosa che aveva notato vivendo in campagna: la gente faceva tutto più lentamente. Guidavano più lentamente, servivano le bevande più lentamente, ma sorridevano sicuramente di più. Nelle Cotswolds, le persone si prendevano il loro tempo e chiedevano agli altri come stavano.

Fissò la coppia che attraversava la strada, fino a quando la donna posò la testiera in mezzo alla strada e cominciò a salutare.

Ellie girò la testa, poi si voltò indietro. Non era possibile che la donna stesse salutando *lei*.

Si accigliò. La conosceva?

La donna aveva lasciato la testiera, lasciando l'uomo ancora aggrappato alla sua estremità. Tuttavia, non sembrava infastidito. Se qualcuno avesse appoggiato l'estremità della testiera di Ellie in mezzo alla strada, lei avrebbe avuto da ridire. Lì però era normale bloccare il traffico per salutare, ed era esattamente quello che la donna stava facendo: salutava mentre si avvicinava all'auto di Ellie.

Ellie schiacciò il pulsante per abbassare il finestrino, ripescando appena in tempo il nome della donna dalla sua memoria. Jodie. L'agente immobiliare che le aveva venduto la gelateria.

"Ciao! Come stai? Sei appena stata a vedere il tuo nuovo negozio?".

Non le era mai successo nulla di simile nel decennio trascorso a Londra o nella manciata di anni trascorsi a Chicago. "Proprio adesso".

"Grande! È sempre un momento emozionante. Ho detto a tutti che avremo una gelateria. Sono tutti entusiasti. È quello che mancava qui, soprattutto perché Lower Chewford ne ha una, così come tutti i paesi circostanti. È ora di mettersi al passo con tutti gli altri, no?".

"I muratori arriveranno la prossima settimana, quindi il gelato sarà pronto in fretta". Ellie alzò lo sguardo. L'accompagnatore di Jodie stava controllando il telefono. "Comunque, non voglio trattenerti, sembri impegnata".

Jodie si voltò verso l'uomo e poi di nuovo verso Ellie. "Già. Anche noi ci siamo appena trasferiti in un nuovo appartamento, quindi capisco che sia un periodo folle. Quello è il mio compagno, Craig". Si schiarì la gola, prima di gridare: "Craig, saluta Ellie, la nuova gelataia!".

Craig alzò il mento e fece un saluto di circostanza.

Ellie fece lo stesso. Immaginava che Craig fosse abituato.

"Se c'è qualcosa che possiamo fare per aiutarti, faccelo sapere. Sai dove sono. Soprattutto visto che presto anche tu ti trasferirai in paese. I vicini si aiutano, è quello che facciamo qui". Jodie concluse con un super sorriso, poi si raddrizzò. "È meglio che vada, ho una testiera da spostare". E se ne andò. In un attimo, Jodie e Craig portarono la testiera dall'altra parte della strada e procedettero lentamente lungo il marciapiede.

Ellie rimise il piede sull'acceleratore e attraversò la piazza del paese. Superò il negozio di pesce e patatine chiamato The Plaice To Be, poi il parrucchiere chiamato A Cut Above. L'Ultimate Scoop avrebbe risollevato il nome della piazza, o almeno sperava.

Capitolo 5

Natalie passò davanti alla vecchia sartoria che presto sarebbe diventata una gelateria. All'interno, una donna con i capelli rossi tinti stava parlando con un muratore. L'aspetto della donna le fece venire in mente qualcosa, ma il muratore non era certo qualcuno che Natalie conosceva, a giudicare dal furgone bianco e sporco parcheggiato abusivamente sul marciapiede. Doveva dire qualcosa? Non riusciva a vedere Ellie e il furgone non bloccava la porta del suo negozio, quindi decise di lasciar perdere. È importante scegliere le proprie battaglie. Tra poco ne avrebbe anche avuta una con il padre. Strinse l'enorme uovo di Pasqua che gli aveva comprato, sperando che potesse strappargli un sorriso. Ultimamente Keith Hill era un uomo difficile da accontentare.

Passeggiò per la piazza del paese, salutando Jodie e Craig che stavano trasportando altre cose nella loro nuova casa. Il giorno prima li aveva visti spostare ogni sorta di oggetti lungo la strada. Non aveva idea del motivo per cui non usassero un'auto; forse si stavano allenando? Se era quello il loro scopo, stavano facendo un ottimo lavoro.

Alle due il traffico domenicale era in aumento, come sempre quando splendeva il sole. Il numero di visitatori aumentava sempre a Pasqua, grazie al fascino di quattro giorni da poter trascorrere nelle Cotswolds. Percorse la strada fino al fiume, affollato di turisti che scattavano foto sulle passerelle. La luce era splendida in quel pomeriggio di marzo, e quando catturava la pietra color sabbia dei ponti e degli edifici circostanti il paese si illuminava di macchie di paglia e oro. Natalie non si sarebbe mai stancata di quel panorama. Compiangeva coloro che non l'avevano mai visto.

Era nata e cresciuta nelle Cotswolds. Per la precisione a Gatbury, che si trovava a due paesi di distanza, ma molti dei suoi amici vivevano a Upper Chewford. Anche il suo ex viveva ancora lì. Quando aveva aperto il negozio della distilleria con la zia e si era trasferita nell'appartamento sopra, la gente del posto l'aveva accolta bene. Forse non era una Chewie di nascita, ma lo era nel cuore. Ellie Knap aveva camminato lungo quel fiume e si era meravigliata di come la luce del sole colpiva la pietra delle Cotswolds? Natalie avrebbe scommesso di no. Ellie Knap aveva l'aria di una persona che non aveva tempo per farlo.

Il problema era che aveva già incontrato persone come Ellie Knap. Probabilmente aveva un lavoro in una grande città, si era stufata e aveva pensato di venire lì per una vita facile. Aveva intenzione di rimanere? Il suo contratto d'affitto era di soli sei mesi? Natalie non ne sarebbe stata sorpresa. La storia si ripete sempre.

Era successo con la proprietaria della boutique, Mimi, che si era licenziata dopo tre mesi, spezzando il cuore a Natalie. Il parrucchiere, Sean, era scappato dopo sei mesi. Il proprietario della sala da tè, Steve, nel giro di un anno aveva trovato lavoro a Londra dopo aver capito che non avrebbe potuto guadagnare molto servendo caffè e torte ai turisti. Il sogno delle Cotswolds si era trasformato in un incubo per molti, appena avevano capito che dietro a tutto c'era un duro lavoro e non i facili guadagni immediati che speravano.

Amava tutti i negozianti che la circondavano ed era membro dell'associazione commerciale locale. Per questo doveva essere civile e accogliente con Ellie, anche se avrebbe voluto farle una multa per aver parcheggiato male e pedalato ancora peggio.

Natalie sorrise al pensiero. Doveva concedere a Ellie il beneficio del dubbio. Chissà, forse era l'unica londinese che amava davvero quel posto e non si lamentava di quanto tutti camminassero lentamente.

Magari l'avrebbe anche sorpresa *non* prendendo il caffè col latte vegetale.

* * *

L'insegna all'ingresso diceva Appletree Cottage, anche se non c'era nessun melo in vista. Il padre di Natalie aveva comprato la casa quando lui e la madre di Natalie avevano divorziato, otto anni prima. Era stato un periodo della vita di Natalie in cui tutto era esploso. I suoi genitori avevano divorziato, lei anche. Non erano stati mesi brillanti per la famiglia Hill.

Tuttavia, Natalie amava il cottage del padre. Anche la madre era felice ora, lontana dalle "claustrofobiche Cotswolds", come le aveva definite. Non erano per tutti, Natalie lo capiva. La madre veniva volentieri a trovarli, ma era scappata e ora viveva in riva al mare a Hove con il suo nuovo marito, Dave. Natalie non la vedeva spesso come avrebbe voluto, ma si sentivano al telefono quasi tutte le settimane.

"Ecco la mia bambina!". Il padre aprì e la abbracciò subito.

Natalie accettò il suo abbraccio, la sua folta barba grigia le graffiava il viso. Aveva tagliato i capelli ed era vestito come sempre in modo impeccabile, con jeans neri, camicia bianca e maglione color limone. Lo seguì fino all'enorme salone a pianta aperta sul retro della casa. Le porte a soffietto sul giardino erano parzialmente aperte.

Aveva ristrutturato dopo aver visto troppi programmi di ristrutturazione e Natalie amava la luce naturale abbondante che ne derivava. Era felice nel suo appartamento, ma le mancava lo spazio esterno, soprattutto d'estate. Aveva trascorso molte serate sdraiata su quel divano, a fissare le stelle attraverso l'enorme lucernario mentre rifletteva sul senso della vita. Non era ancora riuscita a trovarlo.

"Come è andata la settimana? Mia sorella si è comportata bene?". Il padre prese il bollitore dal bancone disordinato della cucina.

Natalie cercò di non soffermarsi sui piatti ammassati nel lavello. "Yolanda sta bene. Abbiamo fatto una bella cena questa settimana, ma ci sei mancato".

"Troppo lavoro". Non la guardò mentre parlava.

"Cerca di venire alla prossima, ok? Ci vediamo da me".

Lui si voltò, senza incontrare il suo sguardo. "Ci proverò". Prese alcune tazze dalla credenza sopra il tostapane. "Tè? Caffè?".

"Tè, per favore". Natalie prese il latte dal frigorifero prima di posarlo sul bancone. Dopo il divorzio, aveva vissuto lì con il padre, entrambi erano rimasti sconvolti. Lui aveva perso sua moglie; Natalie, suo marito. Quello con cui pensava di invecchiare. Lei e il padre avevano trascorso le prime settimane bevendo gin o tè. Entrambi erano uno stereotipo britannico.

"Yolanda ti ha parlato del festival estivo che sto organizzando? Ho grandi progetti, sarà un vero spettacolo. Mi piacerebbe che tu partecipassi".

Si voltò mentre mescolava il tè, come se la stesse valutando. Le sue spalle larghe sembravano leggermente chinate, sconfitte. Andava ancora a correre? Lei avrebbe scommesso di no, se lo stato del suo lavandino era un indizio affidabile. Dopo qualche istante, annuì. "Credo di sì. Conta su di me, qualsiasi cosa per mia figlia. Purché non mi debba travestire da bottiglia di gin o da fetta di limone".

Natalie avrebbe voluto potergli credere quando diceva *qualsiasi qualcosa per lei*. Nell'ultimo anno o giù di lì, era stato diverso. Più distaccato. Come se si fosse allentata una vite nel loro rapporto. Inoltre, prima di allora, non aveva mai lasciato che i lavori domestici lo stancassero. Papà era sempre ordinato. C'era qualcosa che non andava, ma sapeva che aveva bisogno di tempo per dirglielo. Lei si comportava nello stesso modo: era il modo in cui operavano gli Hills.

"Lasciamo a Fi la scelta degli abiti". Gli fece un sorriso forzato.

Lui la guardò come se non sapesse più come stare in una stanza con lei.

Natalie si morse il labbro superiore per non dire troppo, poi si abbassò e sollevò l'uovo di Pasqua. "A proposito, buona Pasqua. Ti ho portato il tuo preferito". Mise l'uovo di cioccolato sul bancone.

Il padre lo fissò, poi scosse la testa. "Non ti merito. Non dovrei comprarti *io* un uovo?".

Lei lo liquidò con un gesto. "L'hai fatto per tutta la mia infanzia. Ora tocca a me viziarti".

Lui si accigliò, poi si avvicinò e la abbracciò.

Natalie si sciolse. Suo padre era ancora lì, doveva solo lasciargli il tempo di lavorare su qualsiasi cosa stesse passando. Dopo qualche istante, lui la lasciò andare e si diressero verso i morbidi divani grigi, affacciati sul giardino immacolato. A ben guardare, la casa era ancora piuttosto pulita. Forse era davvero sommerso dal lavoro e un po' giù di morale. Forse lei stava cercando qualcosa che non c'era.

"Hai saputo della storia degli appuntamenti al buio?". Anche mentre lo diceva il cuore le pesava. Sarebbe stato un disastro, lo sapeva.

Il padre annuì, spingendo gli occhiali con la montatura metallica sul naso. "Sì". Fece una pausa. "È una cosa che vuoi fare tu o ti ha convinta Yolanda? Era molto emozionata".

Nat scrollò le spalle come se nulla fosse. "Un po' tutte e due le cose. Non sarà la prima volta che mi imbarazzo al Golden Fleece, né l'ultima".

Le rivolse uno sguardo. "Se lo dici tu. È solo… una cosa nuova, non è vero?".

Ebbe una fitta allo stomaco. "Sì?"

"Molto… sai cosa intendo". Fissò il giardino.

Le dispiaceva. Ne avevano già parlato. "Non sono sicura di capire".

Scosse la testa. "Dimentica quello che ho detto. Sicuramente andrà benissimo, ma non credo che ci sarò. Troppo lavoro".

Si sentiva rifiutata come una bambina, anche se aveva 38 anni. Aveva ancora bisogno della sua approvazione. "Non ti ho nemmeno detto che giorno è".

Rimase in silenzio per un momento. "Sono solo molto impegnato al momento".

Anche lei sorseggiò il suo tè e lo fissò per un momento. "Ti sei tagliato i capelli". Il suo taglio corto e grigio era fresco. "Ti stanno bene".

Il padre si passò una mano sulla nuca. "Grazie". Fece una pausa. "Me li ha tagliati Jen". Disse l'ultima parte come se stesse camminando in punta di piedi intorno a quelle parole, cercando di non dirle ad alta voce per non turbarla.

Natalie inghiottì le emozioni quando il suo sguardo si posò su di lei. "Ha fatto un buon lavoro".

Il suo volto si increspò per la preoccupazione.

"Perché mi guardi così?".

Il padre sospirò e posò il tè sul tavolino di legno di fronte a sé. "Non voglio che tu lo senta dire da nessun altro, quindi lo dirò e basta".

Natalie aggrottò le sopracciglia, tenendosi pronta.

"Jen è incinta. Ho pensato che dovessi saperlo".

Fece un respiro profondo e lo trattenne, poi espirò lentamente. Jen era incinta. La nuova moglie del suo ex marito stava per avere un bambino, il che significava che Ethan avrebbe avuto un figlio. Non voleva sentirsi così esausta, ma non poteva evitarlo. Ricordava di aver parlato di nomi di bambini con Ethan dopo il matrimonio, di come avrebbero potuto chiamarli. Orton per un maschio, Jessie per una femmina. Solo che non era mai successo: si era resa conto di essere gay e ora Ethan stava per avere un figlio da un'altra persona.

"È una buona notizia". Le parole suonavano spinose nella sua gola. *Era* una buona notizia. Non aveva davvero voluto un figlio da Ethan, quindi era felice per lui. Ethan e Jen erano sposati. Matrimonio, poi bambini. In genere era quello che succedeva nelle coppie etero.

Ma Ethan stava davvero andando avanti. Negli otto anni trascorsi da quando lei lo aveva lasciato, aveva conosciuto un'altra persona, l'aveva sposata, aveva comprato una casa e ora stavano mettendo su famiglia. Natalie invece, negli anni trascorsi, si era trasferita nell'appartamento della zia, aveva rilevato la sua attività e aveva avuto il cuore spezzato due volte. Era contenta per Ethan, solo che i suoi passi da gigante le pesavano un po'.

Ethan stava dimostrando a lei e al mondo che era in grado di vivere bene anche senza di lei e di affrontare qualsiasi imprevisto gli capitasse a tiro. Anche Natalie poteva farlo, e anche suo padre. Tuttavia, anche se nessuno dei due lo avrebbe mai detto ad alta voce, sarebbe stato bello affrontare la vita con una persona speciale al proprio fianco.

* * *

Natalie fece il labbruccio quando Fi aprì la porta. La cugina non disse una parola, si mise in disparte e le fece cenno di entrare. Erano cresciute insieme, entrambe figlie uniche, cugine cresciute come sorelle. Anche Fi viveva a Upper Chewford e la sua casa era la seconda casa di Natalie, e viceversa. Natalie attraversò la cucina e si sedette a tavola.

Rocky saltò in piedi e cercò di ingropparle la gamba. Natalie lo scrollò di dosso con una risata. I cani fanno bene, no? Rocky l'aveva fatta sorridere e lei gliene era grata.

Fi sparì dietro lo sportello del frigorifero, tirando fuori due bottiglie di birra artigianale e tenendole in mano.

Natalie non esitò. "Sì, ti prego".

Fi fece saltare i tappi, poi si sedette al tavolo di fronte a lei. Appoggiò il mento sui palmi delle mani, i gomiti sul tavolo, alzò un sopracciglio. "Spara".

Natalie scosse la testa. "Non so, forse sono solo sensibile".

"Rispetto a cosa?"

"Papà".

Fi rise. "Penso che entrambe possiamo dire con certezza che, quando si tratta dei nostri genitori, non possiamo essere eccessivamente sensibili. Come ha detto Julie Andrews, gli Hills sono animati dal suono della follia".

Natalie sorrise. "Non so cosa abbiamo fatto per meritarli". Bevve un sorso di birra prima di studiare l'etichetta. "È buona. Un'altra delle tue acquisizioni?".

Fi aveva contatti con un sacco di birrifici locali, quindi scambiava continuamente bottiglie di gin con casse di birra.

Lei annuì. "Vero? Potrei anche comprarne un po' quando questa sarà finita". Tamburellò con le dita sul tavolo. "Cosa ha fatto Keith questa volta?".

Natalie sgranò gli occhi. "Non lo so, è quello che non ha fatto. Si sta solo comportando in modo strano".

"Più del normale?".

Scrollò le spalle. "Solo… distante. Come se lo fosse da sempre. Ma poi mi abbraccia come se non mi vedesse da una vita, e questo mi innervosisce. Ed è ancora fissato con la questione gay, anche se è così da anni. Pensi che sia depresso? Che stia pensando di fare qualcosa di stupido?". Rabbrividì mentre lo diceva. Non riusciva nemmeno a immaginarlo. Il padre era sempre stato un pilastro per lei. Era un direttore finanziario, per l'amor di Dio. Non dovevano essere dei tipi tosti, analitici?

Fi scosse la testa. "Forse è un po' giù di morale. Spiegherebbe il fatto che in questi giorni lavora sempre più spesso da casa. Lo vedo più di te, quindi lo terrò d'occhio".

Natalie le rivolse un sorriso tirato. "Grazie. Sono sicura che non è niente, ma potrebbe aver bisogno del nostro aiuto. Oggi mi ha detto che Jen ed Ethan avranno un bambino e mi ha guardato come se stessi per crollare". Si passò una mano tra i capelli corti. "Sto bene. Non voglio un figlio da Ethan, quindi tanto vale che lo faccia sua moglie. Ma lo sguardo di papà? Non sono riuscita a capirlo. Era come se *lui* volesse un bambino da Ethan".

Fi rise. "Questa sì che sarebbe una notizia più interessante di una serata lesbica al buio".

Natalie si portò i palmi delle mani sul viso. "È mercoledì. Ci sarai, vero?".

"Non potrei perdermela. Tutto il paese sarà lì ad assistere". Fi scosse la testa. "Un'altra cosa mi lascia perplessa: non so come Eugenie sia riuscita a convincere Harry ad accettare, visto che è ancora molto arrabbiata per la partenza di Josie. Pensi che Eugenie abbia un piano perverso per far tornare Josie qui? Me lo sono chiesta".

"Non per trovarmi una moglie?". Natalie rabbrividì. "Sarà un disastro, vero?".

"O la notte del secolo. Dipende da te".

Capitolo 6

Red era accigliata quando Ellie entrò nella caffetteria appena fuori dalla piazza. Era l'unico posto in paese che facesse un caffè decente, almeno finché non avesse aperto lei. Ma i muratori avevano iniziato i lavori quello stesso giorno, quindi il suo locale era un cantiere.

Red alzò lo sguardo e le fece un sorriso. "La gente dice che la campagna è un posto spaventoso. Credo che si riferiscano alla fauna selvatica". Red tenne il telefono in aria. "Ma per me è la mancanza di campo. Nel tuo negozio ci sarà un buon wi-fi, vero?".

Ellie rise. "Certo. È quello che vogliono i turisti, e io adoro i turisti".

"Sono contenta di averti insegnato qualcosa".

Guardando Red era impossibile capire che era la proprietaria di un marchio nazionale, presente in John Lewis e Selfridges, oltre a vendere moltissimo nei negozi indipendenti di tutto il Paese. Ma questo faceva parte del suo fascino. Red era inaspettata. Quel giorno era vestita con stivali argentati scintillanti, jeans aderenti e una felpa con sopra un gelato arcobaleno. Ellie le aveva già detto che gliela avrebbe dovuta regalare quando avrebbe aperto l'Ultimate Scoop.

"Sei pronta?".

Red annuì, mettendo in tasca il telefono. "Sì. Andiamo al pub a vedere cos'è questa confusione. Se ti hanno detto che il Golden Fleece è il posto giusto, voglio sapere perché".

Ellie era appena tornata dopo aver acquistato le piastrelle, quindi un bicchiere di qualcosa di bianco e freddo faceva al caso suo. C'era qualcosa tanto pesante quanto l'acquisto di piastrelle in un umido mercoledì pomeriggio? Pensava proprio di no.

"Allora, hai fatto un business plan per l'Ultimate Scoop?". Red si mise al suo fianco mentre percorrevano il lato sud della piazza. Passò un'Astra rossa ma, a parte questo, la piazza era deserta. "Il Chocolate Box è in piena espansione, soprattutto con la Pasqua di questa settimana. Il gelato, però, è un'altra cosa. Va bene quando fa caldo e la gente passeggia per la campagna, ma quando fa freddo e piove? Quali sono i tuoi piani per l'inverno? Come farai a guadagnare allora?". Agitò una mano per indicare la piazza vuota. "Oggi, per esempio. La gente vorrà mangiare un gelato quando fuori ci sono 12 gradi?".

Ellie scrollò le spalle. "Io mangio gelato tutto l'anno. E poi, il gelato non si compra nei momenti di difficoltà? Rotture, crolli, cose del genere?".

"Quindi vuoi lanciare una maledizione sul paese e sperare che tutti comprino più gelati? Non sono sicura che questo ti renderà popolare".

"Se avessi tutto questo potere, lo userei per imprese molto più interessanti". Ellie rivolse a Red un sorriso maligno. "Ma voglio vendere anche caffè e snack. Non si tratta solo di gelato, anche se quello sarà l'articolo principale. Ho un ottimo fornitore locale, ma ho intenzione di proporre anche i miei gusti". La guardò negli occhi. "Dimmi un gusto di gelato che hai sempre desiderato".

"Sale e aceto".

Ellie le lanciò un'occhiata. "Un sapore serio".

"Carne di maiale? Uova e pancetta?". Red sorrise, prima di alzare le mani. "Ok, ok. Che ne dici di Piña Colada? Forse potresti fare anche un gusto chiamato Walks In The Rain e Making Love At Midnight per il set completo".

Ellie si succhiò l'interno della guancia. Non era male. "L'idea non è malvagia, sai". Agitò un dito verso Red. "Forse potrei avere gusti che si adattano agli stati d'animo".

La sorella si accigliò. "Potrebbe creare un po' di confusione nei clienti. Fossi in te, mi limiterei al cioccolato alla menta e al caramello salato. Creare un gelato alla depressione o gusto lunedì potrebbe essere troppo per Upper Chewford. Potrebbe essere troppo anche per Londra".

Ellie prese comunque nota sul cellulare. "Mi chiedevo se fosse il caso di chiedere agli abitanti i loro gusti preferiti, per farmi conoscere. Magari iniziando con Natalie Hill".

"La ragazza della porta accanto che hai cercato di affogare?". Red rise, come Ellie sapeva che avrebbe fatto. "Se c'è qualcosa che può sciogliere il ghiaccio tra voi due è il gelato, naturalmente".

"È quello a cui la maggior parte delle donne dà più valore del sesso".

"Te compresa?"

"Per mia esperienza, è più facile da reperire. In più, ti fa stare bene ed è disponibile in vari gusti, non solo alla vaniglia...".

Red le lanciò un'occhiata. "Anche il sesso, se ci pensi

bene". Inclinò la testa. "Forse se fai a *comesichiama* un gusto di gelato, ti darà del gin in cambio".

Passarono davanti a una boutique con modelli degli anni Novanta. Ellie non sapeva se si trattasse di un negozio retrò o meno. In campagna non si poteva mai dire. "Sai come la penso sul gin: non ho ancora superato il fatto di averne bevuto troppo a 16 anni e di aver vomitato per tutta la cucina".

"Ne hai bisogno. Il gin è ottimo e niente la convincerà più velocemente di comprare il suo gin".

"Forse posso comprare una bottiglia e darla a te".

"Ti appoggio totalmente".

Ellie storse la bocca. Sua sorella non aveva tutti i torti. Avrebbe dovuto comprare del gin per conquistare Natalie. "Lo farò domani". Guidò Red lungo la strada che portava alla piazza, finché non arrivarono al River Ale, come avevano fatto per cinque giorni di fila. Cominciava già ad avere un aspetto familiare rispetto alle loro passeggiate quotidiane verso il negozio. Il salto da allora era stato significativo, e lei si sarebbe inserita ancora di più, una volta effettuato il trasloco. Non vedeva l'ora.

"Cazzo, che succede stasera? Stanno regalando del gin?".

Ellie inclinò la testa di fronte al flusso costante di persone che attraversavano i ponti e si dirigevano verso il pub. Sembrava straordinariamente affollato per un mercoledì. "Andiamo a vedere".

Capitolo 7

Natalie non credeva di aver mai visto così tante persone stipate nel Golden Fleece. E continuavano a entrare. La padrona di casa, Eugenie, si era procurata da qualche parte un separé di carta bianca in stile giapponese, così ora Natalie era appollaiata su uno sgabello da un lato, mentre le sue tre potenziali accompagnatrici avevano appena preso posto sui loro sgabelli dall'altro lato.

Lo sapeva, perché le persone nel locale avevano appena smesso di fischiare. Come se non avessero mai visto quattro donne sedute su degli sgabelli. Eugenie indossava il suo miglior abitino nero, i capelli grigi erano impilati sulla testa come una torta a piani.

Natalie si rese improvvisamente conto di non essersi vestita bene. Jeans e camicia stirata erano sufficienti? E poi, con le gambe corte che penzolavano sullo sgabello, era sicura di sembrare una bambina di cinque anni. L'unico punto a favore del format dell'appuntamento al buio era che le sue potenziali partner non potevano vederla. Il pubblico, invece, sì. Sembravano presenti tutti gli abitanti del paese, a parte suo padre.

I suoi compagni di scuola Rich e George facevano continue smorfie. Fi non aveva smesso di sorridere, a parte occasionali fischi. Yolanda e Max non smettevano di fischiare. Ethan era in piedi al bar e sembrava che volesse farsi inghiottire dalla terra. Natalie non sapeva perché. Aveva una nuova moglie; era lei quella triste e sola.

Natalie però non riusciva a concentrarsi su nessuno. Guardò la scheda delle domande e si schiarì la gola. Era la sua occasione per sconfiggere la paura di parlare in pubblico, no? All'inizio dell'anno si era ripromessa di farlo, anche se non si aspettava che il pubblico fosse *così* numeroso.

Comunque, ora o mai più. Eugenie presentò le concorrenti, poi si rivolse a Natalie. "Molti ti conoscono già. Facciamo un applauso alla nostra partecipante! È un'imprenditrice locale e una donna di Chewford!".

Altri fischi e schiamazzi.

Eugenie sbirciò intorno al separé e fece un pollice in su alle concorrenti. "Vi aspetta una bella sorpresa, signore!".

Natalie si concentrò sugli orecchini di Eugenie che scintillavano sotto le luci del pub. Tutto tranne il nervosismo che si agitava nel suo corpo, alla disperata ricerca di un'uscita.

"Cosa cerchi in una donna?".

La mente di Natalie era vuota. Cosa stava cercando? Un sorriso sensuale. Un'appassionata di gin. Una che seguiva Nigella, o che non indossava occhiali da sole in casa. Troppe cose per la sua prima frase sotto i riflettori.

"Vorrei una persona gentile", mormorò.

Eugenie le rivolse un ampio sorriso. "Qualcuno gentile, proprio quello che vogliamo tutti!".

"Con delle belle tette!" Rich gridò.

Natalie chiuse gli occhi. *Non è affatto utile, Rich.*

"Meraviglioso. Sei pronta a fare le tue tre domande?".

Natalie annuì, stringendo i denti. Lo era. In un certo senso. Non proprio.

Si schiarì la gola e fece per parlare.

Non uscì alcun suono. Un senso di paura le scivolò lungo il corpo. Se avesse fatto scena muta di nuovo davanti a una folla, si sarebbe sentita male. Le passò davanti agli occhi la recita scolastica in cui era successo.

Eugenie le rivolse un sorriso incoraggiante e lei ci riprovò.

"Io..." Natalie iniziò. Le si seccò la gola. *Oh, cazzo.*

Eugenie scrutò il separé e fece un pollice in su alle concorrenti. "Pronte per la prima domanda, signore?". Si voltò verso Nat. "Sono pronte".

Respiri profondi. Rilassati. Lei e Fi si erano esercitate. "Domanda uno", disse Natalie.

"Avanti!" gridò qualcuno che Natalie non riusciva a vedere.

Forse non ce l'avrebbe fatta davvero.

Concentrazione. Quando alzò di nuovo la testa, Eugenie annuì con entusiasmo.

"Che cosa..." Natalie prese un respiro profondo. "Qual è la cosa più difficile che avete dovuto fare?". Aveva la nausea, ma ce l'aveva fatta. Aveva tirato fuori la sua frase. Era la seconda cosa più difficile che *lei* avesse mai dovuto fare.

Harry fu la prima a rispondere, parlò di lasciare andare qualcuno e di un errore. Si trattava chiaramente di Josie, la figlia di Eugenie. Si erano lasciate di recente e Josie era tornata negli Stati Uniti. La situazione era molto imbarazzante.

Sullo sgabello, Natalie avrebbe voluto raggomitolarsi, o abbracciare Harry. Almeno l'attenzione non era rivolta a lei, quindi le cose stavano migliorando.

Eugenie non era più interessata a Natalie. Il suo sguardo era rivolto all'altro lato dello schermo.

Passarono il microfono alla donna successiva, una certa Karen di Gatbury. La sua voce era così acuta che Natalie capì immediatamente che tra loro non sarebbe mai potuto accadere nulla. La terza concorrente si chiamava Daisy, di Marden. La cosa più difficile che avesse mai dovuto fare era cucinare il prosciutto di Nigella alla Coca-Cola, che avrebbe dovuto essere facile. La Coca-Cola era andata in ebollizione e aveva quasi mandato in fiamme la sua cucina. "Adesso spengo la TV ogni volta che c'è Nigella".

Non stava andando bene. Natalie fece la seconda domanda. "Qual è la vostra stagione preferita?".

Harry andò di nuovo per prima. "La primavera, ma mi piace soprattutto condividerla con qualcuno a cui voglio bene. Non che io l'abbia più". Sembrava così affranta che Natalie voleva interrompere il gioco. Lanciò un'occhiata a Eugenie, che sembrava sconvolta. Le altre risposte furono dimenticabili.

Natalie voleva alzarsi dallo sgabello e prendere un drink. Avrebbe potuto parlare in pubblico, ma non si sentiva ancora a suo agio. Per il momento era sufficiente. E poi, non voleva certo uscire con nessuna delle donne sul palco.

Quando arrivò il momento, Natalie scelse Harry, perché sapeva che Harry non avrebbe voluto uscire con lei. Ne ebbe la conferma quando Harry si avvicinò al paravento, strinse la mano a Natalie e uscì di corsa dal pub, seguita da Eugenie. Natalie si aspettava che anche il resto del pub la seguisse, ma il decoro sociale prevalse.

Nat scese dallo sgabello e si avvicinò al bancone, mettendosi accanto a Ethan. Senza chiedere nulla fece segno a Clive.

In pochi secondi le fu messo davanti un gin tonic Yolanda di grandi dimensioni. Clive le fece cenno di non pagare. Natalie bevve un sorso abbondante prima di guardare il suo ex.

"Vai avanti. Dillo".

Corrugò la fronte. I suoi capelli color sabbia cominciavano a ritirarsi sulle tempie. "Che cosa?"

"Chiedimi cosa diavolo sto facendo".

Le guance di Ethan si colorarono. "Non penso niente del genere. Credevo che ti avesse messa in mezzo Eugenie. Chi erano le altre donne?".

Natalie seguì il suo sguardo fino alla fine del bar, dove Karen e Daisy stavano chiacchierando animatamente. "Non so, ma forse per loro non è stato un viaggio inutile, dopo tutto". Scrutò il bar. "Quanto a me…"

Ma poi la vide e Natalie smise di respirare. Ellie. La sua nuova vicina di lavoro. Seduta accanto alla donna con i capelli rossi.

Oddio, Ellie aveva visto tutto. L'intera faccenda. Sapeva che Natalie era gay. Sapeva anche che era single, disperata e anche un po' maliziosa. Ellie sapeva anche che, delle quattro concorrenti sul palco, due si stavano conoscendo meglio e l'accompagnatrice di Natalie era uscita dal pub.

Poi i loro sguardi si incrociarono e tutta l'aria le fu risucchiata dai polmoni, come se avesse il fiatone. Cosa diavolo era successo?

Ellie alzò il bicchiere nella sua direzione e Natalie tentò un sorriso. Sapeva di sembrare debole, ma era il meglio che potesse fare in quel momento. Aveva spesso pensato che gli anni trascorsi a lavorare in quel pub da adolescente fossero stati i più imbarazzanti. Si sbagliava.

Si voltò di nuovo verso Ethan. Si sarebbe concentrata su di lui, non sulla schiacciante disperazione che la opprimeva. "Ho sentito dire che devo farti le congratulazioni". Osservò il suo mento barbuto, l'esitazione nella sua postura. Era troppo nervoso per dirglielo, così lei gli aveva risparmiato la fatica.

Un sorriso stretto. "L'hai saputo? Volevo dirtelo prima, ma Jen non poteva aspettare".

"Mio padre ha visto Jen e me l'ha detto. È un'ottima notizia, sono contenta per voi".

Lui infilò le mani nelle tasche anteriori dei jeans, serrando la mascella. "Grazie".

"Natalie! Vieni qui subito!".

Alzò lo sguardo verso Fi, che stava agitando la zampa di Rocky. "Credo che sia il mio segnale". Strinse il braccio di Ethan. "Mi ha fatto piacere vederti, futuro papà".

Si avvicinò al tavolo, accettando di buon grado i sorrisi e le pacche sulle spalle degli altri clienti. Con un po' di fortuna, se ne sarebbero dimenticati tutti, presto. Forse tra un anno. Due al massimo.

Fi le spinse una sedia di riserva e Natalie vi si infilò il più silenziosamente possibile.

"Su una scala da uno a dieci, quanto è stato imbarazzante?".

Fi sollevò un sopracciglio. "Pensavo che sarebbe andata bene finché Harry non ha deciso di rubarti la scena. Ma sembra che Daisy e Karen siano felici, almeno".

Natalie sgranò gli occhi. "Sembra di sì". Sospirò. "È finita. Ora posso tornare alla mia vita normale di lesbica single".

Fi le mise una mano sul braccio. "Almeno ti sei messa

in gioco, questa è la cosa più importante. Hai piantato una bandiera".

"Come Neil Armstrong?"

"Se Neil fosse una lesbica nelle Cotswolds, sì".

Natalie sorrise. "Non avevi un appuntamento questa settimana?".

"Mi ha dato buca". Fi fece spallucce come se non significasse nulla. Natalie però sapeva che le dispiaceva. "Quindi siamo due single, vero?".

"Eh già".

Lunghe braccia le cinsero il collo e delle labbra si posarono sulla sua guancia. "Mia splendida nipote, sei stata meravigliosa!". Yolanda strinse forte la spalla di Natalie. "Peccato per la fuga di Harry ed Eugenie, però. Tu sei stata molto brava, onestamente. Devi solo gestire meglio la tua voce, ma possiamo lavorarci su".

Natalie rise. "No, meglio di no. Sono felice dove sono, nel mio negozio, a fare le mie cose. Ora posso tornare a farlo".

"Vedremo. Comunque, dobbiamo scappare. Ci vediamo presto". Yolanda e Max baciarono Natalie e Fi, poi se ne andarono.

Pochi istanti dopo, Natalie e Fi si stavano occupando di Rocky quando qualcuno, schiarendosi la gola, fece alzare loro lo sguardo.

Era Ellie, con la carta di credito in mano. Perché sembrava più alta ogni volta che Natalie la incontrava?

"Grande serata", disse Ellie, con una faccia seria. "Sei stata davvero brava". Sorrise a Natalie. "Mi chiedevo se potessi offrirti da bere per scusarmi di tutti i problemi che ti ho causato da quando sono arrivata qui. È il minimo che possa fare". Lanciò un'occhiata a Fi. "Anche a te, naturalmente".

Questo fece sì che Fi si alzasse, tendendo la mano. "Chiunque si offra di offrirmi da bere è sempre il benvenuto".

Un brivido appuntito si insinuò nella spina dorsale di Natalie. Non aveva bisogno che Fi sfoderasse tutto il suo fascino da ubriaca, non oggi.

"Non è necessario", disse Natalie.

"Lo so, ma mi piacerebbe". Le parole di Ellie sembravano sincere.

Natalie cedette. "Ok, va bene".

Capitolo 8

“Allora, perché ci offri di nuovo da bere? A proposito, io sono Fi, la cugina di Natalie”.

Ellie mosse le dita verso il simpatico cucciolo di boxer sulle ginocchia di Fi. “Io sono Ellie e questa è mia sorella Red. I drink sono perché l’altra mattina abbiamo fatto cadere Natalie, e poi ho quasi parcheggiato la macchina nel suo negozio”. Il sorriso di Ellie era pieno di scuse. “Probabilmente le devo *due* drink. Forse una cena”.

“Sei la gelataia! Natalie mi ha parlato di te”. Fi si sporse in avanti. “E se vuoi portarla fuori a cena, non credo che alla donna del suo appuntamento al buio interessi, visto che è scappata in lacrime per un’altra”.

Red si inclinò in avanti. “Qual è la storia? È ovvio che ci sfugge il sottotesto, visto che siamo nuove in città”.

Fi agitò la mano in aria mentre Rocky abbaiava. “È una storia lunga, ma Eugenie, la padrona di casa, poteva pensarci meglio”.

Ellie tenne gli occhi puntati su Natalie durante quello scambio. Lei si morse il labbro, chiaramente imbarazzata. Ellie lo trovava accattivante.

Fi si rivolse a Ellie. “Ma la domanda chiave per te è:

terrai il gelato gusto caramello a nido d'ape? Se no, ti giuro che organizzo una protesta".

"Voglio accontentare la gente del posto, quindi se volete il caramello a nido d'ape, è quello che avrete. La prima pallina è gratis. Offre la casa". Lo sguardo di Ellie si posò su Natalie per una frazione di secondo, poi lo spostò sulla sorella.

Red scosse la testa. "Mia sorella deve acquisire un po' di senso degli affari, e in fretta. A Londra era un'esperta di finanza, ma regalare gelati fin dall'inizio non le farà fare soldi".

Natalie alzò lo sguardo. "Ma è una buona pubblicità, quindi forse non è una cattiva idea. Falli appassionare gratuitamente e poi faranno la fila per tutto l'isolato. Come per gli spacciatori". Sorrise a Ellie.

"L'idea è quella. Spero che il mio gelato crei dipendenza come il crack". Lo sguardo di Ellie si scontrò con quello di Natalie e il rumore del pub si attenuò per un attimo. Di tutte le cose che potevano accadere quella sera, Ellie non aveva previsto questo. Ma ora erano lì, a scambiarsi uno sguardo. Un momento condiviso. La cosa strana è che sembrava del tutto naturale; data la loro breve e accidentata storia, era una sorpresa.

"Anche tu sei nel campo dei gelati?". Fi agitò un dito in direzione di Red. "Devo dire che i tuoi capelli sono fantastici. È per questo che ti chiami Red?".

Red arrossì, rivelando il vero motivo. "No". Indicò le sue guance. "È questo il motivo. Il mio viso diventa rosso a ogni occasione. Ho imparato a conviverci".

"Quindi hai pensato di tingerti i capelli comunque?".

"È la storia che la gente vuole, e non mi piace deludere le persone". Sorrise. "Ma quando non mi autoinvito al tavolo altrui, possiedo un'azienda di cioccolatini artigianali. È possibile che ne abbiate provati alcuni. Conoscete Red Chocolatier? Fornisco la maggior parte dei cioccolatini di lusso al Chocolate Box da quando mia sorella lo ha rilevato". Red mise una mano sul braccio di Ellie.

Natalie si accigliò, poi indicò Ellie. "Il Chocolate Box è tuo?".

Ellie capì che era una novità per lei. "Ah-ah. L'ho comprato, ma ho messo una manager che si occupasse della gestione quotidiana. Per ora sto vivendo a Marden, mi sto prendendo un po' di tempo per me". Scrollò le spalle. "Quando ho visto che la sartoria era disponibile, ho deciso di trasformare il mio sogno del gelato in realtà. Questa volta mi sto sporcando le mani".

"Wow. E i lavori di ristrutturazione inizieranno presto?".

"Domani", disse Ellie. "Sono molto emozionata, ma mi scuso in anticipo per il rumore e la polvere. Potrei doverti offrire altri drink in futuro". Fece balenare quello che sperava fosse un sorriso conciliante.

"Non c'è bisogno. So che deve essere fatto". Natalie si sedette, sorseggiando il suo gin. "Quindi è un territorio completamente nuovo? Non hai mai tenuto un negozio prima d'ora?".

Ellie scosse la testa. "Imparo in fretta e mi affiderò all'esperienza di mia sorella. Sarà sicuramente meglio di quello che facevo prima. Mi sono esaurita lavorando per dieci anni in città, ma ora sono pronta per una nuova sfida". Incontrò lo sguardo di Natalie, ma non riuscì a capire cosa stesse pensando.

"È una grande notizia", disse Fi. "Natalie stava giusto

dicendo che aveva bisogno di un nuovo fornitore per i nostri cioccolatini al gin, ed eccoti qui. Un miracolo di cioccolato".

"Mi hanno chiamata in modi peggiori". Red frugò nella sua borsetta nera e passò un biglietto a Natalie, poi uno a Fi. "Possiamo farveli anche su misura, se volete usare il vostro gin. Mandami un'e-mail e ne parliamo".

Natalie annuì. "Grazie, lo farò". Mise il biglietto nella tasca della giacca.

"Anche se non dovremmo pronunciare troppo la parola *gin* davanti a Ellie, o potrebbe vomitare". Red sorrise alla sorella.

Ellie avrebbe voluto colpirla.

"Non sei una fan del gin?". Chiese Natalie.

Ellie scosse la testa. "Non che non mi piaccia, è solo che preferisco altri drink". Diede un calcio a Red sotto il tavolo.

La sorella lo prese senza muoversi.

"Dovresti provare il nostro gin, potrebbe convertirti".

Ellie alzò gli occhi. I loro sguardi si incrociarono. Il respiro le si bloccò in gola mentre fissava i grandi occhi marroni di Natalie.

Ok, quella era una novità.

"Mi piacerebbe molto". Ellie stava mentendo spudoratamente. Odiava il gin, ma non odiava Natalie. Poteva sopportare un po' di gin se questo significava conoscere meglio la sua vicina? Stava per scoprirlo.

Capitolo 9

Nat era seduta dietro il bancone del suo negozio, massaggiandosi le tempie. Guy aveva appena venduto gli ultimi biglietti per il tour della distilleria a una folla impaziente di 12 turisti, che avevano comprato abbastanza gin per assicurarsi che il loro soggiorno a Chewford sarebbe stato memorabile. O forse dimenticabile, a seconda della loro sopportazione. La distilleria principale distava dieci minuti di macchina da Upper Chewford, ma i biglietti per il tour andavano a ruba nel negozio del paese.

Cercava di ignorare il trapano e gli schiamazzi provenienti dal negozio di Ellie, ma era praticamente impossibile. L'avevano svegliata alle sette del mattino e avrebbero continuato senza sosta fino alle sette di sera, quasi tutti i giorni. Natalie passò dal retro e prese un bicchiere d'acqua. Anche se intorno a lei c'era il caos, doveva rimanere idratata. Stava cercando di ingurgitare tre litri al giorno e si stava rivelando una sfida. Un po' come l'incessante trivellazione.

Salutò Guy quando partì per la giornata.

Dieci minuti dopo, il campanello del negozio tintinnò. Nat entrò nello spazio principale e si trovò faccia a faccia con la donna che le causava il mal di testa. Ellie Knap. Era vestita con jeans aderenti, scarpe da ginnastica Nike e una felpa grigia con la scritta "Happy" a caratteri arcobaleno. Stringeva in mano una scatola di cioccolatini, con un sorriso esitante sul volto.

Fece un ampio sorriso a Natalie. "Ehi, buonasera!".

Natalie le restituì il sorriso. "Buonasera a te. O perlomeno lo sarà presto, quando saranno le sette".

Ellie fece una smorfia. "Mi dispiace. So che vivi e lavori qui, quindi è una vera sofferenza. Ma per ringraziarti, ti darò la prima pallina di gelato. Qualsiasi gusto tu voglia, offerto dalla casa". Tese la scatola di cioccolatini. "E ti ho portato questi. So che hai chiamato Red questa settimana per parlare dei rifornimenti, ma non ero sicura che avessi già assaggiato i suoi prodotti. Forse sono di parte, ma è davvero brava".

Natalie prese i cioccolatini e andò dietro il bancone. Quando li posò, la mano le tremò un po'. Aveva bisogno di cibo, e presto. Avrebbe potuto guidare fino al supermercato una volta chiuso il negozio. Quella settimana non aveva cucinato, vivendo invece di zuppa e insalata. Forse più tardi si sarebbe concessa anche qualche cioccolatino.

"Sei gentile, grazie. Mi sono stati caldamente consigliati da mia cugina Fi, e li ho provati prima di ordinare. Le girelle al caramello erano deliziose". Natalie fece una pausa. "Tua sorella è ancora qui?".

Ellie scosse la testa. "È andata a casa stamattina. Le mancava il marito. Sono inseparabili, a dire la verità". Sospirò. "Ricordo vagamente di essere stata così una volta". Trattenne lo sguardo di Nat per un attimo prima di distoglierlo.

Natalie toccò i cioccolatini. "Dille che mi farò sentire per il nostro ordine".

Ellie dondolava avanti e indietro sulle punte dei piedi. "Hai qualche programma per il fine settimana?".

Natalie alzò lo sguardo. Si stavano comportando da vicine. Poteva farcela. "Sto organizzando il festival estivo. Non l'abbiamo mai fatto prima, ma mia zia Yolanda è la proprietaria della distilleria e ci sta investendo. Ci saranno bancarelle, gruppi musicali, cibo, artigianato. Una sorta di mini-festival in piazza, che potrebbe estendersi anche ai pub. Coinvolgerò tutti gli esercizi commerciali della zona, quindi questo fine settimana devo pianificare".

Ellie si infilò una ciocca di capelli scuri dietro l'orecchio. "Mi piacerebbe partecipare. Il gelato e i festival estivi vanno a braccetto. E poi, sono un'imprenditrice locale due volte. Davvero, se hai bisogno di aiuto o di una sponsorizzazione, conta su di me. Voglio far parte della comunità e contribuire, soprattutto perché presto mi trasferirò qui anch'io".

Natalie alzò lo sguardo. "Davvero?".

Ellie annuì. "Sì. Il mio contratto di affitto è scaduto, quindi per il momento mi trasferisco nell'appartamento sopra il negozio. Saremo davvero vicine di casa, in tutti i sensi".

Qualcosa si insinuò nella spina dorsale di Natalie quando lo sentì. Paura? Eccitazione? Aveva sentito dire che erano praticamente la stessa emozione.

"Quindi, davvero, conta su di me".

Natalie strinse i denti e annuì. Non era ancora sicura di fidarsi dei nuovi arrivati così entusiasti, ma Ellie sembrava sincera. "Sei sicura di essere all'altezza del compito? O, più precisamente, sei disposta a restare qui per un lungo periodo?". Odiava essere così schietta, ma se Ellie voleva partecipare al festival, Natalie doveva chiedere.

Ellie si mostrò sorpresa. "Non posso prevedere il futuro, ma non ho in programma di andarmene".

Natalie alzò una mano. Si sentiva in colpa, ora. "Non è niente di personale, è solo che i londinesi vanno e vengono nelle Cotswolds. Di solito hanno una via di fuga pianificata e possono andarsene in qualsiasi momento".

Ellie aggrottò le sopracciglia. "Non sono *così* londinese. Voglio far parte della comunità locale e voglio fare una buona impressione. E, come ho detto, non ho intenzione di andarmene. Puoi usarmi e abusarmi". La sua postura vacillò di fronte alle sue parole. Era di nuovo arrossita. "Sai cosa voglio dire".

Natalie tossì mentre lo stomaco le si stringeva. "Lo terrò sicuramente presente".

Ellie si svuotò visibilmente. "Comunque, ti lascio ai tuoi progetti. Passa un bel fine settimana. Ci vediamo lunedì?".

Natalie annuì. "Immagino di sì".

***

"Come sta Upper Chewford? Come se la cava Eugenie con Clive?". La mamma di Natalie conosceva le dinamiche del paese meglio di molti altri.

Natalie sorrise, abbassando lo sguardo sulla scatola di cioccolatini che le aveva regalato Ellie. Ne aveva già mangiati due e stava pensando di prenderne un terzo. A quanto pareva, Red era davvero brava e i suoi cioccolatini erano davvero squisiti. Era una buona notizia sotto molti aspetti, sia personali che professionali. Significava che Nat non avrebbe dovuto rifiutare l'offerta di Red, cosa che sarebbe stata molto imbarazzante. Inoltre, se Red fosse riuscita a capire precisamente quanto gin mettere, il negozio avrebbe ottenuto un prodotto fantastico. Sarebbe stata una vittoria per tutti. Yolanda avrebbe pensato che fosse un genio. Non le avrebbe detto che il fornitore le era letteralmente piovuto addosso, o, almeno, nella porta accanto.

"Eugenie se la cava bene, tiene il fratello al suo posto. Ti ho detto che Josie sta tornando dagli Stati Uniti? Credo che la nostra serata di appuntamenti al buio sia stata un punto di svolta. Ha visto il video della serata e vuole tornare. È venuto fuori che in realtà non voleva andarci, ma che pensava che Harry lo volesse. È bello sapere che i canali di comunicazione di Upper Chewford sono forti come sempre e che sei sopravvissuta all'appuntamento al buio".

"Più o meno". Il ricordo faceva comunque rabbrividire Natalie.

"Tuo padre era lì con te?". La voce di sua madre si smorzava sempre quando lo nominava. Era la stessa voce che il padre usava quando parlava con Natalie di qualsiasi cosa riguardasse Ethan. Era il tono della rottura, anche se era stata lei a lasciare Ethan.

"No, si comporta ancora in modo strano. Non c'è nulla di cui parlare, è solo… diverso".

All'altro capo del filo c'era silenzio. "Forse ha conosciuto qualcuna".

"Ci ho pensato. Gliel'ho già chiesto in passato e mi ha risposto di no". Anche martedì sera Natalie era andata a salutarlo, ma non aveva trovato nessuno in casa. "Mi sono chiesta se fosse un po' giù di morale. Potrei chiedere a Yolanda di parlargli".

"Buona idea", disse la madre. "Se c'è qualcuno che può farlo parlare dei suoi sentimenti, è sua sorella. Per carità, io non ho mai avuto possibilità".

Natalie sorrise. Sua madre aveva dato il massimo e non la

biasimava per il divorzio. Meritava di essere felice e sembrava che lo fosse con Dave. Natalie aveva conosciuto il nuovo marito di sua madre: era l'archetipo del bravo ragazzo.

"Cos'altro succede in paese? A volte mi manca".

"Bugiarda".

"Mi manca la gente".

Doveva raccontare alla mamma di Ellie, la donna che l'aveva spinta nel fiume e poi le aveva comprato gin e cioccolatini? Ellie era gay? Bisessuale? Natalie non ne era sicura. Il suo gay radar aveva sempre fatto schifo.

"Ho una nuova vicina. Ha rilevato la sartoria del signor Clarke e l'ha trasformata in una gelateria. Il che, come puoi immaginare, ha entusiasmato tutti".

"Immagino. Sono anni che si lamentano di non averne una, soprattutto con la cremeria a Lower Chewford".

"Ora l'abbiamo. Ellie – questo è il suo nome – è passata in negozio prima, si è anche offerta di aiutarci con il festival estivo".

"Che carina. È simpatica?"

Lo era? Tutto sommato, Natalie si stava affezionando a lei. "Sì."

"Percepisco un *ma*".

Era sempre stata in grado di leggere Natalie come un libro aperto, cosa che era stata particolarmente fastidiosa quando aveva cercato di essere un'adolescente sfuggente. "Non proprio. È solo che... sai come la penso sulle persone nuove che arrivano e avviano attività, per poi scappare quando si rendono conto che non è una cosa così facile. Soprattutto chi viene da Londra. Non è un bene per il paese farsi alte speranze".

"Ma non sono tutti uguali. Alcune persone ce la fanno, e questa donna potrebbe essere una di quelle. Comunque, dal tono della tua voce, sembra che ti abbia colpita".

Natalie sfogliò la loro breve ma variegata storia. "Sembra sincera, ma si sa che la storia si ripete".

La mamma rimase in silenzio per qualche istante. "Ti piace? Nel senso, ti *piace*?".

Natalie scosse la testa. Non le piaceva in quel senso. Vero? "No. Solo perché è una donna, non significa che mi *piaccia*".

"Questo lo so. Ma ti comporti come se lo ti piacesse. Ricordati che lei non è Mimi".

Natalie si era chiesta quanto tempo ci sarebbe voluto perché la mamma tirasse fuori quell'argomento. La storia tra Natalie e Mimi era stata lenta ed erano andate a letto solo una manciata di volte. L'intesa non era stata alle stelle, ma era stato comunque uno shock quando, a tre mesi dall'inizio del contratto di affitto, Mimi aveva detto a Natalie che se ne sarebbe andata. Aveva pagato e se n'era andata, dicendo che la vita di paese era troppo faticosa.

"So che non lo è. È più bella, per esempio. E anche più divertente". Un'immagine di Ellie nella sua mente: il suo sorriso spontaneo, la sua risata accattivante. Sì, era meglio di Mimi. "È solo che non è un'abitante del paese. Non capisce la politica del posto e non sa chi non deve calpestare".

"E non lo saprà mai se non la guidi. E poi, ti fai sempre carico di troppe cose. Se questa donna vuole aiutare con il festival, lasciala fare. Anche se se ne va e torna a Londra tra un anno, che importanza ha? Smettila di stare sulla difensiva come tuo padre e affezionati alle persone. Ti vuole aiutare per il festival estivo, non ti sta chiedendo la mano".

Natalie sorrise: sua madre non era mai stata una persona con i peli sulla lingua. "Forse hai ragione. Potrebbe essere l'eccezione alla regola. Non dovrei giudicare tutti i londinesi a prescindere, no?".

"No. Ci sono tanti londinesi simpatici a Hove. Dove, ovviamente, devi venire a trovarmi presto. È da Natale che non passi. Devo ricorrere a Yolanda e dirle di darti di nuovo le ferie?".

Natalie si pizzicò l'attaccatura del naso tra pollice e indice scuotendo la testa. "No. Ti prometto che le parlerò per prendermi una pausa. Anche lei non vede l'ora".

"Bene. Dille di parlare con Keith già che ci siamo, anche se potrebbe essere un lavoro troppo impegnativo anche per Yolanda". Fece una pausa. "Se serve, lo posso chiamare, sai".

Natalie lo sapeva. Anche se la mamma se n'era andata, i suoi genitori erano ancora in buoni rapporti. Avevano persino cenato tutti insieme un paio di volte, il che era stato molto strano.

"Lo so".

"E lascia che questa donna ti aiuti. Come si chiama?"

"Ellie". Le piaceva la consistenza e il sapore del nome sulla lingua. Ellie.

"Bel nome. Fatti aiutare. Se è così pazza da farsi coinvolgere negli eventi di Chewford, accetta prima che cambi idea".

Capitolo 10

Fedeli alla loro parola, i costruttori avevano smantellato la vecchia sartoria e stavano montando la sua gelateria, pezzo per pezzo. Per prima cosa c'erano tre cabine in pelle rosa retrò con tavoli Formica e finiture in alluminio che sembravano uscite direttamente dal film *Grease*. Ellie passò la mano sul vinile lucido. Le era sempre piaciuto lo stile americano anni '50 e i separé erano proprio come li aveva immaginati. I muratori avevano anche ricavato una finestra di servizio nella parte anteriore del negozio, che Ellie intendeva aprire durante l'estate per vendere gelati ai passanti.

Il prossimo lavoro da fare era il pavimento piastrellato in bianco e nero e, infine, un bancone retrò, con accessori cromati e la vetrina per i gelati. Il negozio avrebbe avuto anche due tavoli e sedie indipendenti, oltre a cinque sgabelli da bar rosa lungo il bancone, oltre la vetrina, per un consumo più informale di caffè e gelato. Dove un tempo si cucivano pantaloni, ora si vendevano gelati.

Ellie passeggiava per lo spazio con la cartellina e il suo metro, valutando quanto spazio aveva per i tavoli verso il fondo. Più di quanto avesse pensato, il che era positivo. Aveva intenzione di andare a comprare tutta l'attrezzatura di cui avrebbe avuto bisogno, compresi i piatti di vetro per il gelato, le tazze per il caffè e le piccole brocche per il latte. Amava fare shopping, quindi non era un problema. Red e Gareth avevano detto che sarebbero venuti con lei, visto che avevano esperienza di catering, e in più le avrebbero impedito di spendere tutti i suoi soldi in cose che non le servivano.

Non vedeva l'ora che il negozio fosse libero dalla polvere, il bancone pulito e pieno di gelati, pronto per far entrare la gente. Oggi aveva fatto un colloquio per trovare personale e aveva trovato due persone al primo colpo, cosa di cui era piuttosto soddisfatta. Non era a corto di soldi, ma sarebbe stato bello guadagnare di nuovo, visto che non lavorava da sette mesi. Quella soleggiata giornata di aprile, ad esempio, sarebbe stata perfetta per vendere gelati. Si sperava che, per la fine del mese, data dell'apertura ufficiale, il sole sarebbe stato a picco. Era primavera in Inghilterra, cosa poteva mai andare storto?

Ellie prese nota di chiamare il fornitore di caffè che le aveva consigliato l'amica. Aveva una riunione prenotata per la settimana successiva. Sarebbe dovuta andare a Londra per sistemare il suo appartamento ora che aveva un po' di tempo libero. Forse doveva metterlo in vendita, prendersi i soldi e comprare qualcosa lì? Ci stava pensando, ma era un grande passo. Red era stata a favore quando glielo aveva detto, le aveva suggerito di prendersi quell'impegno, di abbracciare la vita di campagna. Come tutti sapevano, però, una volta usciti dal mercato immobiliare londinese, era praticamente impossibile rientrarvi. Se l'avesse fatto sarebbe stata una dichiarazione di intenti. Un po' alla volta, i muscoli di Ellie si stavano sciogliendo, il suo corpo si stava liberando da dieci anni di follia londinese, ma era abbastanza per abbandonare completamente la città?

Alzò lo sguardo e vide Natalie dalla finestra che portava

un cartello all'ingresso del suo negozio. Dopo un inizio difficile, Natalie aveva contribuito in modo determinante a farla sentire più a suo agio lì. Quando l'aveva conosciuta, si era resa conto che era anche simpatica. Sperava di non farla arrabbiare troppo con i suoi lavori di ristrutturazione. Forse avrebbe dovuto proporle una cena per attenuare il colpo.

Le venne in mente la scena di loro che mangiavano a lume di candela. Ellie smise di scrivere. Si accigliò.

Aspetta, e quello da dove era venuto fuori? Nella sua visione, un cameriere versava del vino e lei e Natalie alzavano i bicchieri l'una verso l'altra, con gli sguardi carichi e le guance arrossate. Il cuore di Ellie accelerò e scacciò rapidamente il pensiero dalla sua mente. Non aveva tempo per pensare all'amore o alle relazioni, non ora che aveva una nuova attività da avviare. Sì, a Natalie piacevano le donne, lo sapeva dopo la serata al pub. Sì, era single. Ma il fatto che fossero entrambe gay e single non significava che sarebbero finite insieme, no? Aveva giurato di non seguire i cliché.

E poi, le relazioni non funzionavano mai per Ellie. Non aveva mai imparato la dinamica di coppia, a differenza di sua sorella. Le relazioni erano per gli altri, per chi appariva sulle riviste patinate e passava i fine settimana a comprare divani. Ellie aveva sempre comprato i divani online, perché chi voleva comprare un divano da solo? Una volta aveva proposto a Grace di farlo e Grace aveva riso, pensando che stesse scherzando. Ellie aveva fatto spallucce.

Era mai stata se stessa con Grace? Ora, con il senno di poi, a sette mesi di distanza, credeva di no. Anche nel pieno dell'orgasmo, quando doveva essere più libera, si era sempre trattenuta. In fondo sapeva che, se si fosse concessa completamente a Grace, lei l'avrebbe usato contro di lei. Si era convinta che Grace fosse ciò che voleva, quindi Grace era ciò che aveva ottenuto finché non aveva capito di volere di più.

Poteva trovare di più nelle Cotswolds? Guardò quel guscio di negozio, battendo il piede sul pavimento irregolare di cemento. L'idea di aprire l'Ultimate Scoop le dava una bella sensazione. Stava facendo qualcosa di viscerale, qualcosa che la faceva sentire viva. Qualcosa che non significava fissare uno schermo ventiquattr'ore ore al giorno, sette giorni su sette. Quando ci pensava, non poteva fare a meno di sorridere. Far montare le cabine nella gelateria era stato un trionfo più di qualsiasi altra cosa negli ultimi dieci anni di vita.

Stava ancora fissando Natalie mentre risistemava il cartello esterno.

Natalie alzò lo sguardo e la salutò.

Qualcosa si agitò e rotolò nello stomaco di Ellie. Oscillò sui piedi, stringendo i denti mentre riprendeva fiato. Anche questa era una novità. Salutò, senza volersi muovere verso Natalie per paura di quello che avrebbero potuto fare le sue gambe. Avrebbero ceduto? Traballato? Si sarebbero disintegrate come i blocchi di Tetris? Strinse la sua cartellina mentre Natalie si avvicinava e spingeva la porta del negozio.

La fissò. Aveva appena consumato una cena romantica con Natalie e si erano scambiate uno *sguardo*, l'unico problema era che Natalie non era stata davvero lì e tutto era frutto della sua immaginazione. Ora doveva comportarsi in modo normale, stendendo un velo sul suo cuore che batteva forte e fingendo di non vedere che sotto di esso pulsava ancora. Poteva farcela. Assolutamente.

"Bel cartello". Buon inizio. Liscio.

Natalie le rivolse un sorriso. "Grazie. Ho pensato che il negozio avesse bisogno di un po' più di pubblicità per attirare la gente dalla strada".

"Funzionerà". Ellie cercò nella sua mente qualcos'altro da dire, ma non c'era nulla. Riusciva a vedere solo il sorriso che illuminava il volto di Natalie.

"Ho visto i ragazzi di Sure Signs qui l'altro giorno. Hai deciso il nome?".

Ellie annuì. "Ultimate Scoop".

Natalie sorrise. "Molto carino".

"Fa un certo effetto, non è vero? L'insegna dovrebbe essere pronta la prossima settimana, sono molto contenta. Mi fa sembrare che presto potrebbe essere davvero qualcosa di concreto. Capisci cosa intendo?".

"Certo". Natalie mise una mano nella tasca dei jeans. "Ricordo quando ho avuto l'insegna del mio negozio. Dava l'impressione che le cose si stessero davvero muovendo". Indicò le cabine. "Anche queste lo fanno sembrare più reale".

Ellie annuì. "Vero. Vedo finalmente che il mio sogno si realizza". Ellie si accigliò. "Domanda veloce: hai un divano?".

Natalie annuì. "Sì".

"L'hai acquistato in negozio o online?".

Se Natalie pensava che fosse una domanda strana, non lo disse. "L'ho comprato in un negozio di Cheltenham. Non si dovrebbero comprare divani online. Bisogna provarli, sedersi. Mi ha accompagnata Fi per un secondo parere". Natalie fece una pausa. "Posso chiederti perché vuoi saperlo?".

Ellie arrossì. Non riusciva a spiegare, così mentì. "Potrei aver bisogno di un consiglio per il mio appartamento, tutto qui". Sembrava abbastanza plausibile.

"Se vuoi un secondo parere, posso darti una mano", rispose Natalie. "In realtà sono passata a vedere se sei libera più tardi". Fissò Ellie. "Hai da fare?"

Ellie scosse la testa. "No".

"Ho appena ricevuto un nuovo carico di gin, quindi se vuoi provarne un po' come hai detto l'altra sera al pub, puoi passare. Il negozio chiude alle cinque e mezza, possiamo iniziare la tua degustazione personale di gin alle sei. Che ne dici?"

***

Ellie si sedette su un alto sgabello del banco di degustazione in legno, osservando Natalie come se stesse preparando del veleno.

Natalie versò il gin in due piccoli bicchieri di plastica da degustazione prima di appoggiarli sulla panca di fronte a Ellie. "Bene", disse, con tono autorevole. "Questo è il nostro gin di punta. Ha vinto premi nazionali di cui siamo molto orgogliosi. È il più popolare: il Gin Yolanda". Faceva quel discorso almeno cinque volte al giorno. Non l'avrebbe sorpresa farlo anche nel sonno.

"Yolanda è tua zia, giusto?".

Natalie annuì. "Esatto. È proprietaria della distilleria Yolanda, che produce una varietà di gin, whisky e vodka. Un po› come il suo gin, stare troppo con Yolanda può farti sentire un po' stordita. Da qui il nome".

Ellie rise, prendendo la bottiglia. "Bella etichetta. Molto artistica, con tutte queste curve. Mi piace anche il nero su bianco. Davvero sofisticata".

Natalie sorrise. "Parli come una persona che negli ultimi tempi si è occupata di design di insegne ed etichette".

"Cosa te lo fa pensare?". Ellie sorrise, poi prese il bicchiere di gin e annusò. Indietreggiò così tanto che quasi cadde dallo sgabello.

Natalie allungò una mano e la posò sul braccio di Ellie. Il contatto le trasmise una folata di calore, come se Ellie fosse una brezza estiva. Si fermò e alzò lo sguardo su di lei. Quando incrociò gli occhi di blu velluto di Ellie, ebbe un sussulto.

Non riusciva a decifrare la situazione. Ellie stava segnalando il suo interesse? Natalie l'aveva invitata per cercare di farle cambiare idea sul gin. Per il momento si sarebbe attenuta a quel piano, anche se ogni punto sensoriale del suo corpo era illuminato come la Blackpool Tower.

Natalie si schiarì la gola. Non sapeva se Ellie fosse gay e, anche se lo era, non era il momento di fare involontariamente il filo alla sua nuova vicina. Tolse la mano e si concentrò sul gin. Quello non cambiava mai. Il gin era una costante. "Ha delle sfumature floreali ed è infuso di lavanda, che lo rende torbido quando si aggiunge l'acqua tonica. Prima va assaggiato da solo, poi aggiungiamo la tonica".

Ellie rivolse al gin uno sguardo severo, fece un respiro profondo e poi prese un sorso. Seguito rapidamente da un brivido in tutto il corpo. Si contorse sullo sgabello prima di riprendersi. Quando tornò a guardare Natalie, le lacrimavano gli occhi.

"Sei ancora viva?".

"Più o meno", rispose Ellie, inspirando grandi boccate d'aria. "In realtà, non è stato così male come immaginavo".

"Un commento entusiasmante, mi assicurerò di scriverlo sulle nostre bottiglie in futuro".

Ellie rise. "Parte della mia reazione è dovuta al ricordo

del gin di quando ero adolescente. Ma come dici tu, il gin ha fatto molta strada da quando avevo sedici anni. E poi, probabilmente non bevevo un gin così buono".

"Esattamente. Probabilmente hai bevuto il Gordon's che, pur essendo buono, non è Yolanda". Aggiunse un altro po' di gin, poi riempì il bicchierino di tonica e lo alzò. "Vedi che è diventato torbido?".

Ellie prese il bicchiere. "Lo vedo". Sorseggiò, rifletté, poi deglutì. "Sai, non è affatto male. Potrei anche abituarmici".

Natalie alzò entrambe le mani. "Vedi!" Sorrise. "Vuoi provare anche il nostro gin allo zenzero? Abbiamo anche un gin al rafano piuttosto speciale, anche se ammetto che è un gusto acquisito. Forse ci arriveremo".

Ellie era titubante. "Al rafano? Passo. Non mi piace nemmeno come verdura". Sbirciò dietro la spalla di Natalie, indicando dietro di lei. "A proposito, cos'è quello?".

Natalie si voltò e vide il suo scrigno dei desideri. Di colore rosso scuro, con fibbie d'argento, aveva lo stile di un forziere dei pirati, con un'apertura in cima attraverso la quale si potevano imbucare gli oggetti. "È lo scrigno dei desideri per il festival estivo. L'ho preso online". Si allungò e lo sollevò sul banco di degustazione. "È molto bello, vero?".

Ellie annuì. "È fantastico. Magari sei un pirata e non me lo hai detto". Guardò Natalie alzando un sopracciglio.

Natalie si sentì addosso quello sguardo e si sottrasse rapidamente. "Purtroppo no, è un vero peccato. Potrei essere più attraente per le donne se lo fossi. A tutti piacciono le donne in uniforme, no?". Oddio, che cosa aveva appena detto? Non aveva un filtro tra il cervello e la bocca? Oggi era chiaramente disattivato.

"Così mi hanno detto". La bocca di Ellie si incurvò in un sorriso mentre si sistemava sullo sgabello. Si prese un momento prima di riportare lo sguardo su Natalie. "Per quello che vale, penso che ci staresti bene. Forse dovevi vestirti così all'appuntamento al buio dell'altra settimana".

Il cervello di Natalie era ancora in fermento per le parole di Ellie. Pensava che sarebbe stata un bel pirata? Era una novità. "Sto cercando di togliermi dalla testa quella serata".

Ellie scosse la testa. "Non dovresti. Sei stata molto coraggiosa a salire lassù, a esporti in quella situazione. Io non credo che ci riuscirei". Ellie fece schioccare la lingua contro il palato prima di riportare l'attenzione sul forziere dei pirati. "Allora, a cosa serve? Supponendo che tu non abbia intenzione di cambiare carriera". Toccò la parte superiore.

"Per ora no". Natalie tirò fuori un mucchio di cartoline bianche multicolori e le tenne in mano. "È per beneficenza. Chi vuole paga una sterlina per una cartolina, ci scrive i suoi desideri, la imbuca nel forziere e forse si avvera. Più forte è il desiderio, maggiori sono le possibilità di successo".

Il volto di Ellie si addolcì alle sue parole. "Mi piace! Di chi è stata l'idea?".

Natalie abbassò la testa. Sapeva di star arrossendo. "Mia". Si schiarì la gola. "È un po' hippy, ma forse in fondo io sono un po' hippy".

Ellie allungò una mano e stavolta la posò sul braccio di Natalie.

Natalie non alzò lo sguardo, tutto il suo corpo era immobile.

"Non è hippy, è romantico. Non preoccuparti, manterrò il tuo segreto". Ellie prese la cartolina gialla dalla cima e la passò a Natalie prima di prendere quella blu sotto. "Vogliamo essere le prime a scrivere un desiderio?".

Natalie si accigliò. Non se lo aspettava. "Adesso?".

"Perché no?" Ellie la fissava.

Natalie non riusciva a pensare a una sola ragione per non farlo. Aprì il sottile cassetto del banco di degustazione, recuperò due penne e ne porse una a Ellie.

Ellie sorrise, lasciando che il suo sguardo si posasse su Natalie prima di far scattare la penna. Poi scarabocchiò qualcosa e lo sottolineò, piegò il biglietto in due e lo imbucò nella scatola. Era così efficiente che sembrava lo facesse ogni giorno.

"Scrivi il tuo. E domani non sbirciare quando non ci sono".

Natalie sorrise, indicando la serratura dorata. "La chiave è di sopra, fuori portata. Non aprirò il forziere fino a dopo il festival". Batté l'estremità della penna sulla guancia, poi scarabocchiò qualcosa sul biglietto e lo imbucò. Il cuore le batteva forte nel petto e, quando alzò gli occhi, lo sguardo di Ellie era di nuovo su di lei.

"Che cosa hai scritto?". Ellie alzò una mano. "So che non puoi dirmelo o non si avvererà, ma era una cosa personale o che riguarda gli affari?".

Natalie si costrinse a concentrarsi sulle parole di Ellie. Non sulle sue labbra. Né sul modo in cui l'aria era carica di una strana energia.

Scosse la testa. "Non posso dirlo". Il silenzio che seguì rimase sospeso tra loro per alcuni lunghi istanti.

Il tintinnio del campanello sulla porta del negozio le fece sobbalzare entrambe. Natalie alzò lo sguardo per vedere il padre che entrava. Cavolo, era sicura di aver chiuso la porta a chiave. Controllò l'orologio. Le sei e un quarto. Era un orario strano per lui, e un momento davvero inopportuno, visto che lei ed Ellie avevano appena condiviso un momento apparentemente intimo.

Quando suo padre vide Ellie, fece una pausa, valutando la situazione. Guardò il gin che aveva in mano e poi il viso della figlia. Alzò una mano. "Scusa, non mi ero accorto che avessi compagnia".

Oddio, si stava comportando in modo super imbarazzato, il che avrebbe reso un po' imbarazzate anche lei ed Ellie. L'aria intorno a lei si addensò un po' e strinse un pugno lungo il fianco.

"Nessun problema, stavo solo cercando di convincere Ellie che il gin non è poi così male". Fece una pausa. "Ellie, ti presento mio padre. Ellie aprirà la gelateria qui di fronte".

Il padre colmò la distanza tra loro, stringendo la mano ad Ellie. "Piacere di conoscerti, benvenuta nel paese. E se hai intenzione di fare un gusto al gin, Yolanda è la migliore che ci sia".

"Così mi hanno detto". Ellie ora era seduta dritta, come se si stesse preparando per un esame. L'intimità di pochi minuti prima era stata cancellata come se non fosse mai esistita.

"Ero di passaggio e ho pensato di prendere una bottiglia di whisky". Fece una pausa. "Ma solo se non è un problema".

Lei posò il forziere sul pavimento, lanciandogli un'occhiata. "Certo che non è un problema". Uscì da dietro il bancone e si mosse per prendere una bottiglia dallo scaffale. "Non potevi prenderne una al lavoro oggi, visto che lavori alla distilleria?".

Si schiarì la gola. "Oggi ho lavorato da casa. Meno distrazioni. E il tuo negozio è più vicino".

Natalie mise il whisky in una busta regalo, prima di prendere i soldi. "Strano, prima sono passata mentre correvo, ma non hai risposto".

Papà abbassò lo sguardo, accigliato. "Probabilmente avevo le cuffie. Per concentrarmi". Prese la busta. "Comunque, non ti trattengo". Si chinò a baciarle la guancia. "Piacere di averti conosciuta, Ellie". Uscì di corsa dalla porta.

"Piacere mio".

Natalie lo guardò andare via, poi scosse la testa. "Scusalo, a volte è un po' goffo".

"Sembra adorabile".

"Ha i suoi momenti". C'era qualcosa che non andava in lui, ma non era il momento di approfondire. "Hai detto che volevi assaggiare il gin allo zenzero?".

Ellie le sorrise mentre tornava a rilassarsi. "Perché no? Ora che ho risolto il mio odio per il gin dopo venticinque anni, posso anche provare cose nuove".

Capitolo 11

Ellie aveva tenuto libero il fine settimana per fare i bagagli in vista dell'imminente trasloco. Solo che, avendo affittato il cottage già completamente arredato, le valigie erano state chiuse a tempo di record. Trasferirsi da Londra era stata una decisione improvvisa, per cui era arrivata nelle Cotswolds con tre valigie, una borsa per le scarpe, il computer e alcuni scatoloni che erano entrati ordinatamente nella sua auto. Aveva affittato il suo appartamento londinese completamente arredato a un'amica ed era tornata una volta per prendere alcune cose. Trasferirsi al paese avrebbe potuto richiedere un altro viaggio in auto, ma non di più. Impacchettare le cose del cottage era stato un gioco da ragazzi.

Tuttavia, doveva ancora decidere cosa fare del suo appartamento di Londra. La sua amica si era appena trasferita da un'altra parte ed Ellie aveva mandato un messaggio a Grace, chiedendole di riprendersi le sue cose: un letto, alcuni quadri e qualche scatola. Avrebbe dovuto farle prendere tutto prima di partire, ma in quel momento non le era sembrato importante. Sperava che ora Grace avrebbe accettato.

Con l'appartamento libero e visto che la sua vita cominciava a prendere forma, era più propensa a venderlo. Poteva almeno fare una prova con l'agente per vedere com'era il mercato. Grace non avrebbe approvato, ma non era una sua decisione. Ellie non voleva parlarne con lei, di certo non aveva bisogno del suo giudizio. Tanto valeva strappare il cerotto, no?

Sospirò, bevve un sorso di caffè e guardò dalla finestra del suo cottage. Anche se non era stata molto felice lì, il posto le era stato utile. Un rifugio per riorganizzarsi, leccarsi le ferite e prepararsi a ricominciare. Le sarebbero mancati i panorami delle dolci colline, ma non l'isolamento.

Grace rispose dopo quattro squilli. Aveva fissato il nome di Ellie per i primi tre? Non aveva intenzione di chiederlo.

"Ciao, sconosciuta".

Anche questo irritò Ellie. Tanta arroganza in due parole. O forse stava vedendo cose che non c'erano. "Ehi". Erano state insieme per cinque anni, eppure anche solo dire quella parola alla sua ex era difficile. Anche se *ex* forse era un po' esagerato, così come "erano state insieme". Avevano scopato per cinque anni, erano state l'una l'accompagnatrice dell'altra agli eventi e avevano dormito nello stesso letto a volte. Entrambe però avevano sempre avuto un piede fuori dalla porta. Cinque anni e non aveva mai conosciuto la famiglia di Grace.

"A cosa devo questo piacere? Stai finalmente rinsavendo e tornando nel mondo reale? Spero di sì. Non è stato lo stesso qui senza di te".

Ellie ne dubitava fortemente. "In realtà è il contrario. Ho deciso di rimanere qui e sto pensando di mettere l'appartamento in vendita. Hai ricevuto il messaggio in cui ti chiedo di portare via le tue cose e lasciare le chiavi? Non hai mai risposto". Anche questo aveva irritato Ellie.

Ci fu una pausa all'altro capo del filo.

"Mi senti?".

Grace si schiarì la gola. "Ti sento. Sono solo un po' preoccupata per quello che hai detto. Vuoi restare nelle Cotswolds? Sei impazzita? Il fatto che non ci sia campo per il telefono è un motivo sufficiente per non viverci".

Ellie sgranò gli occhi. Aveva ragione, la copertura in campagna era pessima, ma gli ultimi mesi le avevano dimostrato che avrebbe dovuto dare più importanza alla sua sanità mentale che alla ricezione telefonica. "C'è altro nella vita, Grace".

"Sai che è una bugia". Un'altra pausa. "Sei seriamente intenzionata a vendere?".

"Assolutamente. Sto aprendo una gelateria, voglio ricominciare da capo. Dopo averci pensato a lungo, ho deciso che questo implica tagliare i ponti con Londra". Non ne era sicura fino a quel momento, ma la questione si era appena consolidata nella sua mente. Parlare con Grace l'aveva resa più decisa.

"Ma tu ami Londra!"

"Allora, hai preso la tua roba?". Ellie voleva far proseguire la conversazione.

"Non proprio". C'era qualcosa che non stava dicendo.

"Hai avuto tempo, Grace. Speravo l'avessi fatto".

Rimase in silenzio per un momento. "Non mi sarei mai aspettata che tu mollassi completamente. Né Londra, né noi".

Ellie scosse la testa. Questo era il problema di Grace: non cambiava mai. Era felice di fare sempre la stessa cosa, mentre Ellie aveva bisogno di un po' di slancio, di un cambiamento.

"Non c'è da discutere. Puoi prendere le tue cose e lasciare le chiavi, come ti ho chiesto?".

"Il fatto è che al momento ho un'amica che sta lì. E prima che ti arrabbi, è solo per qualche notte. Niente di che. Quindi dammi qualche giorno per farla uscire, poi possiamo parlare. Magari beviamo qualcosa quando sei qui".

Ellie chiuse gli occhi. Era questo che voleva evitare: i melodrammi di Grace. "Chi c'è nel mio appartamento?".

Silenzio all'altro capo del filo.

Poi le venne in mente. "È quella che ti scopi? Stai scopando con un'altra nel mio letto?". Improvvisamente, la calma delle dolci colline e del cielo blu passò in secondo piano. Ora, nella testa di Ellie c'era solo la tempesta. "Hai una bella faccia tosta. Prima che torni, ti suggerisco di farla uscire, di lasciare le chiavi e di tornare a strisciare sotto quella cazzo di roccia da cui sei uscita". Cliccò il tasto rosso del telefono, lo appoggiò sul bancone, poi emise un urlo da far accapponare la pelle.

Le sue viscere cominciarono a torcersi in forme anomale e i viticci di un mal di testa si arricciarono intorno al suo cervello. Quella, insieme agli orari di lavoro assurdi, era stata la sua vita a Londra. Stress indotto da Grace, mal di testa, mal di cuore. Aprì gli occhi e si massaggiò le tempie.

Non più. Era nelle Cotswolds, in procinto di iniziare una nuova vita. Non avrebbe permesso a Grace di influenzare la sua giornata. Se la sarebbe scrollata di dosso, si sarebbe occupata di lei quando sarebbe andata a Londra in modo professionale e poi avrebbe avuto un buco a forma di Grace nella sua vita. Non aveva più bisogno di lei.

Le tornò in mente l'immagine di Natalie che le sorrideva

vicino al forziere dei desideri. La loro degustazione di gin non era durata molto quella sera, dopo l'interruzione di suo padre. Qualcosa era cambiato in seguito e Natalie sembrava preoccupata.

Natalie faceva giochi mentali come Grace? Ellie ne dubitava. Era molto più diretta, viveva una vita più semplice. Natalie sapeva chi era. Non sapeva ancora chi fosse Ellie, però. Non sapeva nemmeno che fosse gay. Ellie immaginava che essere lesbica in campagna richiedesse più coraggio che in città, dove si poteva essere molto più anonimi. Qui tutti sapevano tutto. Ellie doveva ancora fare coming out nelle Cotswolds, ma poteva aspettare. Natalie lo sospettava? Ellie pensava di sì.

Le arrivò un messaggio dal suo costruttore, Carl. Poteva venire in negozio per un problema dell'ultimo minuto con la pavimentazione? Ellie scolò il caffè, respingendo tutte le emozioni negative che Grace le aveva fatto circolare dentro.

Guidò attraverso le strade strette e tortuose fiancheggiate da arbusti, con i campi che si estendevano su entrambi i lati. Non le mancava affatto Londra e il suo traffico. Perché sarebbe dovuta tornare indietro? Non c'era nulla per lei ora, e non c'era più da tempo. Era stato necessario andarsene e rimanere lontani per evidenziare questo fatto, ed Ellie non aveva intenzione di dimenticarlo.

Guidò la sua Land Rover oltre il ponte e verso Upper Chewford, vide il vecchio mulino con la ruota ad acqua ferma come sempre. Ridusse la velocità mentre guidava lungo il fiume Ale, abituata ormai ai turisti che scattavano foto sulle passerelle. Era stata una di loro quando era arrivata, sola e distrutta, il settembre precedente. Ora, a distanza di mesi, era invece una persona del posto. Aveva persino un permesso di parcheggio per dimostrarlo.

Passò davanti allo Star Inn ed entrò nella piazza del paese. Fi era in piedi sul marciapiede di fronte, con il suo cucciolo in braccio. Questo significava essere del posto: andare al lavoro e riconoscere le persone per strada. Ellie guidò l'auto intorno alla piazza, che era piena di acquirenti. Quando si avvicinò, Fi mise Rocky a terra e si chinò per attaccargli il guinzaglio. Tuttavia, prima che ci riuscisse, Rocky si contorse e scappò dalla sua presa, proprio davanti a Ellie.

Ellie urlò e andò nel panico. Strinse i denti e afferrò con forza il volante, girandolo a sinistra per evitare di colpire il cane. Strinse gli occhi quasi fino a chiuderli, aspettando il tonfo nauseante dell'impatto con il cucciolo, che però non arrivò mai.

Il tempo rallentava e i colori cambiavano mentre il mondo esterno scivolava a velocità troppo elevata. Tirò i freni e ruotò il volante per evitare di schiantarsi contro il suo stesso negozio. Per un miracolo assoluto, non c'erano persone sul marciapiede mentre lei lo percorreva, allontanandosi dagli edifici ma andando a sbattere contro l'insegna nuova di zecca di Natalie con uno scricchiolio.

La sua auto si fermò sul marciapiede, con il paraurti a pochi centimetri dalla porta del negozio di Natalie. Il cuore le batteva così forte che stava quasi per uscire dal petto. Appoggiò la fronte al volante, non ancora pronta a lasciarlo andare.

Quando alla fine alzò lo sguardo, cercando di riprendere il controllo del respiro, si lasciò andare, sciogliendo i muscoli a uno a uno.

Era viva. Sperava che Rocky fosse vivo. Non aveva ucciso nessuno e non era entrata nel negozio di Natalie.

Prima Grace, ora questo.

Che mattinata del cazzo.

Capitolo 12

Natalie era al telefono con sua madre quando sentì un forte botto provenire dall'esterno. Quando alzò lo sguardo, vide una grande auto nera che scivolava verso la vetrina del suo negozio.

"Ti richiamo". Natalie gettò il telefono sul bancone e corse fuori proprio mentre l'auto di Ellie si fermava a pochi centimetri dalla sua porta. Cercò di ignorare il battito cardiaco accelerato per concentrarsi sulle cose che poteva controllare. Ellie stava bene? Il suo negozio stava bene? Qualcun altro si era fatto male? Da una breve occhiata alla scena, sembrava che la vittima principale fosse il suo cartello. Se era così, considerava fortunati tutti i coinvolti. Non aveva bisogno di uno specchio per sapere che il suo viso era rosso e che il cuore quasi le usciva dal petto.

Natalie sbirciò attraverso il finestrino del guidatore. Era rivolta in avanti, la pelle pallida, le nocche ancora bianche dove stringevano il volante. Natalie alzò lo sguardo quando sentì dei passi sul marciapiede. Era Fi, con Rocky in braccio.

Stati bene? È stata tutta colpa mia, mi dispiace tanto". Il viso di Fi era del colore dei suoi capelli: grigio.

"Perché è stata colpa tua?". Natalie non riusciva a unire i puntini.

Fi trasalì. "Ho messo Rocky a terra per un attimo per

mettergli il guinzaglio e lui è corso in strada. Ellie stava solo cercando di evitarlo, ed è finita qui". Fi aprì la portiera del passeggero. "Stai bene, Ellie?".

Girò la testa. "Voi state bene? Non ho preso nulla, se non la tua nuova insegna? Nessun cane? Nessuna persona?". L'ultima frase era rivolta a Natalie, che stava sbirciando.

"Stanno tutti bene. Perché non fai retromarcia e poi entri per una tazza di tè? Così ci tranquillizziamo tutte".

"Ti comprerò un nuovo cartello, è stata colpa mia". Fi chiuse la porta di Ellie.

Dopo qualche secondo, Ellie fece marcia indietro, rivelando il cartello maciullato. Mentre si districava da sotto la ruota di Ellie, l'insegna emise un ultimo rantolo prima di ansimare un ultimo saluto.

Il solo pensiero di ciò che sarebbe potuto accadere fece tremare Natalie. Ribolliva di rabbia mentre si rivolgeva a Fi. "Tieni Rocky al guinzaglio. Questa volta nessuno si è fatto male, ma c'è mancato poco. Avresti potuto fare del male a Ellie o a qualcun altro. L'ho appena conosciuta e mi piace. Preferirei tenerla in vita".

"Lo so e mi dispiace. Non succederà più". Fi lanciò un'occhiata a Ellie, che stava parcheggiando sul piazzale e poi scese con delicatezza dall'auto. Si voltò di nuovo verso Natalie, che guardava nella stessa direzione. "Ti *piace*? C'è qualcosa tra te ed Ellie?".

Natalie si irrigidì. Incrociò le braccia sul petto. Perché l'aveva detto? "No, siamo solo amiche, ma si è appena trasferita qui, quindi dovremmo cercare di non ucciderla".

Fi scosse la testa. "Hai una cotta per lei". Sollevò la zampa di Rocky. "Che ne pensi, Rocky?".

"Vaffanculo, Fi".

Pochi istanti dopo, Ellie entrò nel negozio con le chiavi dell'auto appese alle dita. Stava ancora tremando.

Fi spostò il peso da un piede all'altro. "Mi dispiace tanto, di nuovo. Ma Rocky ti ringrazia per non averlo schiacciato".

Ellie si passò una mano tra i capelli scuri. Anche se era chiaramente scossa, aveva un aspetto incredibile. Le sue lunghe gambe erano avvolte in jeans blu scuro e il suo top aveva una fantasia di uccelli blu. "Non c'è di che".

Fi lanciò un'occhiata al negozio di Ellie. Una gigantesca tenda a strisce bianche e rosa avvolgeva il locale e i posti a sedere all'interno erano pronti. "Il negozio è bellissimo. Dovresti mettere dei tavolini anche all'esterno. Alla fine è bello mangiare sul marciapiede, anche meglio sotto la tenda da sole".

"Non se le auto salgono sul marciapiede per evitare i cani". Natalie voleva abbracciare Ellie, che era chiaramente ancora sotto shock. A volte sua cugina non aveva affatto tatto.

"Comunque, ora che tutti stanno bene, devo andare". Fi forzò un sorriso. "Ci vediamo in giro. Ti comprerò un cartello nuovo, promesso".

Natalie sgranò gli occhi mentre Fi si allontanava. "Non lo comprerà mai". Fece un sorriso a Ellie. "Vuoi una tazza di tè?".

"Sì, grazie". Ellie la seguì nel negozio e si sedette al banco di degustazione.

A Natalie piaceva stare con Ellie. Si sentivano a loro agio insieme e questo era positivo. Se Ellie fosse stata coinvolta in un incidente d'auto, Natalie ne avrebbe risentito più di quanto potesse far credere a chiunque. In poco tempo, era arrivata ad aspettare con ansia l'arrivo di Ellie al lavoro. Il rumore della sua auto faceva scattare Natalie come una molla. Pensandoci, ebbe un sussulto. Non sapeva nemmeno se Ellie fosse gay. Non era una mossa brillante prendersi una cotta per la sua vicina etero.

Mescolò il tè, decisa a mettere in secondo piano quei pensieri per il momento.

"Come ti senti? Un po' più stabile?". Natalie mise la tazza davanti a Ellie. "Ho aggiunto due zollette di zucchero. Ho pensato che potessi averne bisogno".

Ellie le rivolse un debole sorriso. "Grazie. Credo di sì. Pensavo che sarei entrata nel tuo negozio con la macchina".

"Non l'hai fatto, però. Guidi bene".

Ellie sospirò, poi reclinò la testa all'indietro, mettendo in mostra il lungo collo e la sua pelle liscia.

Natalie cercò di non concentrarsi sul suo collo guardando invece il suo tè. È la cosa che gli inglesi sanno fare meglio.

"È solo che aver quasi ucciso Rocky *e* il tuo negozio ha coronato una mattinata già movimentata". Fece una pausa, battendo il dito sul banco. "Ma ho preso una decisione: voglio vendere il mio appartamento di Londra".

Ellie si sarebbe trasferita lì per sempre? Natalie cercò di controllare la sua espressione, anche se una fortissima sensazione di felicità la stava attraversando, minacciando di inghiottirla con la sua allegria. "Bella mossa. Dobbiamo averti fatto una buona impressione".

Lo sguardo di Ellie tremolò, ma sostenne quello di Natalie. Esitò prima di parlare. "Certo che sì".

Qualcosa si mosse nel cuore di Natalie e deglutì. C'era di nuovo quell'energia pungente e stuzzicante nell'aria, quella che c'era stata alla degustazione del gin. Quella che voleva imbottigliare e portare con sé per tutto il giorno. Il momento era sospeso tra loro, avvolto nell'incertezza. Ellie spostò lo sguardo da Nat, bevve un sorso del suo tè e poi riportò gli occhi su di lei.

L'impulso di Natalie fu quello di distogliere lo sguardo, ma non lo fece.

"Stamattina ho avuto una conversazione difficile con la mia ex, che ha ancora alcune cose nel mio appartamento. Non vivevamo insieme, ma lei ha ancora la chiave".

La testa di Natalie si ingarbugliò. L'ex di Ellie era una donna! Doveva mantenere la calma, anche se tutto il suo corpo si stava scaldando per le possibilità.

"Questo mi fa pensare che dovrei tornare a letto e saltare il resto della giornata".

"Al contrario, magari sta per migliorare. Cos'altro potrebbe andare storto? Forse stai per passare un pomeriggio incredibile".

Ellie sollevò un sopracciglio. "Lo spero. Devo vedere il mio costruttore, poi il fornitore di gelati per parlare di gusti personalizzati".

Natalie annuì. "Bene. Non c'è niente di meglio". Aveva tante domande sulla punta della lingua, ma le lasciò lì. Ci sarebbe stato tutto il tempo per scoprire l'ex di Ellie e glielo avrebbe raccontato quando sarebbe stata pronta. Sperava che sapesse che non avrebbe detto a nessun altro che era queer. Conosceva i pericoli della vita di paese.

Ellie alzò lo sguardo su di lei, fece per dire qualcos'altro, poi evidentemente ci ripensò.

Un cliente in arrivo interruppe la conversazione e Natalie

alzò un dito. "Un minuto". Servì il cliente ma, quando tornò, Ellie era già scesa dallo sgabello.

"Ti lascio, oggi ho molto da fare. Grazie per il tè". Fece a Natalie un lento sorriso.

"Spero che il pomeriggio passi senza problemi", rispose Natalie. "Ah, Ellie?"

Ellie si voltò. "Sì?"

"Sono felice che tu abbia deciso di restare qui".

Ellie incontrò il suo sguardo. "Anch'io". Poi si affrettò a uscire dalla porta.

Capitolo 13

"È molto più grande di quanto pensavo. Voglio dire, non è il cottage nei campi, ma ha due camere da letto. E questo salotto è enorme". Red si avvicinò alla finestra principale del salotto di Ellie, che dava sulla piazza. "È un ottimo posto per osservare la gente. Potresti essere l'oracolo del paese; non ti sfuggirà niente. Saprai tutti i pettegolezzi prima ancora che le persone coinvolte se ne accorgano".

Ellie si avvicinò a Red e scrutò la piazza del paese. Non vide nessuno che conosceva, d'altra parte non conosceva molte persone. Tutto sarebbe cambiato una volta aperto il negozio e la gente del posto avrebbe cominciato a conoscere i suoi gelati, oltre a lei.

Ellie lanciò un'occhiata a sinistra. Le tende di Natalie non erano ancora aperte; se lo fossero state avrebbe potuto vedere direttamente nel suo salotto e viceversa. Il pensiero la fece sorridere.

Aveva avuto problemi a dormire la notte precedente, l'ultima notte nel suo cottage. Da allora in poi sarebbe stata sempre vicina a Natalie. La considerava già un'amica e chissà cos'altro.

Ultimamente, quando erano sole, c'era qualcosa nell'aria. Qualcosa di indefinibile, nonostante Ellie non cercasse complicazioni nella sua vita. Natalie, però, non sembrava una complicazione: fino ad allora aveva migliorato la maggior parte delle situazioni in cui Ellie si era trovata. Questo non era passato inosservato.

"E quello è l'appartamento di Natalie?". Red l'aveva sorpresa a fissarla.

Ellie si voltò, annuendo. "Sì. È un bene che mi abbia perdonata per i miei disturbi iniziali, no?".

"Sai farti perdonare, quando vuoi". Red le fece un sorriso. "Mi piace, però. Non ha peli sulla lingua. Ti ha detto che le sono piaciuti i cioccolatini e che inizierà a venderli la prossima settimana? Presto Red Chocolatier dominerà Upper Chewford".

"Il Chocolate Box e la Distilleria Yolanda sono solo due negozi. Non esagerare".

Red strinse gli occhi. "Prendimi pure in giro. Prima Upper Chewford, poi il mondo! Comunque, ti va di vendere le mie cose nell'Ultimate Scoop? Magari qualche cioccolatino alla cassa, per tentare la gente quando è più debole? O forse anche qualche gusto?".

"Certo. Entrambe le cose".

Gareth entrò, visibilmente sudato, interrompendo la loro conversazione. Ellie e Red avevano spudoratamente giocato sugli stereotipi di genere e avevano costretto Gareth a trascinare le valigie su per le scale. Lui non si era lamentato.

"È un bell'appartamento, El". Mise le mani nelle tasche dei jeans mentre si accostava a loro e osservava la piazza sottostante. "È ottimo anche per osservare la gente".

Ellie sgranò gli occhi. "Voi due siete fatti l'uno per l'altra, lo sapete?".

Gareth mise un braccio intorno a Red, baciandole la guancia. "Lo sappiamo". Fece una pausa. "Quindi questo è tutto quello che c'era nel cottage. Qual è il prossimo passo?".

Ellie contò sulle dita. "Per prima cosa, dobbiamo andare a prendere una cassettiera con il vostro furgone. Una volta fatto questo, ho bisogno di aiuto per montare il letto e per le pulizie generali, ma alla fine posso promettere una cena al pub a carico mio. Vi va bene?".

Red la abbracciò forte. "Ottimo piano. Ti ho detto che sono molto orgogliosa di te? Stai ricominciando da capo, ti stai riprendendo la tua vita. Farlo da sola non è cosa da poco".

Ellie la scrollò di dosso. "Stai zitta, sorella imbarazzante. Quello dovrebbe essere il mio lavoro, sono la più grande".

Red la urtò con il fianco. "Facciamo a turno". Il suo sorriso si trasformò in un ghigno e salutò qualcuno dietro Ellie.

Ellie si girò e vide Natalie che tirava indietro le tende, con aria stupita. Ellie non la biasimava. Si trattava di un nuovo colpo di scena.

Dopo qualche istante, Natalie ricambiò il saluto.

Ellie fece lo stesso, sentendo la situazione diventare ogni secondo più imbarazzante. Che aspetto dovevano avere, tutti in piedi a sorridere e a salutare?

Natalie interruppe il momento per prima, lasciando cadere la mano e facendo un passo deciso, scomparendo dalla vista.

Ellie si schiarì la gola, consapevole che probabilmente le sue guance erano ormai di un rosso acceso. "Vogliamo andare?".

***

Trascinavano tutti e tre i piedi quando entrarono al Golden Fleece verso le 18:00. Ellie aveva dimenticato quanto fosse faticoso traslocare, anche con così poca roba. Tutti i suoi oggetti più grandi dovevano ancora arrivare da Londra, anche se stava pensando di venderli e ricominciare da capo. Soprattutto dopo che Grace e la sua nuova compagna li avevano usati.

Si sentiva molto infastidita, ma respinse quella sensazione. In quel momento avevano tutti bisogno di cibo e bevande prima di crollare. Era così grata che Red e Gareth fossero venuti ad aiutarla. Lei e Red erano l'unica famiglia su cui entrambe potevano contare, e lo erano sempre state. Includevano anche Gareth, ovviamente. Dopo 13 anni si era guadagnato i suoi gradi.

"Allora, quando arriva il resto della tua roba?". Gareth bevve un sorso della sua pinta di Moretti.

Ellie alzò le spalle, come se non fosse un problema. Sapeva che Red avrebbe capito. "Quando avrò tempo, e non so quando succederà. Ho parlato con Grace questa settimana e ha ancora delle cose lì. Anche una persona che conosce sta lì, quindi questa è una piccola complicazione".

Il corpo di Red si contorse verso di lei prima ancora che la frase fosse terminata. "Sì? Credevo che tu e Grace aveste chiuso".

"Abbiamo chiuso, ma me ne sono andata in fretta e furia e alcune delle sue cose erano ancora lì. Mi ha detto che le avrebbe tolte e che avrebbe lasciato la chiave…".

"Ma lasciami indovinare, la vecchia e affidabile Grace non l'ha ancora fatto. *Che sorpresa!*".

"È tutto sotto controllo, le ho parlato".

Red aggrottò le sopracciglia. "Sarà così facile? Grace ti ascolterà e se ne andrà?".

"Dovrà farlo, perché non cambierò idea. Le ho detto al telefono che sarei rimasta qui. Era a dir poco sorpresa". Ellie aveva ripetuto più volte nella sua mente quella pausa incredula. Ne era piuttosto orgogliosa.

"Se vuoi che venga con te per convincerla, posso farlo", disse Gareth, avvicinandosi. "Posso intimidirla e guardarla dall'alto in basso".

Ellie sorrise. Gareth poteva essere alto più di un metro e ottanta, ma era anche un gigante gentile. Dubitava che il suo sguardo potesse turbare Grace, che non si lasciava turbare da molte cose. "Posso farcela da sola, ma grazie per l'offerta".

Lui si sedette, incrociando le braccia. "Sono qui se hai bisogno di me".

"Sarò contenta quando l'appartamento sarà venduto. Credo che venderò anche la maggior parte delle mie cose. Voglio ricominciare da capo, non voglio cose contaminate dai ricordi di Londra o di Grace".

Red mise un braccio intorno alle sue spalle. "Non tutto a Londra era negativo. Abbiamo passato dei bei momenti lì".

Ellie e Red avevano vissuto insieme per qualche anno, prima che la sorella si trasferisse nell'Hampshire. "È vero. E no, non tutto è andato male, ma è arrivato il momento di ricominciare completamente da capo e comprare cose nuove mi sembra la cosa giusta da fare. Desideravo da tempo un nuovo letto e ho deciso di comprarlo. Ho intenzione di prendere anche un nuovo divano".

Una corrente d'aria riempì il pub quando la porta si aprì. Quando Ellie alzò lo sguardo, vide che erano Natalie e suo padre. Non sembravano del tutto a loro agio insieme. L'altra sera Natalie ci aveva messo una pietra sopra, ma Ellie sapeva cosa significava avere dei genitori che non si comportavano come tali. I suoi genitori erano emigrati a Dubai quando Ellie ventun anni e Red diciotto, dopo che al padre era stato offerto un lavoro lì. Da allora li avevano visti una manciata di volte, ma la cosa aveva lasciato un segno e le aveva avvicinate. Almeno Natalie aveva il padre vicino.

Natalie si fermò al loro tavolo, fece un sorriso smagliante e presentò suo padre a Red e Gareth.

Ellie si mise a sedere, passandosi una mano tra i capelli. Natalie la faceva sentire di nuovo diciassettenne.

"Avete finito il trasloco?".

Ellie annuì. "Tutto finito, quindi devo offrire ai miei facchini non pagati una cena". Natalie indossava un top a righe bianche e nere con una scollatura rettangolare e lo sguardo di Ellie sfiorò la sua clavicola parzialmente esposta. Immaginò la sua lingua che pattinava su quella sporgenza e poi sul collo, facendo sorridere Natalie ancora di più.

Sbatté le palpebre, staccandosi da quella particolare visione. Mosse lo sguardo a sinistra e poi a destra. Tutto sembrava normale, quindi non l'aveva detto ad alta voce. Si sintonizzò di nuovo sulla conversazione.

"A proposito, ho dato i tuoi cioccolatini a Yolanda e le sono piaciuti molto, quindi è tutto pronto. Hai ricevuto la mia e-mail?". Stava parlando con Red.

Red annuì. "Sì, e sono entusiasta di lavorare con te. E poi, tu e mia sorella siete vicine di casa ora, quindi non c'è scampo".

Natalie lanciò un'occhiata a Ellie, con un'espressione

scherzosa. "Intrappolata dai Knap". Fece una pausa e un rossore si insinuò sulle sue guance.

Ellie non pensava di poterla trovare più adorabile.

"Ellie ci ha parlato del festival estivo che stai organizzando", continuò Red. "Sembra fantastico. Mi piacerebbe partecipare con la Red Chocolatier. Sarei felice di aiutare anche con la sponsorizzazione e la pubblicità".

Natalie rivolse a Red un sorriso tirato. "Si può fare. Ne parliamo un'altra volta. Vi lasciamo alla vostra cena". Lanciò un'occhiata a Ellie. "Buona serata".

Ellie li guardò allontanarsi prima di rivolgersi a Red. "Puoi avvertirmi prima di farlo in futuro? Sto cercando di tenere Natalie dalla mia parte ed è già un po› titubante nel conoscere nuove persone".

Red le rivolse uno sguardo interrogativo. "Rilassati, sto solo offrendo denaro e aiuto. Si chiamano affari. E sto vendendo cioccolatini, non sto aprendo una distilleria rivale".

Ellie si sedette. "Lo so. Voglio solo fare attenzione, tutto qui".

"Fare attenzione è la mia specialità", rispose Red.

Gareth ridacchiò prima di bere. "Conosci almeno il significato della parola?".

Red sorrise. "Questo festival estivo potrebbe essere enorme. Il paese ha bisogno di pubblicità e di una botta di popolarità. Fa leva sul fatto che è piccolo e bello, e ammetto che ne ha bisogno. E non è poco. Le case pittoresche, il vecchio mulino, i ponticelli minuscoli, la chiesa. Non c'è nulla da eccepire. Ma il festival estivo dovrebbe essere un evento in grande, come il paese accanto che fa rotolare una forma di formaggio lungo la collina. Per quello c'è una grande affluenza di pubblico.

Se facciamo tutto bene, potremmo davvero far conoscere Upper Chewford".

"E sarai tu a farlo, vero?". Ellie incrociò le braccia, rivolgendo alla sorella lo sguardo che aveva costellato la loro infanzia e la loro vita.

"No", disse Red. "Tu".

"Io?".

"Con il mio aiuto, naturalmente. Ho dei contatti, posso far apparire questo festival e il paese su riviste nazionali. Poi, tu e Natalie dovrete solo fare in modo che il festival sia il migliore possibile". Si sedette, soddisfatta della sua giornata di lavoro.

"Si è appena abituata all'idea che io la aiuti. Che io prenda in mano la situazione e la trasformi in qualcosa di completamente diverso potrebbe essere un po' troppo".

Red accarezzò il braccio della sorella, scuotendo la testa. "È qui che entra in gioco il fascino Knap. Vendilo bene e si chiederà come ha fatto tutto questo tempo senza di te".

Ellie ci pensò. Natalie aveva bisogno di conferme che Ellie sarebbe rimasta in paese, lo sapeva. Il festival poteva essere l'occasione giusta.

Capitolo 14

Yolanda si presentò in ritardo alla cena della famiglia, ma non quanto Fi. A quanto pare, Rocky si era comportato male e aveva fatto la pipì su tutto il pavimento, quindi aveva passato la prima parte della serata a pulire. Per questo motivo Fi non era di buon umore quando era arrivata e se n'era andata subito dopo cena, sostenendo di avere del lavoro da fare e un cucciolo da addestrare. Nessuno a tavola era in disaccordo.

Yolanda allontanò il piatto e prese il bicchiere di vino, toccando con l'indice lo stelo. "È stata una cena deliziosa, Nat. Dovrò dire a Max che si è perso una serata speciale quando lo vedrò".

Max aveva una cena di golf quella sera e non era riuscito a venire. Tuttavia, il padre di Natalie si era presentato, cosa che l'aveva stupita.

"Sono contenta che ti sia piaciuta". Natalie iniziò a impilare i piatti, gratificata dal fatto che non ci fossero avanzi da mettere in frigo. Il suo pollo jalfrezi sembrava aver fatto centro. L'aveva cucinato la sera prima, così aveva avuto il tempo di lasciarlo marinare. Il curry era sempre più buono il giorno dopo, e quello era stato il migliore.

Quando tornò a tavola, Yolanda tornò sull'argomento

che aveva presentato durante la cena: la nuova linea di cioccolato. "Come sta andando? Fi mi ha detto che hai avuto il primo lotto questa settimana".

Natalie annuì. "È vero. Fi è ossessionata e continua a passare per prenderne ancora".

"Spero che tu la faccia pagare".

"Li sta pagando tutti, ma ho dovuto dirle che non poteva averne altri quando siamo arrivati all'ultima confezione. Stanno vendendo molto bene. Credo che l'idea di Red di aggiungere un tocco di lavanda al cioccolato per accompagnare il gin abbia fatto centro".

Yolanda annuì. "Sono d'accordo. Quella Red è una tipa sveglia".

"O una cioccolataia intelligente". Il padre aveva il telefono sul tavolo davanti a sé e continuava a guardarlo. Yolanda lo aveva rimproverato due volte durante la cena, ma lui non lo aveva messo via. Quando Nat gli aveva chiesto cosa ci fosse di così importante, lui aveva parlato di una scommessa che aveva fatto e Yolanda gli aveva rinfacciato i pericoli del gioco d'azzardo.

Il padre, abituato ai brontolii della sorella, aveva lasciato perdere e aveva indirizzato la conversazione in altre direzioni.

Yolanda bevve un sorso di vino. "Ho incontrato sua sorella, Ellie, mentre venivo qui. Anche lei sembra molto informata. La gelateria è bellissima e questo non può che far bene a tutte le nostre attività, il che è eccellente". Agitò un dito in direzione di Nat. "Spero che tu sia una buona vicina, perché investimenti come questo sono qualcosa che Upper Chewford vuole e di cui ha bisogno. Immagina le persone che fanno la fila per il gelato in estate e che sbirciano nel nostro negozio mentre aspettano".

La zia non aveva idea dell'argomento a cui stava andando incontro. "Mi sto comportando da super-vicina. È anche proprietaria del Chocolate Box, quindi è sicuramente interessata. Le ho offerto una degustazione privata di gin quando mi ha detto che lo odiava".

Yolanda si portò una mano al petto, come se le avessero sparato. "Di' che non è così!". La sua voce era diventata quella di Mae West.

Nat annuì. "È così, ma forse si sta ricredendo. Anche se penso che preferisca i cioccolatini".

"È quella che ho conosciuto l'altra sera?". Il padre aveva un'espressione accigliata. "Pensavo fosse una tua amica speciale". Tanto valeva mettere la parola 'speciale' tra parentesi graffe.

Nat sospirò. "Papà, quante volte te lo devo dire? Se vuoi sapere qualcosa della mia vita, chiedi pure. Ho fatto coming out da otto anni ormai, non c'è bisogno di essere così strani".

"Per l'amor di Dio, Keith, cos'è questa sciocchezza dell'amica speciale? Tua figlia è una donna adulta e se ha una compagna è importante e dobbiamo saperlo". Yolanda spostò lo sguardo su Natalie. "Hai una compagna di cui non ci hai parlato?".

Natalie scosse la testa. "Ero con Ellie quando papà è entrato. Ha visto due donne insieme e naturalmente ha pensato che andassi a letto con lei".

Lui si raddrizzò la montatura metallica sul naso. "È difficile da sapere. Poteva essere una persona che avevi appena conosciuto".

"È una persona che ho appena conosciuto, ma non vado a letto con tutte le donne con cui parlo. Inoltre, se avrò una

compagna, ti prometto che sarai il primo a saperlo, ok?".
Fece una pausa. "Ma se dovesse succedere, devi giurare che
ti comporterai normalmente, e non fare quello che entra,
mi vede con una donna e vuole scappare". Scosse la testa.
"Non è una cosa nuova per te. Hai conosciuto la mia ex.
Cosa è cambiato?".

Il padre scosse la testa, abbassando lo sguardo sul tavolo.
"Niente. Mi sta benissimo che tu sia gay e che ti trovi una
compagna".

Nat sospirò di nuovo. Avrebbe potuto ingannarla. "Cerca
solo di trattare chiunque stia con me come vorresti essere
trattato tu. È una buona regola di vita. Essere gay non fa alcuna
differenza per la buona educazione".

"Fai pace con la questione, Keith. È la tua unica figlia, per
l'amor del cielo". Il tono di Yolanda era severo e riscaldò il
cuore di Nat.

Il padre le voleva bene, lei lo sapeva, ma era ancora molto
a disagio per qualsiasi cosa fuori dall'ordinario. Forse la
mamma aveva ragione quando diceva che doveva uscire di
più, vivere un po'. Era nato e cresciuto nelle Cotswolds e
forse questo aveva influenzato il suo punto di vista.

"Mi sta bene, davvero".

Nat chiuse gli occhi mentre il suo cuore affondava. *Bene*
era la parola più insidiosa esistente, quella che significava
sempre l'esatto contrario di ciò che rappresentava.

"È solo che a volte mi sorprende ancora. Sei stata con Ethan
per molto, ora non ci sarà più nessun uomo nella tua vita".

Nat chiuse gli occhi e scosse la testa. Lui, otto anni dopo,
ancora ci stava pensando, ed era questo che la lasciava perplessa.
"Non è vero, papà. Ci sono molti uomini nella mia vita: tu e lo

zio Max, per cominciare. Ma sì, il mio prossimo partner sarà una donna. E spero che sia una donna che rimanga per più di sei mesi. Forse devo frequentarmi con più donne, e allora potresti abituarti". Un'immagine di Ellie le balenò nella mente e lei la lasciò fare. Alta, elegante e gentile. Ellie era arrivata proprio quando Natalie ne aveva più bisogno.

Il volto del padre si increspò per la preoccupazione. "Voglio che tu sia felice. È tutto ciò che ho sempre desiderato". Qualcosa si offuscò nei suoi occhi. Abbassò lo sguardo.

C'erano tante altre domande che Natalie avrebbe voluto fare, ma non era il momento. Dovevano parlarne da soli, loro due. Non si sarebbe mai aperto completamente davanti a sua sorella.

"Se avessi saputo che sarebbe diventata una seduta di terapia familiare, avrei fatto restare Fi. Sai che si è sbarazzata del suo ultimo uomo conosciuto su un'app perché non gli piaceva Rocky?". Yolanda incrociò le braccia e fece un fischio. "A proposito, sono favorevole a che tu ti trovi una compagna, te l'ho già detto?".

"Una o due volte". Sebbene il padre non volesse mai parlare della vita sentimentale di Nat, la zia non poteva essere distolta dall'argomento.

"E quell'Ellie sembra adorabile. È single? Gliel'hai chiesto mentre la riempivi di gin?". Il sopracciglio di Yolanda non avrebbe potuto essere più alto.

Natalie arrossì prima ancora che potesse sbattere le palpebre. "Non c'è stata nessuna domanda esplicita, ma è single. Però è anche appena arrivata. Non sarei una buona vicina se la salutassi e poi le saltassi addosso, no?". Stava ridendo, come sempre, con la zia.

"Sciocchezze, è qui già da qualche settimana. E poi, se lo facessi, si ricorderebbe sicuramente di te, no?". Yolanda sorrise, poi si avvicinò e si servì altro vino. "Le ho accennato al festival estivo e mi ha detto che ne avete parlato. Hai intenzione di coinvolgerla?".

"Sto ancora mettendo insieme i dettagli, ma sì. Sto delegando molto, ed Ellie si è offerta volontaria".

"Bene". Yolanda la guardò. "Mi chiedevo se avreste avuto problemi, visto che è di Londra. Sono contenta di vedere che non è così".

"Ha due negozi, sarebbe stupido ignorarla".

Yolanda afferrò il braccio del fratello, facendo sussultare Natalie in modo eccessivo. "Keith, credo proprio che la nostra piccola Natalie sia cresciuta".

"Lo spero, a 38 anni". Tutte le famiglie erano così, o solo la sua?

"Sei diventata rossa". Yolanda aveva alzato il dito in aria.

"Non è vero". Natalie non avrebbe dovuto reagire, lo sapeva. Troppo tardi.

"Sì, invece". Yolanda diede al fratello una gomitata nelle costole. "Forse avevi ragione, Keith. Magari sta succedendo qualcosa? O almeno, ci sono le basi perché succeda qualcosa in futuro. In tal caso, spero vada tutto bene. È grande ed era ora".

Lo stomaco di Natalie si strinse. "Non sta succedendo niente, dovete entrambi trovare qualcosa di più interessante nelle vostre vite. Se andassi a letto con ogni donna che entra nel mio negozio, sarei esausta".

Il sopracciglio di Yolanda si inarcò ancora un po' verso l'alto, insieme al suo sorriso. "Secondo me sta protestando troppo".

Capitolo 15

Ellie spinse la testa indietro nel cuscino. Si stava ancora abituando a svegliarsi lì, si stava ancora acclimatando ai ritmi della vita in un paese. Il cottage era stato tranquillo in modo straziante. Ora almeno si svegliava con il rumore di qualche macchina, qualche fischio, un sussurro di conversazione che si alzava con la brezza.

Nella sua camera da letto c'era un comodino che chiedeva a gran voce una pianta. Nell'ultimo anno Ellie aveva evitato di comprarne, perché la sua vita era stata davvero movimentata. Prima di allora aveva l'abitudine di ucciderle. Forse, però, ora che aveva una base permanente e una vita meno frenetica, poteva pensare di prendere delle piante. Qualcosa di verde e rigoglioso, magari con un fiore. Una pianta avrebbe dimostrato che si era sistemata, che stava diventando adulta nel modo giusto.

Ellie fece un elenco di tutte le cose che doveva fare quella settimana. Fare delle prove con i gusti di gelato, provare la disposizione dei posti a sedere e il caffè. Formare il personale. Incontrare il suo commercialista. Aprire il negozio.

Oh Dio.

Se ci avesse pensato troppo, il suo cervello avrebbe potuto prendere fuoco. Se pensava a tutto quello che doveva fare, il sentore di un mal di testa le saliva alle tempie. Il modo migliore per evitarlo era andare a correre. Quando viveva a Londra era stata la sua unica via di fuga; andava nella palestra sotterranea del suo palazzo e correva fin dove la portavano le ginocchia. In campagna aveva la pista da corsa per eccellenza: i grandi spazi aperti.

Si alzò di scatto dal letto e prese la sua attrezzatura da corsa dall'armadio. Aveva comprato qualcosa di nuovo la settimana precedente, nel paese vicino, nella speranza che la ispirasse. Evidentemente stava funzionando. Ellie indossò le scarpe da ginnastica e saltò giù per le scale. Quando vide chi c'era sulla soglia della casa opposta, si fermò.

Natalie. Vestita in tenuta da corsa, proprio come lei. La prima cosa che saltò all'occhio fu che l'abbigliamento da corsa di Natalie era aderente. Seguiva il suo corpo senza lasciare nulla all'immaginazione. Certo, le gambe di Natalie potevano non essere molto lunghe, ma avvolte nella lycra erano snelle e toniche. Proprio come il resto. Ellie cercò, senza riuscirci, di non guardare mentre la sua vicina alzava lo sguardo. Beccata.

"Buongiorno".

La voce di Natalie era un'ottava più bassa del normale, come se si fosse appena alzata dal letto e non avesse ancora parlato con nessuno. Probabilmente era così. Ellie non aveva mai pensato a come potesse essere la voce di Natalie a quell'ora del mattino, ma ora lo sapeva. Scacciò quel pensiero in tutta velocità.

"Le grandi menti pensano allo stesso modo". Ellie cercò la prossima battuta spiritosa, ma non le venne in mente. Invece, optò per una frase pratica. "Puoi dirmi dove è meglio correre? È la prima volta che ci provo qui".

Natalie piegò una gamba dietro di sé, tallone contro il sedere, allungando la coscia destra. "Se vuoi puoi correre con me. Ho in programma un giro di circa 8 km".

La sua voce trasmetteva onde d'urto a Ellie. Per non pensarci, fece stretching anche lei. "Sarebbe fantastico, se non ti dispiace. So che ad alcuni piace correre da soli. Ti prometto che non parlerò per tutto il percorso, perché sarò troppo impegnata a riprendere fiato. Sono un po' fuori forma".

Natalie gettò lo sguardo su e giù per il corpo di Ellie, facendole un lento sorriso. "Invece stai benissimo". Rimbalzò su e giù sul posto, senza dare a Ellie il tempo di valutare quel commento. "Andiamo?".

Corsero insieme fianco a fianco intorno alla piazza del paese prima che Natalie le guidasse lungo la strada laterale che portava al fiume e attraversasse una delle piccole passerelle, prive di turisti a quell'ora. Attraversarono il giardino a lato del Golden Fleece, un boschetto e poi si trovarono su un sentiero roccioso che conduceva ai campi ondulati.

"È per questo che avevo bisogno di una guida. Non l'avrei mai trovato", le disse Ellie.

Natalie le lanciò un'occhiata senza mai interrompere il passo. "Mi fa piacere aiutarti".

Corsero per un po' senza parlare. Ellie cominciò a trovare il suo ritmo naturale. Nat stava rallentando per lei? Così sembrava, ma forse si sbagliava. Magari Ellie non era così fuori forma come pensava: mettere insieme il negozio aveva richiesto un sacco di corse e di lavoro fisico, quindi non era stata ferma per gran parte delle ultime settimane. Cavolo, nel suo appartamento non c'era ancora la connessione wi-fi, quindi non era nemmeno riuscita a guardare Netflix. Grace l'avrebbe presa in giro, come se vivesse nei secoli bui. Ellie cominciava a pensare di essere adatta a quei tempi.

"Come ti senti ora che ti sei trasferita?".

Ellie fece un respiro profondo prima di rispondere. Era in grado di sostenere una conversazione e di mantenere quel ritmo? Ci avrebbe provato. "Bene. Vivere sopra il negozio significa che se ho bisogno di scendere e misurare qualcosa, posso farlo. Sospetto che avrà anche l'effetto opposto, nel senso che non potrò mai scappare anche provandoci".

Nat si lasciò sfuggire una risata burbera. "Benvenuta nel mio mondo. Anche nei miei giorni di riposo sento il negozio sotto di me, e se esco devo passarci davanti. Ma mi piace vivere così in centro, ed è comodo per il lavoro".

Ellie guardò alla sua sinistra, dove una fila di alberi ondeggiava nella brezza del primo mattino e il canto degli uccelli riempiva l'aria. Erano appena uscite da un boschetto e ora si trovavano nell'ampio spazio aperto delle Cotswolds. Alla sua destra, campi viola di lavanda delimitavano la vista. In alto il cielo era di un color denim sbiadito, proprio come quello che Ellie aveva preferito durante l'adolescenza.

Ben presto si resero conto che la conversazione sarebbe stata monca durante la corsa, quindi si concentrarono sul loro percorso, muovendosi fianco a fianco attraverso i campi, superando i tornanti, scendendo per sentieri aridi e rocciosi e attraversando strade di campagna deserte. In quaranta minuti non avevano visto nessun altro, a parte un contadino su un trattore in un campo vicino. Quando si avvicinarono al Golden Fleece, alla fine del loro percorso, Natalie rallentò ed Ellie la seguì. Le endorfine le scorrevano nel corpo e non riusciva a smettere di sorridere. Quando si era trasferita, questo era ciò che aveva cercato: solitudine, pace e determinazione. Con l'aiuto di Natalie l'aveva trovato.

Mise le mani sui fianchi mentre riprendeva fiato. Mentre attraversavano il parcheggio videro Eugenie che stava chiacchierando con un'altra donna e le salutò.

"Grazie mille, è stato fantastico. Se mi avessi fatto vedere quel percorso su una mappa, ti garantisco che starei ancora correndo per qualche campo, alla ricerca della strada di casa. Dovrebbero mettere un cartello con la scritta *Ai ponti carini* per tutti i turisti".

Natalie sorrise. "Ci piace che la gente li cerchi. In questo modo, quando li trovano, sono ancora più contenti".

Ellie rise. "A proposito di cartelli, Fi te ne ha comprato uno nuovo?".

"Non preoccuparti, ne ho ordinato uno e le ho mandato la fattura. L'ho detto a Yolanda e lei ha alzato gli occhi al cielo. Mia cugina segue delle leggi tutte sue".

"Un po' come mia sorella", rispose Ellie. "Mi dispiace se l'altra sera al pub è stata un po' invadente".

Natalie scosse la testa e guardò Ellie. Erano uscite dal parcheggio del pub e stavano attraversando il ponte pedonale più vicino. "Non lo è stata. Devo solo accettare l'aiuto con un po' più di gentilezza e smettere di cercare di controllare tutto". Scrollò le spalle. "Negli ultimi anni è stata una necessità, quindi a volte mi dimentico di ringraziare".

"Lo capisco, ma le sorelle Knap sono qui per aiutare. Che altro devo fare, a parte aprire un negozio?". Rise amaramente mentre pensava alla settimana davanti a lei. "Se ci penso troppo, potrei sentirmi male".

Natalie le appoggiò una mano sulla schiena. "Scendiamo

da questo ponte intanto. Cerchiamo di non ripetere la caduta".

Ellie si fermò, il suo corpo reagì alla mano di Natalie. Si raddrizzò e, quando i loro sguardi si incrociarono, qualcosa in lei si accese. Fece un respiro profondo ma non disse una parola, per paura di quello che le sarebbe potuto uscire dalla bocca. Era tutto troppo nuovo e non era quello di cui aveva bisogno in quel momento. Doveva concentrarsi sulla sua settimana importante, non sulla dea del sesso in lycra che era la sua vicina di casa, i cui occhi preoccupati la stavano fissando con attenzione.

"Cosa devi fare questa settimana?".

"Scegliere i gusti speciali. Non sono necessari per l'apertura, perché ho già quelli principali pronti per l'uso, ma volevo anche capire che ne pensa il paese. Far sentire la comunità parte del negozio".

Scesero dal ponte, poi risalirono la strada fino alla piazza.

"Un tocco di classe. Sono del posto e il mio gusto preferito è menta e cioccolato. Il meno preferito è rum e uvetta. Per favore, non farlo tornare in auge".

Ellie sorrise. Era bello parlarne con qualcuno che poteva farla ridere. "Niente rum e uvetta, non siamo negli anni Settanta. Menta e cioccolato è sicuramente nella top ten. Un fornitore artigianale locale sta producendo i miei quindici gusti di base, gli ultimi cinque li preparerò io stessa in loco. Questa settimana dovrò mettermi all'opera".

Natalie annuì. "Se posso aiutarti in qualche modo, fammelo sapere. Ho aperto anche io un negozio, ho passato quello che stai passando tu. Qui siamo una comunità, ricordalo".

Ellie lo sapeva bene. Il giorno prima Jodie della Chewford

Immobiliare l'aveva abbracciata per strada. Più tardi, quando era andata a prendere del fish and chips, Barry, il proprietario, aveva chiacchierato con lei per un paio di minuti nonostante la coda. A Upper Chewford gli affari erano importanti, ma anche le persone. Il cambiamento rispetto alla sua vita precedente era una brusca inversione di 180 gradi, e lei stava ancora cercando di accettarlo.

"Sai che potrei essere nel tuo negozio a piangere sulla tua spalla quando la mia apertura andrà a rotoli?".

"Non succederà. Te lo garantisco. E se succede, sorridi e fai finta che il gelato *dovesse uscire* così denso. Che il caffè *doveva essere* così debole. È una nuova moda che hai portato da Londra, e Upper Chewford è fortunata ad averti".

Ellie rise. "Sei sprecata nel tuo negozio. Dovresti occuparti di marketing".

"Lo faccio già per Upper Chewford". Natalie mosse il braccio a 180 gradi per indicare la piazza del paese. Spostò lo sguardo sulla strada prima di fermarsi su Ellie. "Non che abbia bisogno di molto marketing. La vista è davvero stupenda".

Ellie sussultò. Stava ancora parlando del paese? Espirò pesantemente, alzando le spalle per interrompere il momento e i suoi pensieri.

Iniziarono a camminare per gli ultimi minuti intorno alla piazza per tornare alle loro rispettive case.

"A proposito, Red stava parlando di pubblicità nazionale per il festival, mi sembra? Una rivista, non so quale. Dice che amerebbero uno spaccato di vita del paese, soprattutto se raccontassimo le storie che ci sono dietro. Potrebbe essere un'ottima pubblicità per tutte le nostre attività e per Upper

Chewford. Volevo parlarne prima con te prima di darle il via libera".

Natalie si voltò quando si fermarono davanti al negozio di Ellie. "Sai una cosa? Non sei come mi aspettavo. La maggior parte dei londinesi non è interessata ad altro che a fare soldi facili, ma tu sembri più interessata ad aiutare gli altri. E, tra l'altro, lo fai nel modo giusto". La guardò con un sorriso. "Un po' di pubblicità sarebbe utilissima. Di' a Red che può farlo assolutamente".

Ellie annuì. "Va bene".

Erano tornate al punto di partenza. Solo che, in qualche modo, Ellie sentiva che le cose erano davvero andate avanti a passi da gigante.

Capitolo 16

Natalie era seduta con Fi, Rocky e il padre quando Ellie si presentò al quiz del lunedì sera. Ce l'aveva fatta. Ellie aveva aperto l'Ultimate Scoop quel sabato e aveva offerto gelato gratis da mezzogiorno alle due. Ovviamente la voce si era sparsa e si era creata una fila intorno all'isolato. Aveva continuato per tutto il fine settimana e anche quel giorno.

Natalie la salutò, poi si preparò alla reazione del padre. Stava armeggiando con il telefono, ma per quanto ne sapeva lei non aveva fatto scommesse. Non poteva preoccuparsi di questo adesso.

Ellie si fermò al tavolo. "Prendo da bere per qualcuno?".

Fi annuì. "Un'altra birra, se me la offri".

Ellie andò al bar e chiacchierò con Helen, la responsabile del quiz, come se fossero vecchie amiche. Un brivido corse lungo la schiena di Natalie, ma lo respinse. Immaginava che molte persona fossero influenzate dal fatto che Helen fosse una professoressa di Oxford, avesse un'auto sportiva fiammante e fosse di bell'aspetto. Aveva quel look da accademica sexy, con il colletto che usciva dal maglione e un modo di fare spavaldo. Ellie non si sarebbe innamorata di Helen, vero?

Natalie ricordava di aver visto Ellie al pub la sera dell'appuntamento al buio. Aveva desiderato che il mondo la inghiottisse. Ora non riusciva a immaginare la sua vita senza le sorelle Knap, che avevano portato dolcezza nella sua vita. Le sembrava di averle sempre avute intorno.

Suo padre si chinò e fece il solletico alla guancia di Rocky, che si sedette in grembo a Fi. "Allora, cosa succede nella tua vita, Fi? C'è qualche uomo di cui mi vuoi parlare?".

Nat cercò di non dare troppo peso alla domanda casuale sulla vita sentimentale della cugina. Riusciva a farlo quando si trattava di un uomo e di una donna, ma non quando si trattava di lei. A conferma della sua tesi, entrarono Ethan e Jen. Jen aveva il pancione adesso. Entrambi salutarono come facevano sempre e Natalie tirò un sospiro. Non era colpa loro.

Per il padre e per la maggior parte del paese lei sarebbe sempre stata quella che aveva cambiato sponda. Quella con l'ex marito. Per Ellie però non era così: a Natalie piaceva quella tabula rasa. Con lei poteva essere autentica, la persona che era davvero, non l'immagine che qualcuno aveva di chi era prima, cioè quello a cui si aggrappava il padre.

"Assolutamente no, Keith. Ho dovuto mollare l'ultimo perché odiava Rocky. Non è stato bello". Fece una pausa. "Comunque, stavo pensando che la prossima volta potrei essere più fluida e provare con una donna, per tenere aperte le mie opzioni. È di gran moda". Fi fece allo zio un sorriso languido.

Lui, a sua volta, quasi tossì il suo drink. "Giusto", rispose, con le guance che diventavano rosa. Gli lampeggiò qualcosa sul telefono, lo girò, mandò giù il drink e si alzò. Dove stava andando? Se aveva a che fare con quello che Fi aveva appena detto e con l'arrivo di Ellie, Natalie non ci stava.

"Il quiz sta per iniziare, papà". Cercò di tenere la voce

sotto controllo mentre Ellie tornava a sedersi con un calice di vino bianco e la birra di Fi.

"Scusatemi". Infilò il telefono in tasca e prese la giacca. "È successa una cosa. Divertitevi, potete farcela anche senza di me".

Natalie gli mise una mano sul braccio. "Che cosa è successo? Vivi a Upper Chewford, lavori con tua sorella. Non *succedono* cose". Era vero. Non succedeva mai niente.

Lui scrollò via la mano. "Forse è ora di cambiare, non credi? Anche a me è concessa una vita". Fece una pausa, posò lo sguardo su di lei, poi scosse la testa. "Devo andare".

Natalie si sedette, svuotata. Era come se l'avesse schiaffeggiata. Si rivolse a Fi. "Che cosa è successo?"

Il volto di Fi era corrucciato. "Credo che, per la prima volta in vita sua, zio Keith si sia un po' stranito. L'ha fatto anche quando tua madre lo ha lasciato?".

Ellie seguiva la situazione come una partita di tennis, girando la testa a destra e a sinistra.

"Non che io ricordi". Natalie incrociò le braccia mentre Josie batteva sul microfono e annunciava che il quiz sarebbe iniziato entro due minuti. Non aveva tempo di inseguirlo o di pensarci adesso. Se ne sarebbe occupata il giorno dopo, quando lui si fosse calmato. "Bah, famiglie". Si voltò verso Ellie. "I tuoi genitori fanno così?".

Ellie scrollò le spalle. "Vivono a Dubai, quindi non saprei. Non erano molto propensi a fare i genitori. Almeno tuo padre vive vicino, sei fortunata".

* * *

Fi se ne andò al termine del quiz, subito dopo che Rocky aveva fatto la pipì su una gamba della sedia e poi si era azzuffato con Winston, il cane del pub molto più grosso di lui. Non aveva speranze di vincere, ma nessuno lo aveva detto a Rocky. Natalie aveva invece detto a Fi che era colpa sua perché l'aveva chiamato Rocky, facendogli credere di essere un combattente da trofeo. Tuttavia, era impressionata dalla dedizione Fi; erano anni che sua cugina non si impegnava così tanto in una relazione. Anche se era con un cane.

Natalie ed Ellie bevvero un ultimo bicchiere dopo il quiz prima di lasciare insieme il Golden Fleece. Il cielo di fine aprile era scuro, ma l'aria stringeva ancora tra le mani l'ottimismo della quasi estate. Ellie guidò Natalie verso uno dei tavoli da picnic in legno nel giardino del pub lungo il fiume. Si sedette, battendo i piedi per terra.

"Vuoi sederti un attimo? È bello qui, al chiaro di luna e con le stelle. A Londra non riuscivo mai a vederle, ma qui è tutta un'altra storia".

"Non c'è wi-fi, ma abbiamo le stelle". Natalie si spolverò i jeans mentre si sedeva accanto a Ellie, i loro fianchi si toccavano. Il contatto la riscaldò.

"È un compromesso che posso accettare".

Rimasero in silenzio per qualche secondo prima che Natalie parlasse. "Ti ho vista chiacchierare con Helen al bar. La conosci?". Mise le mani sul tavolo di legno.

Ellie scosse la testa. "No, ma la vedevo alla finestra del suo cottage, mentre lavorava al pc. Mi sono sempre chiesta cosa stesse facendo. Sembra sempre così... sicura. Come se fosse esattamente dove vuole essere. Ricordo di aver pensato che mi sarebbe piaciuto essere così con qualsiasi cosa stessi facendo. È una professoressa di Oxford".

Natalie si rilassò. "Chi avrebbe mai detto che il mondo accademico potesse essere così affascinante?".

Ellie annuì. "Vero? Le ho chiesto se stava scrivendo una ricerca che sarebbe stata pubblicata su una rivista accademica. È stata un po' vaga, ma immagino che sia quello che fanno".

"Credi che l'Ultimate Scoop ti terrà avvinta allo stesso modo? Non stai già pensando che la tua vita a Londra era molto più semplice?".

Ellie sorrise, voltandosi verso di lei. La profondità del suo sguardo tolse il fiato a Natalie.

"Se un anno fa qualcuno mi avesse detto che avrei fatto tutto questo, gli avrei riso in faccia. Avevo un lavoro serio che mi faceva guadagnare soldi seri, ma ero anche molto infelice". Scrollò le spalle. "Non dico che i primi tre giorni non abbiamo avuto degli intoppi, ho persino finito il gelato al cioccolato. Grazie a Dio il fornitore è vicino e ha avuto pietà di me con una consegna d'emergenza. Ma sai una cosa? Mi sono rassegnata. C'erano altri gusti tra cui scegliere, quindi non è stata la fine del mondo".

Ellie scosse la testa. "Chi avrebbe mai pensato che sarei stata così calma e misurata?". Si batté l'indice sul petto. "Io, che ero perennemente stressata e che ero solita prendere pillole per il mal di testa come fossero caramelle. Ho anche scoperto che non mi dispiace avere a che fare con il pubblico. Chi se lo immaginava? Per tutto questo tempo mi sono nascosta dietro i miei fogli di calcolo, mentre in realtà avrei dovuto fare la barista al Costa Coffee".

"Forse è un'ambizione che potrai realizzare l'anno prossimo".

Ellie si lasciò scappare una risata. "È bello avere delle opzioni". Fece una pausa, voltandosi a guardarla. "E tu? Va tutto bene con tuo padre?".

Natalie sentì lo stomaco capovolgersi. "Sì. Beh, hai visto, le cose sono un po' strane. Ho sempre pensato che avessimo un rapporto stretto, soprattutto dopo che la mamma se n'è andata, ma qualcosa è cambiato e non riesco a capire cosa".

Ellie mise una mano sulla schiena di Natalie e la accarezzò facendo su e giù.

Natalie rabbrividì, armeggiando con la cerniera della giacca. Una mappa termica del suo corpo in quel momento avrebbe rivelato che tutto il calore si stava riversando nel basso ventre. Fissò il fiume, concentrandosi sulla luce della luna sull'acqua. Le sue increspature imitavano praticamente ciò che accadeva dentro di lei.

"Sono sicura che me ne parlerà quando vorrà".

Le suonava familiare, perché era il modo in cui anche Natalie affrontava le cose. "Lo so". Fece una pausa. "Deve essere dura non avere i tuoi genitori vicino".

Ellie scrollò le spalle, allontanando la mano. "Non proprio. Sono via da più di vent'anni, quindi io e Red ci siamo abituate. Però sono contenta di avere lei. Tu sei figlia unica, vero?".

"Sì, anche se io e Fi siamo come sorelle. Siamo cresciute insieme, quindi in un certo senso lo siamo".

Rimasero in silenzio per qualche istante, sentendo i passi degli altri frequentatori del pub che scricchiolavano sulla ghiaia del parcheggio.

"Hai corso in questi giorni?".

Ellie annuì. "Sì. Ora che so dove andare, è molto più facile. Tutto grazie a te". Fece una pausa. "In effetti, il fatto che questo trasferimento sia stato abbastanza facile è merito tuo. Non ci avrei mai pensato dopo averti spinta nel fiume, o quando mi hai urlato contro per come avevo parcheggiato".

Nat colse il sorriso di Ellie. "In mia difesa, era un parcheggio terribile. Ma da allora ti sei riscattata grazie al tuo spirito comunitario e alla tua disponibilità a includere il mio gusto di gelato preferito".

Ellie sollevò un sopracciglio. "È stato molto gentile da parte mia, vero?".

"Sei una persona gentile". Natalie sussultò quando i loro sguardi si unirono ancora una volta. La tensione era un po' troppo intensa e non era sicura della direzione che stava prendendo, né di essere pronta.

Si alzò di scatto e offrì la mano a Ellie. "Torniamo verso casa?".

Ellie le prese la mano e la strinse leggermente prima di lasciarla andare. "Possiamo andare un po' più avanti prima di attraversare i ponti?". Ellie si voltò mentre lo chiedeva. "Non ho mai visto il fiume con un così bel chiaro di luna e così poca gente".

E così fecero. Mentre camminavano fianco a fianco, Natalie fece un passo sulla riva erbosa del fiume per far passare altri quattro escursionisti notturni sul sentiero.

"Conosci qualcuno che vive in queste case?". Ellie indicò la fila di cottage lungo il fiume che costeggiavano il loro percorso. Erano tutti costruiti nella tradizionale pietra delle Cotswolds, con piccoli giardini anteriori e tradizionali cancelli a doghe di legno.

"Solo Fi. Ne ha una all'altra estremità del fiume. Mio

padre vive vicino al vecchio mulino, ma la sua casa non è sul fiume. Questo aggiunge un altro zero al prezzo".

"Tua zia non vive qui?".

Natalie scosse la testa. "Ha una casa sul terreno della distilleria, questi appartamenti sarebbero troppo piccoli per lei. A Yolanda piacciono le cose grandiose".

"E tu?".

"Per ora sono contenta del mio appartamento. Non sono mia zia, non ho bisogno di molto per vivere al meglio. Voglio solo godermi il mio lavoro, avere un posto confortevole dove vivere e, alla fine, qualcuno con cui condividerlo. Due su tre non è male". Natalie guardò il cielo di granito, illuminato dalla luna piena. Non aveva letto che quella sera ci sarebbe stata una superluna, ma sembrava uscita da un libro per bambini. Le sembrava di poter allungare la mano e toccarla, ma quello che voleva fare davvero era allungare la mano e toccare Ellie. Non osava guardarla, per paura di ciò che il suo viso avrebbe potuto esprimere. Non le sarebbe dispiaciuto che fosse Ellie la persona con cui condividere le cose.

Si stavano avvicinando al vecchio mulino. Ellie si voltò verso l'ultimo ponte pedonale e Natalie la seguì.

Quando Ellie arrivò al centro, si fermò, alzando la testa per ammirare la luna.

Natalie si fermò accanto a lei, facendo lo stesso. Gli unici suoni erano il dolce incresparsi dell'acqua limpida che passava sotto di loro e il battito del suo cuore che le pulsava nelle orecchie. Guardò a destra e a sinistra, ma non riuscì a vedere nessun'altro.

"Sai, è strano essere qui. Non avrei mai pensato di trasferirmi in campagna, e invece eccomi qui, con una gelateria in un paese delle Cotswolds. E mi sento come se fossi a casa, come se mi appartenesse. Non mi sono mai sentita così a Londra, indipendentemente da quante feste ho frequentato, da quanto ho bevuto, da quante persone ho incontrato. Mi sono sempre sentita fuori luogo, come se fossi un piolo quadrato in un buco rotondo. Qui invece sento di avere spazio per respirare, tempo per pensare". Si voltò, guardando direttamente Natalie. "E soprattutto, persone con cui condividere questo tempo. Persone che ho appena conosciuto".

Natalie non distolse lo sguardo, ma si avvicinò di un passo a Ellie. "A volte non è importante da quanto si conosce una persona, ma come ti fa sentire".

Fece un altro passo, fino a trovarsi di fronte a Ellie. Poi le prese la mano, continuando a guardarla negli occhi. Non si fermò a pensare a ciò che stava facendo, fece semplicemente ciò che le sembrava giusto. Ciò che sentiva naturale. Ciò che le sembrava perfetto per entrambe. "Mi fai sentire viva, come se fossi entrata in un altro universo. Non quello in cui tutti mi conoscono da quando ero piccola: con te, posso finalmente essere me stessa".

Le palpebre di Ellie tremolarono mentre ascoltava le parole di Natalie. Poi, lentamente, avvicinò le dita di Nat alle labbra e le baciò, una per una.

Il desiderio era talmente forte da scivolare sulla pelle di Natalie.

Senza un'altra parola, si avvicinarono l'una all'altra. Ellie passò un braccio intorno alla vita di Natalie. Era la mossa perfetta nel momento perfetto. C'era qualcuno che poteva vederle? Natalie non aveva intenzione di guardare, perché non voleva fermarsi. Aveva messo in pausa la sua vita per troppo tempo. Da quando aveva fatto coming out si era mossa in punta di piedi, facendo di tutto per far sentire tutti gli altri a proprio agio con lei. Ora non più. Doveva vivere la vita che voleva, non quella che voleva il padre o quella che voleva il paese. Voleva vivere Ellie. E soprattutto, voleva baciarla, su quel ponte, al chiaro di luna. In quel momento.

Per fortuna, Ellie sembrava voler fare lo stesso, il che era comodo, visto che le sue labbra erano qualche centimetro più in alto. Ellie si chinò e nel giro di pochi secondi le sue labbra premevano sulle sue, ed era fantastico. Per una volta Natalie non stava pensando, stava solo agendo. In ogni altro ambito della vita era una che agiva, e chiaramente doveva iniziare a farlo nella sua vita amorosa. Non aveva baciato nessun'altra donna all'aria aperta di Chewford, ma ora stava mettendo da parte le sue vecchie paure e abbracciando la novità. Abbracciando Ellie.

Ellie era una boccata d'aria fresca nel paese, Natalie lo sapeva già, ma con le labbra di Ellie sulle sue stava respirando nuova vita ogni secondo che passava. Natalie si tenne stretta, sciogliendosi mentre le labbra di Ellie si muovevano sulle sue.

Quando Ellie le infilò delicatamente la lingua in bocca, il cuore di Natalie fece un salto di gioia. Il piacere era disorientante. Un basso ronzio nel suo ventre; un formicolio che le danzava sulla pelle. Il suo corpo ondeggiava al chiaro di luna mentre il bacio sicuro di Ellie la portava via da Upper Chewford, dalle Cotswolds e in una favola in cui immaginava ogni scenario possibile. Tutto per un solo bacio.

Se fossero andate a letto insieme probabilmente Natalie sarebbe esplosa.

Spostò la mano sulla schiena di Ellie, tirandola vicino,

desiderando che ogni parte dei loro corpi si avvicinasse. Quando i loro seni si unirono, Natalie gemette nella bocca di Ellie, sentendola ovunque. Erano illuminate come una coppia d'oro sul ponte? Una troupe di ballerini stava forse per disporsi in formazione, pronta a celebrare quel momento? Era quello che sarebbe dovuto accadere. Dopo quella notte avrebbero dovuto apporre una targa: *Natalie ed Ellie si sono baciate qui, nel 2019.*

Dopo quello che sembrò un minuto, ma forse erano ore, Natalie si tirò indietro, senza però che i suoi occhi lasciassero Ellie.

Ellie storse le labbra in un sorriso. "Se avessi saputo che fermarsi su un ponte ti avrebbe fatto questo effetto, l'avrei fatto settimane fa. È da molto che sto pensando di baciarti".

"Davvero?" *Era inaspettato.* "E questo ponte. È il ponte dove tutto è cominciato e dove mi hai fatta cadere".

"Non mi dispiace che sia successo. Almeno mi sono fatta notare".

Natalie rise, inspirando ancora un po' l'odore di Ellie. "Non sei passata inosservata".

Alcune persone si stavano avvicinando al ponte, interrompendo il loro momento privato. Prima o poi sarebbe successo, ma fece comunque sospirare Natalie. Maledetta la vita reale e la sua prevedibilità.

Natalie fece un passo indietro tendendo un gomito, invitando Ellie a infilare il braccio nel suo. "Ti accompagno a casa?".

Ellie sostenne lo sguardo di Natalie per un paio di secondi, poi annuì. "Non vorrei perdermi".

Capitolo 17

Ellie era contenta di avere qualcosa su cui concentrarsi, perché altrimenti si sarebbe fissata sul bacio della sera prima. Avrebbe potuto essere più perfetto? La gente scriveva canzoni pop su cose del genere. Facevano milioni. Forse lei avrebbe dovuto scrivere una canzone pop?

Lo avrebbe fatto.

Una volta terminato l'elenco delle cose da fare.

Quando erano tornate a casa la sera prima, aveva detto a Natalie, a malincuore, che avrebbe dovuto chiudere lì la serata, visto che doveva alzarsi per preparare il gelato alle 5 del mattino. A cosa aveva pensato quando aveva deciso di cambiare carriera? Non che avrebbe incontrato una persona come Natalie, sicuramente. Le dimostrava che le cose belle arrivano davvero in piccole confezioni. Natalie era proprio la persona che non avrebbe mai incontrato a Londra. Ora però non era più a Londra. No, ora indossava un grembiule macchiato di frutta e cercava di fare il suo gelato al bourbon e allo sciroppo d'acero alla perfezione. Se ci fosse riuscita entro un'ora, si sarebbe premiata con un secondo caffè forte. Solo che la sua mente continuava a vagare.

Il loro bacio era stato esplosivo. Era qualcosa che aveva immaginato per tutta la vita, ma che non aveva mai sperimentato. Ora però sì. Dentro di lei erano scoppiati dei fuochi d'artificio. Era come se il festival estivo fosse arrivato in anticipo per il suo cuore. I festoni erano ancora fuori, la banda musicale cantava ancora la sua canzone. Natalie se ne era accertata dandole un altro bacio rovente davanti alla porta di casa di Ellie, facendola inciampare sulle scale e facendola addormentare sognando zucchero filato rosa.

Erano passate varie ore. Cosa era successo dopo? Era un rapporto che voleva approfondire e sperava che anche Natalie la pensasse così. Dal bacio della sera prima aveva intuito che era così. Tuttavia, non poteva dedicare molto tempo a nulla in quel momento. Aveva due attività da mandare avanti, un appartamento da vendere, un'ex con cui chiudere. Chiuse gli occhi pensando a Grace, poi scosse la testa.

Sostituì l'immagine di Grace con quella di Natalie che la guardava con tale desiderio da farle stringere lo stomaco. Sorrise alla macchina del gelato, poi quasi le disse di stare zitta. Oh Dio. Essere la proprietaria di un negozio la stava facendo impazzire ed era solo la prima settimana. Aveva bisogno di un caffè.

Uscì nello spazio principale e accese la macchina del caffè. Mentre Ellie aspettava che si scaldasse, si avvicinò alla finestra di fronte a lei e fissò la piazza del paese. File di auto sedevano ordinatamente in attesa dei loro proprietari. Il sole era già sorto, un giorno azzurro come il cielo stava per nascere. La luna era ancora visibile, bassa nel cielo. Sorrise. Quella stessa luna aveva illuminato la strada la sera prima. Le fece un saluto, sgranò gli occhi e tornò alla macchina del caffè. Stava davvero impazzendo.

Si stava versando il caffè macchiato quando vide una

striscia di blu passare davanti alla finestra. Era Natalie? Mise giù il caffè e guardò meglio proprio mentre Natalie si muoveva all'indietro al rallentatore, facendole un cenno di saluto. Mimò che stava andando a correre, anche se era abbastanza evidente, e fece sorridere Ellie.

Ellie prese la sua tazza di caffè e mimò di berlo.

Si erano trasformate in due deficienti, ma lo adorava.

Natalie le rivolse un sorriso, con le guance arrossate, e poi un occhiolino.

Ellie si sciolse un po' quando sparì dalla vista. Era cotta per lei e non erano nemmeno andate a letto insieme. Prese il telefono e mandò un messaggio a Red. Dovevano incontrarsi, e presto. Lei non amava i discorsi d'amore e le relazioni, lo sapevano tutti. Era un argomento disastroso.

Red, invece, conosceva il terreno.

* * *

Il negozio era chiuso, ma Ellie stava ancora lavorando quando arrivò Red. Le fece cenno di entrare e di usare la propria chiave. Ormai mimava tutto?

"Ehi sorellona, come va il settore dei gelati?". Red si avvicinò e le diede un bacio sulla guancia.

Ellie non si mosse: avrebbe fatto un casino. Red abbassò lo sguardo e fece una faccia sorpresa.

Ellie sollevò un piede nudo dalla ciotola dell'acqua ghiacciata e lo appoggiò sull'asciugamano steso sul pavimento.

Red le lanciò un'occhiata. "È una sorta di nuova terapia?".

"È una terapia del tipo 'sono stata in piedi tutto il giorno e i miei piedi hanno bisogno di un po' di amore'. Quindi sì, più o meno. L'ho letto in un forum online per proprietari di gelaterie. Stare in piedi tutto il giorno fa male. Questo funziona benissimo". Cambiò piede. "Mi si stanno intorpidendo i piedi".

"Non sarebbe più facile farlo da seduti?".

Ellie aggrottò le sopracciglia. "Ho del lavoro da fare".

Red alzò le mani. "Dimentica quello che ho detto". Si appoggiò al bancone posteriore, spostando una tazza di caffè che Ellie aveva appena finito di bere. "Qual è la grande novità che devi dirmi? Spero sia buona, perché ho appena guidato per un'ora e un quarto per sentirla, con un quarto in più perché sono rimasta bloccata dietro a un maledetto trattore e poi a delle pecore. Voglio dire, dai, *pecore*. Vivo in campagna, ma non *così tanto* in campagna".

Ellie alzò lo sguardo dalla macchina del caffè che stava pulendo. "Preferiresti vedermi ancora a Londra a fare l'infelice?".

Red sorrise. "Cavolo, no. Ora ti vedo molto più spesso. E in questi giorni stai provando delle emozioni. A volte pensavo che le avessi magicamente spente quando eri in città. Vivere in campagna ti si addice, ti rende un po' più umana".

"Grazie, credo". Spostò la bacinella dall'altra parte. Quando raggiunse il banco dei gelati rimise entrambi i piedi in acqua, poi fece cenno a Red con un dito, porgendole un cucchiaino pieno di sorbetto. "Prova questo, credo che ti piacerà".

Red fece come le era stato detto, aprendo la bocca.

Ellie inserì il cucchiaino di sorbetto. Poi aspettò.

Dopo un attimo, il volto di Red si illuminò come se avesse appena vinto alla lotteria. "Mi piace", disse una volta deglutito. "È un sorbetto al gin tonic?".

"Sì! L'ho fatto stamattina, insieme a una ciotola di gelato al bourbon e allo sciroppo d'acero".

"Perfettamente alcolico. Per quanto riguarda il sorbetto, adoro il mix di limone acidulo e zucchero. È come un sorbetto al limone con l'aggiunta di gin. Mi ricorda l'infanzia, ma con un po' di alcol".

Ellie sorrise. "È esattamente la reazione che volevo. Lo metterò nel menu di questo fine settimana". Rimise il sorbetto nella vaschetta di plastica, poi uscì dall'acqua, si asciugò i piedi, indossò le infradito e portò il sorbetto nel congelatore sul retro.

Red la seguì. "Quindi fai fare la maggior parte dei gelati dai produttori, ma fai alcuni gusti tuoi?".

Ellie annuì. "Ci sto ancora lavorando, ma sì. I clienti adorano la roba prodotta localmente ed è davvero ottima. Ho ancora intenzione di produrre tutto da sola prima o poi, ma per quest'estate farò così".

Tornarono indietro fino al negozio principale.

"Ma immagino che non fosse questo che volevi dirmi. La grande novità era il sorbetto?".

Ellie scosse la testa. "No". Fece penzolare le chiavi davanti a Red. "Ma sto morendo di fame. Andiamo a cena e ti racconto tutto?". Si guardò i piedi. "Possiamo prendere la tua macchina? Così non mi cambio le infradito?".

Red sgranò gli occhi, ma annuì lo stesso.

* * *

Red la portò in un pub a Gatbury, un paese vicino. Ellie era contenta di andare in un posto diverso dal Golden Fleece, lontano da orecchie indiscrete. Era esausta dopo un'altra giornata frenetica in negozio. Sua sorella la aggiornò su tutti i nuovi ordini ricevuti e su quanto Gareth fosse stato romantico negli ultimi tempi, comprandole fiori ogni giorno per una settimana. Ellie sorrise quando lo sentì, ma la fece pensare al bacio e a Natalie. Solo quando si trovarono davanti la loro portata principale di curry rosso tailandese Red si concentrò davvero, agitando la forchetta in direzione di Ellie.

"Allora, cosa sta succedendo? Presumo che abbia a che fare con la proprietaria di una certa distilleria".

Ellie annuì. "Esatto. Ieri sera siamo tornate a casa a piedi dopo il quiz al pub e siamo finite a baciarci sul ponte". Si portò una mano al viso. "Ma ora sto impazzendo perché non sono venuta qui per trovare l'amore. Sono venuta per trovare me stessa e concentrarmi su qualcosa di nuovo".

Red sollevò un sopracciglio. "Un po' di divertimento non guasta, però, no?". Fece una pausa. "A meno che questo non sia più di un divertimento".

"Non so cosa sia in questo momento".

"L'hai vista oggi? Sicuramente sì. Non è che potete evitarvi facilmente. Vivete e lavorate l'una accanto all'altra".

"Non proprio. Voglio dire, stamattina mi ha salutata e mi ha fatto l'occhiolino".

"Un occhiolino? Che tipo di occhiolino?".

Ellie scrollò le spalle. "Ci sono diversi tipi di occhiolino? Magari una cosa tipo 'ci vediamo dopo'".

Red prese un boccone mentre rifletteva. "Ma non è passata più tardi?".

"Oggi aveva degli affari da sbrigare alla distilleria. Me l'ha detto ieri sera. La sua macchina non c'era quando siamo partite, quindi deve aver fatto tardi".

"Ok, quindi non ti sta evitando".

Ellie ridacchiò. "Non bacio così male".

Red si lasciò sfuggire una risata. "Non sto dicendo questo.

Io bacio bene, suppongo che sia una cosa di famiglia". Si sedette, sorridendo. "Quindi, dopo aver vissuto in isolamento per settimane, ora ti stai davvero mescolando con la gente del posto. Anzi, te li sbaciucchi! Sai cosa dicono dei londinesi? Che vengono qui, fanno salire i prezzi delle loro case, bevono la loro birra, rubano le loro donne". Indicò la sorella. "Tutto vero".

"Non ho comprato una casa. Ancora".

Avevano finito di mangiare.

Red fece ruotare il calice di vino tenendolo per lo stelo. "Allora, com'è stato baciare una locale?".

Ellie si sedette, scuotendo la testa. Non sapeva come rispondere. "È stato... romantico. Al chiaro di luna. Come una scena di un film".

Red alzò una mano. "Ehi. Fermati". Agitò una mano davanti alla faccia di Ellie. "Che succede? Hai una strana espressione sognante. Non l'ho mai vista prima. Che cosa significa?".

Ellie stessa non ne era sicura. Scosse la testa per avvalorare quella tesi. "So solo che mi è sembrato diverso. Ho baciato parecchie donne nella mia vita, ma nessuna su un ponte al chiaro di luna". Era improvvisamente timida: non voleva ammettere alla sorella che la forza del bacio l'aveva stordita.

Non era per questo che si era trasferita. Si era trasferita per una nuova vita in campagna, per passare del tempo con se stessa. Ora però una donna aveva rovinato i suoi piani. A dire il vero, anche parecchi abitanti del paese avevano rovinato i suoi piani. Stava cominciando ad entrare in sintonia con la zona, a godersi una vita che non sapeva nemmeno che esistesse. Natalie, Fi, Yolanda, persino Jodie, l'agente immobiliare, le avevano mostrato come funzionavano le donne indipendenti lì. Era un sistema che voleva emulare.

E Natalie era una donna che voleva baciare di nuovo.

"Ma soprattutto, nessuna di loro mi ha fatto quasi cedere le ginocchia come lei. È stata come un'esplosione interna".

"È un bel casino".

"Mi sento incasinata, infatti". Ellie non amava il disordine, le piacevano le storie d'amore ordinate e sicure. Quelle controllate e contenute. Il bacio di Natalie però riverberava ancora dentro di lei e lo aveva fatto per tutto il giorno. Mentre serviva gelati e chiacchierava con la gente del posto non pensava ad altro. Non c'era bisogno che Red le dicesse che era una cosa insolita, Ellie lo sapeva già.

Red si sedette, incrociando le braccia mentre il cameriere sparecchiava. "Quindi la mia sorellona potrebbe essere interessata a qualcuno. Si sta innamorando".

Ellie aggrottò le sopracciglia. "Innamorando è un po' un'esagerazione".

"A buon intenditor, poche parole".

"Smettila". Ordinarono un caffè. "Mi sembra tutto un po' surreale, come se fossi atterrata nella vita di qualcun altro. Come se domani mi svegliassi e fosse tutto un sogno".

Red emise un basso fischio. "Deve essere stato un bel bacio".

Il cuore di Ellie rimbombava nel petto. Era vero. "Non ne hai idea". Girò la testa e con la coda dell'occhio vide Keith a un tavolo da solo, che scorreva il suo telefono. Cosa ci faceva a Gatbury? Forse voleva prendersi una pausa da occhi indiscreti.

Si voltò di nuovo verso Red. "Però adesso cosa succede? Un bacio e sono un caso disperato. Non sono abituata, non so cosa sto provando. Le piaccio? Si trasformerà in qualcosa di più?". Ellie scosse la testa. "Ho quarantun anni, porca miseria, e questo mi ha fatto comportare come se ne avessi quattordici. Non ho tempo di baciare la gente sui ponti. Ho un'attività da gestire, un appartamento e un'ex da sistemare, e un festival estivo da organizzare". Chiuse gli occhi. Si era dimenticata del festival, in cui avrebbe lavorato a stretto contatto con Natalie. Questo significava più baci? Lo sperava.

Red si avvicinò e le mise una mano sul braccio. "Il fatto è che hai avuto il tempo di baciare qualcuno su un ponte. Secondo me è fantastico. Sei stata con Grace così a lungo che hai dimenticato cosa significhi essere baciata come si deve. Dimmi, ricordi un bacio di Grace che ti abbia colpita così tanto?".

Ellie riportò la mente a Grace. La loro non era mai stata la storia d'amore del secolo. Se il bacio di Natalie era stato un antipasto delizioso e ricco di burro, la sua relazione con Grace era stata a basso contenuto calorico. La versione dietetica del mondo delle relazioni.

"Grace non proverebbe passione nemmeno se la colpisse in faccia. Non la capirebbe". Grace non si era mai presa il tempo di guardarla negli occhi, di baciarla con tale intenzione. Aveva sempre avuto una tabella di marcia, sempre con un altro posto dove andare. Con Natalie, era come se avessero potuto baciarsi tutta la notte e volerne ancora di più.

"Allora direi che lo devi a te stessa, almeno per un altro bacio. Non posso dirti dove andrà a parare o cosa sta pensando Natalie, ma so che è bello vedere mia sorella un po' confusa, ma anche illuminata". Red si avvicinò e le diede un'altra stretta al braccio.

Ellie lanciò un'occhiata a Keith.

Aveva bisogno di andare in bagno e lui era lì al tavolo. Doveva salutarlo? No, non lo conosceva ancora abbastanza.

Tuttavia, proprio mentre lei passava davanti al suo tavolo, Keith alzò lo sguardo.

Proprio mentre Ellie gli stava lanciando un'occhiata. Maledizione. Non poteva ignorarlo ora. Sorrise, cambiando rotta, che a Keith piacesse o meno.

Dall'espressione del suo viso – sembrava aver visto un fantasma – non era entusiasta.

"Non ti avevo riconosciuto". Ellie mise una mano sul fianco e adottò un atteggiamento disinvolto, cercando di sdrammatizzare la situazione.

Non funzionava. Sembrava che Keith volesse scappare.

"Difficile riconoscerti al di fuori di Upper Chewford. O, in effetti, fuori dal Golden Fleece".

Keith controllò il telefono, fece un sorriso forzato e annuì. Il suo sorriso era lo stesso di sua figlia, il che riportò Ellie alla sera prima. Era già il suo posto felice.

"È bello cambiare zona". Scrutò il locale. "Sei da sola?".

Ellie scosse la testa. "Sono qui con mia sorella per una cena veloce".

Keith si alzò, prendendo il cappotto. "Io me ne stavo andando".

"Non voglio che te ne vada per colpa mia. Hai bevuto solo metà del tuo drink". Perché aveva l'impressione di star interrompendo qualcosa quando Keith era solo?

Ma Keith stava già scuotendo la testa. "Ho bevuto abbastanza. Devo guidare. È stato un piacere vederti".

Ellie si accigliò. Che cosa era successo? Avrebbe dovuto chiederlo a Natalie. Solo che, quando l'avrebbe rivista, c'erano cose che voleva fare molto più che parlare di suo padre.

Guardò Keith scomparire dalla porta e scosse la testa. Qualunque cosa avesse in mente erano affari suoi.

E doveva ancora andare al bagno.

Capitolo 18

La riunione della sera prima alla distilleria si era protratta più a lungo di quanto Natalie avesse previsto, poi era rimasta a mangiare dopo che Yolanda aveva insistito per cucinare. Natalie non poteva certo biasimare la zia per le sue capacità di team building, ma passare del tempo con i suoi compagni di lavoro e la sua famiglia non era tra le sue priorità.

La sua priorità era Ellie e tutto il resto era stato spazzato via come se non fosse mai esistito. Certo, aveva controllato i conti e discusso alcune nuove opportunità per la distilleria. Pensava che avrebbero dovuto estendere l'orario di apertura della distilleria? Natalie aveva risposto di sì. Avrebbero dovuto mettere in servizio un minibus per portare i visitatori fino ai terreni della distilleria per fare picnic organizzati in estate? Quell'idea era stata di Fi, ed era buona. Natalie l'aveva appoggiata con convinzione. Cosa ne pensava della vendita di pacchetti di soggiorno e visita ai clienti del negozio? Era d'accordo.

La verità è che avrebbe accettato quasi tutto perché non vedeva l'ora di saltare in macchina e tornare a casa, sperando di vedere Ellie che lavorava nel suo negozio. O anche solo una luce accesa nell'appartamento, sperando che fosse un segno.

Tuttavia, quando era arrivata a casa, alle 21.30, aveva

trovato l'appartamento di Ellie al buio e nessuna risposta quando aveva suonato il campanello. Delusa, si era rintanata a casa e si era addormentata con difficoltà.

Quella mattina si era svegliata scontrosa, ma non voleva andare alla porta accanto per paura che Ellie... cosa? Che Ellie si fosse dimenticata di quello che era successo lunedì sera? Forse pensava che non significasse nulla, ma la realtà era diversa. Non si era ancora permessa di esprimere a parole il significato di quel bacio, ma sapeva cosa aveva provato.

Polvere di stelle. Speranza. Promessa. Quel bacio l'aveva fatta sentire più a suo agio di quanto non fosse mai stata in vita sua, ma l'idea che Ellie la pensasse diversamente la fece disperare. Mise quei pensieri da parte.

Subito dopo l'ora di pranzo, mentre si stava chiedendo se i suoi piedi l'avrebbero portata oltre la soglia dell'Ultimate Scoop, il campanello della porta del suo negozio suonò. Quando alzò lo sguardo, vedere Ellie la fece quasi cadere. La trepidazione la assalì con tale forza che dovette stringere i muscoli dell'addome per rimanere dritta. Ci riuscì appena.

"Ehi". Ellie abbassò la testa, un rossore le macchiò le guance. Anche lei aveva pensato di passare da lei per tutta la mattina? Forse. "Non posso fermarmi a lungo, non c'è fila in gelateria ora ma non credo che durerà a lungo. Volevo solo sapere se hai da fare più tardi".

Natalie scosse la testa prima di scorrere l'agenda. Che si fottesse qualsiasi altro impegno, si sarebbe assicurata di essere presente.

"Ottimo", rispose Ellie. "Ho lavorato su alcuni gusti di gelato. Vuoi venire da me una volta che ho chiuso e darmi il tuo verdetto?".

Lei sorrise. "Mi piacerebbe molto". Fece una pausa. "A meno che tu non abbia inventato un gusto strano. Dimmi solo che non hai un gelato bacon e uova".

Ellie rise. "Non sarebbe una cattiva idea, ma no, niente del genere. Alle otto va bene?".

Natalie annuì.

"Ci vediamo dopo".

Sì, non vedeva l'ora.

* * *

Natalie non l'avrebbe mai detto a Ellie, ma aveva passato almeno mezz'ora a scegliere una maglietta, poi le aveva scartate tutte. Aveva optato per un top nero con triangoli tagliati sulle spalle e per un paio di jeans che, come le aveva assicurato Fi, le facevano sembrare il culo "commestibile". Anche Ellie si era cambiata rispetto a prima, e aveva un aspetto da cittadina con i suoi pantaloni verdi aderenti e la camicia nera. Non era l'abbigliamento che si indossa di solito per una degustazione di gelato, ma a Natalie piaceva. Dimostrava che anche Ellie ci teneva a quella serata. Perché non avrebbe dovuto? Era un nuovo momento da trascorrere insieme dopo il bacio sul ponte.

Ellie fece entrare Natalie e la condusse a un tavolo in fondo al negozio, senza mai incrociare il suo sguardo.

Natalie la guardò.

Ellie era sempre così alta.

"Sei bellissima". La scrutò mentre si sedeva.

"Anche tu".

Il momento era così teso che se qualcuno avesse acceso un fiammifero, l'intero locale sarebbe andato in fiamme. Invece, Ellie guardò il pavimento.

Natalie tossì. Fu sufficiente per rompere il silenzio.

"Come ho detto, ho fatto qualche esperimento e ho bisogno del tuo verdetto. Ho spostato il tavolo indietro, in modo che la gente che passa non continui a bussare alla finestra pensando che siamo aperti. Lascio le luci spente e, se necessario, possiamo accendere una candela".

"Clandestino. Capito".

Ellie sorrise. "Anche un po' romantico".

Natalie assimilò quelle parole.

"Prometti di darmi la tua sincera opinione?".

Nat si fece il segno della croce sul petto. "Croce sul cuore".

Soddisfatta, Ellie le fece segno di sedersi. Sul tavolo c'erano una bottiglia di rosso e due bicchieri, oltre a una candela corta e tozza in un supporto di vetro blu.

Un colpo alla porta fece voltare Natalie.

"Ci penso io". Ellie prese le pizze dal fattorino, pagò e mise il cibo sul tavolo prima di sedersi. Come tocco finale accese la candela, poi dedicò a Natalie tutta la sua attenzione. "Ho pensato di cenare prima del gelato". Aprì il cartone della pizza e versò il vino.

"Ottima idea". Natalie prese il suo vino. La mano le tremava. Fece un respiro profondo e alzò lo sguardo verso Ellie. "Ho bisogno di bere. Ricordare il nostro bacio dell'altra sera mi rende un po' nervosa". Fece una pausa. "Nel modo migliore possibile".

Ellie le rivolse un sorriso lento e sicuro. "Anch'io non ho pensato a molto altro da quando è successo".

Qualcosa svolazzò nel petto di Natalie. "Sono contenta".

Ellie prese una fetta di pizza.

Natalie fece lo stesso.

L'aria intorno a loro sembrava brillare.

"Allora ceniamo e facciamo finta di esserci appena conosciute. Dimmi qualcosa che non so di te".

Natalie si leccò le labbra e aggrottò le sopracciglia. Qualcosa che Ellie non sapeva... c'erano così tante cose che Ellie non sapeva. Iniziò con l'ovvio. "Ok, l'hai chiesto tu. Non ho fatto coming out fino a 30 anni. E non prima di essere stata sposata con mio marito per sette anni. Che ne dici?".

Ellie smise di tagliare la pizza e alzò lo sguardo. Il suo sorriso era caldo. "Lo capiamo tutti in momenti diversi. Non è inusuale. La società si aspetta certe cose, ed è quello che facciamo".

"Sto cercando di recuperare il tempo perduto, se questo può aiutare".

Ellie sostenne lo sguardo di Natalie. "Hai fatto un ottimo lavoro l'altra sera".

Natalie ansimò mentre una calda ondata di emozione si diffondeva nel suo petto. "E tu? Ti prego, non dirmi che sei una di quelle persone che hanno fatto coming out a 16 anni. Mi fanno sempre venire voglia di piangere".

Le ombre tremolanti della luce della candela catturarono il suo volto e riportarono Natalie alla luce della luna del lunedì. Cercò di non concentrarsi sulle labbra di Ellie mentre parlava.

"Avevo 19 anni. I miei genitori non erano sorpresi, ma per me, beh, era quello che ero sempre stata". Scosse la testa. "Anche se devo dire che lunedì sera mi ha fatto cambiare idea su chi potrei essere in futuro. Di certo ha risvegliato in me cose che non si muovevano da tempo".

Era coraggiosa, a Natalie piaceva. Inspirò a fondo. Ellie si stava aprendo. "Ho provato lo stesso".

Si fissarono per un lungo momento prima che Natalie prendesse la sua pizza. "Hai sempre voluto aprire una gelateria per fare colpo sulle donne?".

Ellie sorrise. "È solo una felice coincidenza che abbia questo effetto. Se ti fa sentire meglio, anche possedere un negozio pieno di alcolici è una bella mossa".

"Non quanto il gelato". Nat fece una pausa. "Quanto ti stai abituando alla vita di campagna in una scala da uno a dieci?".

Ellie le rivolse un sorriso, quello che Natalie era diventata impaziente di vedere negli ultimi tempi. Nessuno ad Upper Chewford l'aveva mai fatta sentire come quando Ellie le sorrideva.

"Un sette pieno. La gente del posto è amichevole e una in particolare ha fatto di tutto per farmi sentire la benvenuta".

Il cuore di Natalie si sciolse. "Sono contenta".

"Anch'io mi sto affezionando al paese". Ellie mantenne il suo sguardo per qualche istante, prima di interromperlo. "E poi, ora che sono uscita dal mio isolamento autoimposto in un campo e mi sono trasferita in un vero e proprio paese, posso parlare con la gente. E stranamente è una cosa positiva. Mi risolleva l'umore. Le conversazioni qui sono decisamente migliori rispetto a quando eravamo solo io e le pecore".

"Buono a sapersi". Natalie studiò il volto di Ellie, chiedendosi quanto avrebbe dovuto insistere per ottenere dettagli sul motivo per cui si era messa in isolamento forzato. "Sei venuta qui per scappare da qualcosa?".

Ellie scosse la testa prima di prendere fiato. "Il solito. Un lavoro molto stressante, non sapevo più perché lo facessi. Una relazione inacidita. Una vita basata sul duro lavoro.

Mia sorella mi ha incoraggiata a cercare una nuova vita vicino a lei, e così eccomi qui".

"Tua sorella mi piace molto".

"Anch'io le sono molto affezionata". Ellie fece una pausa. "Quindi questa è la mia triste e prevedibile storia. Una londinese che scappa in campagna per sfuggire alla vita di città. Non è originale".

"Ma possedere una cioccolateria e una gelateria è molto originale. Qualcuno potrebbe pensare che hai una fissa con lo zucchero e i latticini, ma io non credo che esista una cosa del genere".

"Non credo nemmeno io". Ellie masticò la sua pizza mentre fissava Natalie. "E tu? Hai accennato a un marito, e poi hai chiuso il discorso con noncuranza".

Natalie alzò le spalle. "L'hai incontrato al pub l'altra sera. Ethan. Ora è sposato con Jen, la parrucchiera del paese, che è anche incinta".

Ellie fece un'espressione strana. "Jen di A Cut Above?".

"Lei".

Sollevò una parte dei suoi capelli scuri e setosi. "Me li ha tagliati lei. È brava". Era chiaramente un po' spaventata da quella nuova informazione. "Deve essere strano. Ti taglia i capelli?".

Natalie scosse la testa. "Prima che si mettessero insieme sì. Dopo, avevamo un accordo tacito. Sono sicura che ora non avremmo problemi, ma quando si sono messi insieme era troppo strano. Ora vado a Gatbury".

Ellie si raddrizzò sulla sedia. "Forse dovrei farlo anch'io". Alzò il pugno. "Per solidarietà".

Natalie rise. "Non siamo in guerra, ed è una brava parrucchiera. Mio padre ci va ancora, se ti fa sentire meglio".

"Ha fatto un buon lavoro", concordò Ellie. "Ma comunque, torniamo al tuo ex marito. A parte il fatto che non ti fai tagliare i capelli dalla sua nuova moglie, andate d'accordo ora?".

Un cenno della testa. "Sì. Ci siamo lasciati, ma non è stata colpa di nessuno". La sua mandibola si irrigidì mentre parlava. Non era ancora il suo argomento di conversazione preferito. Era comunque qualcosa in cui aveva fallito, e odiava fallire.

"Deve essere ancora difficile per te, però".

Natalie bevve un sorso di vino prima di rispondere. "Ci sono abituata. Non siamo a Londra, qui non possiamo nasconderci. La vita va avanti".

Ellie catturò il suo sguardo e si persero l'una negli occhi dell'altra. "Non è Londra, e sai una cosa? Mi piace. Non l'avrei mai pensato, perché mi piaceva l'anonimato che Londra mi offriva. Potevo camminare ogni giorno per la stessa strada e non vedere mai le stesse persone. Potevo vivere in un palazzo per anni e non conoscere mai i miei vicini. Poi però mi ha iniziato a rattristarmi". Agitò la mano nell'aria. "Qui è tutto diverso. Tutti conoscono tutti".

"Credimi, smetterà di piacerti *molto* presto".

Ellie sorrise. "Ne sono certa, ma per ora è confortante. Mi piace alzarmi e conoscere la persona da cui compro il caffè, Josie, la direttrice del pub, e te. Per la prima volta dopo secoli mi sento in sintonia, come se le cose fossero al loro posto. Incontrare l'intero paese ed essere accolta è stato incredibile. Conoscere te è stata la ciliegina sulla torta. Soprattutto visto che fai parte della famiglia Hill, la famiglia reale di Upper Chewford – o la mafia, a seconda di chi ne parla".

Natalie si avvicinò e prese la mano di Ellie, intrecciando le loro dita. "Non siamo i reali del paese. Questo onore spetta a Lord e Lady Carlisle, che vivono in periferia nella loro tenuta. Sono nobili di vecchia data. Per quanto riguarda la mafia, Yolanda ha sicuramente l'aria da boss, glielo concedo. Se qualcuno volesse manomettere la sua attività di gin, credo che farebbe di tutto". Si leccò le labbra e i suoi occhi vagarono sul viso di Ellie. "E il gelato che mi avevi promesso?".

Ellie saltò in piedi, interrompendo il loro contatto fisico. "Arrivo subito, signora Hill. Non voglio infastidire la mafia del paese".

Il corpo di Ellie era incredibilmente lungo e snello mentre si muoveva dietro il bancone, accendendo la luce nell'espositore dei gelati e brandendo una paletta di acciaio inossidabile che scintillava mentre si muoveva nell'aria. Mentre mescolava, tenendo nell'altra mano una coppa di gelato con lo stelo, parlò. "Ora voglio un parere sincero. Riesci a indovinare il gusto? E soprattutto, ti piace? Pagheresti per provarlo? Perché qui gestisco un'attività commerciale e ho bisogno di un prodotto di cui i clienti si innamorino e di cui parlino ai loro amici". Portò la ciotola con due palline sul tavolo e la mise davanti a Natalie con un cucchiaio. "Mi serve un giudizio da imprenditrice".

Natalie fissò il gelato sul tavolo. "La prima cosa che noto è che è molto arancione".

"Lo so. Mi piace".

"Sono opinioni". Natalie lo assaggiò, trasalendo per l'impatto. "È freddo!"

"Hai già mangiato un gelato prima d'ora, vero?".

Nat lo fece roteare in bocca prima di alzare il pollice. "Mango e zenzero?"

"Hai delle buone papille gustative".

"Sono brava con la lingua". Fu contenta che le luci fossero spente. Dal calore delle sue guance capì che stava arrossendo. "L'ho davvero detto ad alta voce?".

"Credo proprio di sì. Per il momento non te lo faccio pesare, ma torneremo sulla bravura della tua lingua più tardi". Lo sguardo di Ellie era così acceso che era un miracolo che il gelato non si sciogliesse. "Ordineresti quel gelato se fosse sul menu?".

"In un batter d'occhio. Soprattutto se la cameriera fosse carina come te".

Ellie sorrise. "Sei carica stasera". Tornò dietro il bancone e prese altre due ciotole, portandole a Natalie. "Ok, questo è al cocco e nido d'ape. I miei due gusti preferiti in uno. Dimmi se è troppo dolce, cercherò di non prenderla troppo male".

Non appena Natalie mise il cucchiaio in bocca, chiuse gli occhi per il sapore. Si sedette, scuotendo la testa.

Ellie aggrottò le sopracciglia. "Buono? Pessimo?"

"Buono. Se aggiungi un po' di cioccolato potrebbe essere tuo gusto migliore. Lo mangerei tutto il giorno. Magari mettendoci sopra degli zuccherini al cioccolato?".

Ellie schioccò le dita, prendendo anche lei un cucchiaio prima di annuire. "Hai ragione". Spinse avanti l'ultima ciotola. "Dimmi cosa ne pensi di questo. Banana e caramella mou".

Natalie lo assaggiò, chiudendo ancora gli occhi di fronte alla bomba di sapore. "Adoro le banane, e questo gusto è ottimo. Sei brava". Scosse la testa. "Sono tutti gusti fantastici. Accidenti, farai carriera".

"Ti piace? Red non era sicura, ma volevo provarlo".

"Per me qualsiasi cosa con le banane è buona. Se aggiungi

le caramelle mou, non puoi sbagliare. È incredibile. Un po' come te". Natalie ingoiò il gelato e poi si avvicinò, premendo le labbra su quelle di Ellie. Doveva approfittare della parità di altezza finché poteva.

Ellie si fermò. In quel momento, Natalie fu riportata a lunedì sera, a quanto fossero state bene insieme. Quando si ritrasse, Ellie arrossì, poi si alzò. Riportò le ciotole dietro il bancone, evitando lo sguardo di Natalie. "Grazie per essere venuta e per essere stata la mia prima assaggiatrice ufficiale. È bello ricevere un feedback da qualcuno con cui non sono imparentata. So che Red me lo direbbe se ci fosse un problema, ma…".

Natalie la seguì fino al bancone, abbracciandola da dietro. Era bello essere così vicine, dopo aver mantenuto le distanze fino a quel momento. Era la stessa attrazione che aveva provato lunedì. Ellie aveva un profumo dolce e delizioso, proprio come il suo gelato. "Metti giù i piatti".

Ellie fece come le era stato detto.

"Girati".

Quando Ellie lo fece sembrava così timida, quasi impacciata.

"Perché sei scappata?".

Scosse la testa. "Non lo so. Forse non sono sicura di cosa sta succedendo. Di cosa stiamo facendo". Lo sguardo di Ellie incontrò il suo.

Il braccio di Natalie le circondava la vita, il cuore le batteva forte. Il petto di Ellie si muoveva su e giù, le guance arrossate, un rossore sul collo.

"Stiamo bene insieme. Hai bisogno di sapere di più?".

Ellie scosse la testa. "Non proprio". Lanciò un'occhiata alla strada. Ora erano più visibili. Ellie ne era chiaramente consapevole. Prese la mano di Natalie e la tirò a terra, facendola sedere con la schiena contro il bancone. "Mettiti qui". Se prima era timida, ora Ellie stava prendendo il controllo della situazione.

Tornò pochi secondi dopo, portando entrambi i bicchieri di vino. Poi prese dell'altro gelato alla banana e caramella mou e si sedette accanto a Natalie con la ciotola. La fissò, con lo sguardo ora molto più acceso di quello di cinque minuti prima.

Seduta sul pavimento della gelateria di Ellie, Natalie non aveva idea di come sarebbe andata a finire. "Posso svelarti un segreto?".

Ellie annuì. "Certo".

"Non amo i gelati. Ma il tuo… è fantastico".

Ellie le rivolse un lento sorriso. "Sono contenta". Ne prese un'altra cucchiaiata. "Prendine ancora."

Natalie sussultò. Se lo stava immaginando o la voce di Ellie si era appena abbassata di un'ottava? Aprì la bocca e prese il gelato. Non pensava che del cibo fosse mai stato così carico di erotismo.

Ellie aspettò che deglutisse prima di chinarsi a leccarle il labbro inferiore e poi quello superiore.

Una freccia di lussuria colpì Natalie nel basso ventre.

Poi Ellie la baciò con forza, la ciotola del gelato dimenticata, la schiena premuta contro il bancone. Il pavimento era duro sotto di lei, ma in qualche modo questo aumentava l'effetto. Abbandonò ogni controllo e lasciò che fosse Ellie a dettarle le regole.

Prima che se ne rendesse conto, le mani di Ellie erano sotto il suo top, con la punta delle dita che premevano sui suoi seni e sul suo busto.

Alzò lo sguardo e vide gli occhi spalancati di Ellie puntati su di lei, stava scuotendo leggermente la testa. "Ho una voglia matta di assaggiarti. Tutta".

Il cuore vacillava di nuovo. Non aveva previsto di spogliarsi con Ellie, ma il gelato sembrava avere quell'effetto.

Alzò le braccia e si tolse il top. Ellie spinse indietro la stoffa del reggiseno nero e risucchiò il capezzolo nella sua bocca calda e umida.

Natalie gemette. Lo desiderava *tanto*, più di ogni altra cosa. Se era così bello avere la bocca di Ellie sul suo capezzolo, cosa avrebbe provato in altri posti? Solo il pensiero la faceva tremare.

Un rumore improvviso le fece sobbalzare entrambe, poi si bloccarono.

Ellie girò la testa, ancora ansimante.

Il battito del cuore di Natalie salì lungo il corpo, depositandosi in gola.

Rimasero entrambe immobili per un lungo momento.

Poi, eccolo di nuovo.

Qualcuno stava bussando.

Natalie alzò la testa per vedere Fi in piedi davanti alla vetrina dei gelati, che la guardava con aria di sufficienza. Lì vicino, un cane abbaiava. Rocky. Fi inclinò la testa verso la porta, allargando gli occhi.

Ellie si staccò da Natalie, passandole il top e lisciandole i capelli. Natalie si rimise la maglietta.

Quando fu di nuovo vestita, fece un respiro profondo e superò Ellie per andare fino alla porta del negozio. La aprì e scivolò fuori.

"Mi dispiace interrompere la festa, ma ho pensato che fosse meglio prima che tutto il paese vi vedesse. Ho visto la candela e le luci del congelatore accese. Non capivo se stessero derubando la gelateria, così ho guardato meglio. È stato allora che vi ho *viste*".

Desiderio, imbarazzo e fastidio duellavano in lei, ma Fi aveva ragione. Era un bene che fosse passata lei e non qualcun altro. Non aveva bisogno che il paese conoscesse i fatti suoi, anche perché non sapeva bene di cosa si trattasse.

"Grazie per aver bussato. Non pensavo che fossimo visibili dalla strada".

Fi scosse la testa. "Invece…". Si appoggiò allo stipite della porta. "Però stavi molto bene. Era professionale. Vi darei una buona valutazione su TripAdvisor. Sarebbe sicuramente un modo per fare un'ottima pubblicità al nuovo negozio di Ellie". Fi sorrideva ora, un po' più rilassata.

"Sì, grazie. Vai, ora". Natalie la accompagnò. "Ah, Fi?".
"Sì?".

"Può rimanere tra noi? È una cosa nuova e non voglio che la notizia arrivi a papà e a Yolanda prima di sapere di cosa si tratta. Quindi, per il momento, non dire nulla, ok?".

Fi mimò di chiudersi le labbra e di gettare via la chiave. "Sono muta".

Natalie la guardò andare via, trascinando Rocky con sé, prima di rientrare in casa.

Ellie aveva spento la candela e acceso le luci. Il momento perfetto era svanito. "Tutto bene?".

Natalie annuì. "Bene. Meno male che era Fi e non qualcun altro".

"Mi dispiace, mi sono lasciata trasportare un po'. Ti ho invitata davvero solo per una cena e una degustazione". Ellie incrociò le braccia sul petto.

Natalie fece un respiro profondo. "Non c'è bisogno di scusarsi. Mi è piaciuto tutto". Si morse il labbro. "Vogliamo andare di sopra? Da te o da me?". Ogni terminazione nervosa del suo corpo era in allarme mentre il desiderio le vibrava dentro. Ora che aveva avuto il suo secondo antipasto a base di Ellie, voleva assaggiarla tutta.

Ma Ellie aggrottò le sopracciglia e si avvicinò a lei. Quando fu abbastanza vicina le prese la mano. "Mi piacerebbe molto, credimi, ma ho tante cose da fare domani. Se vogliamo farlo, vorrei farlo bene". Le baciò la mano. "Sei troppo importante per me. Ti dispiace se rimandiamo a domani?".

"Nessun problema". Natalie sapeva quanta fatica ci voleva ad avviare una piccola impresa, quindi aveva senso. Tuttavia, cinque minuti prima era immersa fino alle tonsille in Ellie, perciò la sua risposta fu come un secchio di acqua ghiacciata. "Ci vediamo domani?".

Ellie annuì. "Certo". Portò di nuovo la mano di Natalie alla bocca. Il tocco fece correre un brivido lungo la schiena di lei. "Grazie per aver assaggiato il gelato e per un altro bacio esplosivo".

"Non c'è di che".

Si baciarono di nuovo, ma questo fu un po' più controllato. Natalie cercò di non essere troppo triste.

Chiusero a chiave il negozio e si diedero la buonanotte. Mentre Ellie spariva nel suo ingresso, Natalie si voltò e guardò finché la porta non si chiuse. Era stata quasi una serata perfetta.

Sapeva già che avrebbe riavvolto e ripensato, più e più volte, agli ultimi cinque minuti prima che Fi si facesse viva.

Capitolo 19

Il giorno dopo Ellie si alzò presto per lavorare sui gusti, voleva perfezionare il gelato al marshmallow che sperava di inserire nel menu della settimana successiva. Aveva bisogno di un altro gusto che lo completasse? Red avrebbe detto di sì. Magari doveva congelarlo in modo che si indurisse e offrirlo con una salsa al cioccolato caldo? Poteva funzionare in una ciotola, non in un cono.

Voleva anche provare a spolverare di cioccolato il gusto cocco e nido d'ape. Natalie aveva ragione: gli avrebbe dato una marcia in più e avrebbe fatto parlare tutti.

Così come tutti avrebbero parlato se loro due si fossero spinte oltre. Natalie sarebbe stata d'accordo? Dopo tutto, per Ellie non era un gran problema, il paese la conosceva da poco. Non aveva sfumature, non aveva una storia alle spalle, mentre Natalie era molto conosciuta. Se fossero andate oltre, l'intero paese le avrebbe osservate. Erano pronte a farlo?

A quel pensiero trasalì. Natalie era libera, ma Ellie aveva ancora la questione Grace da risolvere. Anche se erano state lontane per mesi, erano ancora legate. Avevano ancora oggetti in comune da sistemare. Quando avesse avuto un po' di tempo libero sarebbe dovuta andare a Londra per recidere i legami una volta per tutte. Vista la situazione con Natalie, era più urgente che mai.

Ellie si alzò e si diresse verso la macchina del caffè, dando un'occhiata all'orologio. Erano le sette e mezza. C'era stata una marea di gente a guardare dalla finestra mentre lei allestiva tutto. Avrebbe dovuto aprire prima delle 9 per la folla del caffè mattutino? Doveva pensarci.

Macinò i chicchi per il suo cappuccino, osservando il liquido scuro che colava. Riscaldò il latte, poi lo versò dall'alto, avvicinandosi mentre la tazza si riempiva e la schiuma saliva. Una volta finito mosse la schiuma di latte, poi modellò la parte superiore, formando un cuore d'amore. Il caffè era una questione di dettagli e di precisione, ed Ellie voleva farlo bene. Il paese aveva già un'ottima caffetteria che si atteneva a questi principi, ma un po' di sana concorrenza non faceva mai male a nessuno.

Con la caffeina che le scorreva nelle vene, decise di riprovare con Grace. Aveva bisogno di sapere che era fuori dal suo appartamento prima di contattare un'agenzia immobiliare.

Ellie saltò in piedi e afferrò la felpa Cotswolds che aveva comprato in un impeto di vita campestre il primo fine settimana in cui era arrivata. Uscì dalla porta sul retro del negozio e si immerse nell'aria fresca della campagna. Non si era ancora abituata, ed era sempre una piacevole sorpresa. L'aria lì aveva un sapore più dolce, pieno. Passò davanti al negozio locale di articoli per la casa con un'abbondante serie di rane di ceramica all'esterno, superò A Cut Above, dove vide Jen, incinta del figlio dell'ex marito di Natalie. Scosse la testa. Non riusciva ancora a credere a come tutto nel paese fosse intrecciato. Attraversò la piazza del paese con le sue file di auto parcheggiate, scese lungo la strada laterale e arrivò al fiume.

L'acqua la calmava sempre. E, se voleva parlare con Grace, doveva essere calma.

Il sole del mattino era abbastanza alto nel cielo quando lei attraversò il ponte pedonale più vicino al pub e iniziò a camminare lungo il fiume. O meglio, a passeggiare. Quella era un'altra cosa che era cambiata da quando si era trasferita lì: Ellie non aveva mai passeggiato. I londinesi non passeggiavano. Ora però lo faceva. I ricordi di quando ci era passata con Natalie le scorrevano dentro, il calore la inondava dalla testa ai piedi. Era stata baciata per la prima volta dopo secoli e voleva disperatamente che accadesse di nuovo.

Ma prima, Grace. Bastava quel nome per uccidere i suoi sogni felici.

Appoggiò il telefono all'orecchio quando la chiamata si collegò e fece un respiro profondo. Doveva essere calma, chiara, diretta. Non doveva farsi abbindolare dal fascino di Grace. Grace era in grado di uscire da qualsiasi situazione con le parole, era il motivo per cui erano state praticamente amiche per cinque anni.

"Per me sei come il latte nel caffè, tu sei Porzia e io sono Ellen". Questo è ciò che Grace le aveva sempre detto.

Scattò la segreteria telefonica. Tipico. Un'altra delle abitudini fastidiosissime di Grace era che non aveva mai il volume del telefono alzato, quindi non rispondeva quasi mai quando squillava.

"Grace, sono ancora io. Ti chiamo per l'appartamento. Voglio metterlo in vendita la prossima settimana e, dato che non mi hai risposto per farmi sapere se la tua amica si è trasferita o meno, puoi assicurarti che se ne sia andata? Verrò presto a Londra per assicurarmi che tutto sia a posto prima che l'agente scatti le foto, e non voglio vedere il reggiseno di una tua amichetta pendere dal paralume". Era troppo severo? No, quando si trattava di Grace, le cose dovevano essere chiare. Chiarissime.

"Ti farò sapere quando verrò, ma come ti ho detto, lasciami le chiavi. Non dobbiamo vederci per forza". Voleva gestirlo come un affare, dare un taglio netto. Non aveva bisogno di sapere altro sulla vita di Grace. Sapeva già quali sarebbero stati i punti chiave: lavoro, cocktail, donne, coca. Forse non in quest'ordine.

Riattaccò e mise il telefono in tasca.

La luce del sole le colpì il viso e respirò di nuovo l'aria dolce. Una di quelle case era di Fi, ma non sapeva bene quale. Passò davanti a Helen, seduta alla finestra al tavolo da pranzo, con i lunghi capelli chiari che le ricadevano sulle spalle. A Ellie piaceva vederla lì. Voleva salutarla, ma Helen non alzava mai lo sguardo, era sempre troppo concentrata.

Quando raggiunse il ponte vicino al mulino – il *loro* ponte – lo attraversò lentamente, con i fuochi d'artificio che le scorrevano nelle vene. Era una sensazione di cui non si sarebbe mai stancata. Quando Ellie raggiunse l'altra sponda e passò davanti a una vecchia quercia, rallentò. Appeso al tronco c'era un cartello per il festival estivo, che indicava la data del Solstizio d'Estate – il 21 giugno – e chiedeva di partecipare.

Ellie sorrise. Natalie era il cuore pulsante della comunità locale e non poteva essere più lontana da Grace. Con il cuore in gola e la mente sgombra, si diresse verso casa.

Capitolo 20

Più tardi, quel giorno, entrò Josie del Golden Fleece. Sorrise a Natalie. "Hai sistemato tutto dall'ultima volta che sono stata qui". Il suo accento americano rimbalzava nel negozio mentre i suoi occhi scrutavano il banco di assaggio e poi gli scaffali pieni.

Aveva un bell'aspetto. Natalie le fece un cenno. "Abbiamo preso nuovi sgabelli per il banco di degustazione. Fanno rilassare i clienti, e quando sono rilassati tendono a comprare di più".

Josie si toccò la tempia con l'indice. "Intelligente. Dovrei ricordarlo alla mamma".

"Sicuramente puoi dirlo a Clive". Natalie si riferiva allo zio di Josie e co-gestore del locale, che era un po' un peso dietro il bancone. "Allora, sei qui per una degustazione? Per candele profumate al gin? Cioccolatini al gusto di gin?".

Josie prese la candela dallo scaffale e la annusò. "Sa davvero di gin?". La girò. "Venti sterline? La gente paga davvero così tanto per una candela?".

"E sono anche felici di farlo", rispose Nat.

"Ho sbagliato mestiere". Josie posò la candela. "Comunque, sono qui per parlare del festival estivo e per prendere un gelato dalla tua vicina con Harry. Lei sta scegliendo i gusti, quindi non posso restare a lungo". Josie saltò da un piede all'altro, arrossendo. Da quello che Natalie aveva capito, Josie e Harry ci stavano finalmente provando davvero dopo molte false partenze. L'appuntamento al buio aveva fatto da catalizzatore. Natalie era contenta che qualcuno avesse avuto fortuna.

"Come va con Harry?".

Josie abbassò lo sguardo, ma un sorriso imbambolato le si allargò sul viso. "Sta andando alla grande. È davvero fantastica". Josie si portò una mano al petto. "Sono felice di essere tornata a casa. Comunque, la mamma mi ha detto di dirti che siamo felici di ospitare un palco musicale nel giardino, e anche la mostra canina di domenica".

"Eccellente".

"Purché Winston vinca, naturalmente".

Natalie rise. "Potrebbe dover competere con Rocky. Riuscite anche ad organizzare un bancone bar e un barbecue all'aperto? Se il tempo è buono, ne avremo bisogno".

Josie annuì. "Non c'è problema. Mamma verrà alla riunione, ma voleva che ti dicessi che siamo disponibili". Si girò per uscire, aprendo la porta prima di tornare indietro. "Ci vediamo presto al pub?".

Natalie le fece un cenno.

Qualche istante dopo, il campanello della porta tintinnò. Quando alzò lo sguardo, Yolanda era di fronte a lei, intenta a mangiare un gelato. Era rosa scuro e verde, quasi i colori di Wimbledon.

"Hai provato questi gusti?" I capelli di Yolanda erano del colore dell'ananas che Natalie aveva tagliato a fette quella mattina. Yolanda si era tinta di nuovo dall'ultima volta che si erano viste, quattro giorni prima.

Natalie annuì. "Ho fatto una degustazione. Sono piuttosto buoni, vero?".

"Sono deliziosi. Ho preso pistacchio e ciliegia, sono un abbinamento perfetto. Ellie è un genio del gusto".

"Dovresti provare il suo gelato al bourbon con crosta di sciroppo d'acero. È da urlo".

Yolanda sollevò un sopracciglio. "Dovremmo iniziare a produrre bourbon, così potrebbe usare il nostro". Tirò fuori il telefono e prese nota. "Le hai detto di fare il gelato al gin?". Diede un altro morso e gemette.

"Sta facendo un sorbetto al gin tonic".

"Usa il nostro gin?".

"Non lo so".

Yolanda sgranò gli occhi. "Dalle delle bottiglie gratuite di tutti i nostri alcolici. Vediamo se riusciamo a trovare un accordo. Sei tu che comandi. E siete amiche, quindi non c'è problema. Accendi il leggendario fascino Hill. Capito?".

Natalie ripensò alla faccia di Ellie quando aveva provato il loro gin. Aveva cercato di essere entusiasta, ma Natalie aveva capito che stava mentendo. Tuttavia, era stata dolce a cercare di nascondere i suoi veri pensieri. Avrebbe fatto lo stesso anche lei se avesse odiato il gelato di Ellie. Quando ti piace qualcuno, vuoi che ti piaccia tutto di quella persona. Si rese conto troppo tardi che stava sorridendo come una pazza.

Yolanda l'aveva notato. "Hai un sorriso da ebete sul viso come non l'ho mai visto prima". Inclinò la testa. "Keith aveva ragione? È più perspicace di quanto io creda?".

"Non era successo niente quando papà ci ha viste insieme". *Fanculo! Non era quello che voleva dire.*

"Ma ora è successo qualcosa?". Si accigliò. "Perché questa segretezza? Tutto il paese vuole che tu sia felice".

"Non ho ancora detto nulla perché non è ancora successo nulla di *concreto*. Ci siamo baciate".

"Oh, adoro i primi baci!". Yolanda agitò la mano libera in aria, aspirando altro gelato in bocca.

"Ma questo è tutto. Non voglio che gli altri sappiano qualcosa prima ancora di sapere di cosa si tratta. Viviamo in una piccola città, vorrei un po' di privacy per il momento".

La zia annuì. "Lo capisco, ma sono entusiasta per te". Si chinò e strinse la mano di Natalie. "Siete molto carine".

Natalie provò una sensazione di calore. "Vero. Vorrei solo che papà fosse felice per me. Per *noi*". Alzò lo sguardo verso Yolanda. "Potresti parlargli? Puoi vedere se c'è qualcosa che posso fare per rassicurarlo?".

Un lampo che Natalie non riuscì a inquadrare attraversò il volto di Yolanda. "Perché non gli parli tu?".

Fece un'espressione dispiaciuta. "Ci ho provato".

La zia scosse la testa. "Non abbastanza". Fissò Natalie prima di raddrizzare le spalle. "Comunque, Ellie venderà questi gelati al festival estivo?".

"Naturalmente".

"Bene, di certo attirerà gente. Ha contribuito al fondo per il festival?". Il dito di Yolanda puntava verso l'Ultimate Scoop.

Natalie annuì. "Tempo, denaro e consigli. E questo fine settimana verrà a vedere alcuni gruppi musicali con me".

"Eccellente". Si avvicinò a Natalie, pizzicandole la guancia tra pollice e indice. "È una brava persona, Nat. Non rovinare tutto".

Capitolo 21

Il primo gruppo che videro era una band indie: quattro ragazzi con le chitarre e nessuna melodia distinguibile. Natalie non voleva scoraggiarsi, ma con tutta la buona volontà del mondo, non li vedeva bene ad Upper Chewford. In effetti, si chiedeva cosa stessero facendo. La maggior parte dei clienti sembrava infastidita dalla loro presenza e il personale del bar aveva abbassato le chitarre e i microfoni due volte durante il loro concerto. Natalie ed Ellie bevvero e si diressero al loro concerto successivo, a cinque miglia di distanza, a Tuteford.

"Cazzo, erano tremendi". Natalie uscì dalla strada di campagna. Almeno avrebbe passato la serata con Ellie, quindi non era un fallimento totale. Da quando erano state beccate da Fi non erano riuscite a prendere più di un fugace caffè insieme. Ellie era troppo presa dal suo negozio, mentre Natalie era impegnata con il festival estivo. Inoltre, Nat si muoveva in punta di piedi, perché non voleva insistere troppo presto. Immaginava che anche Ellie stesse facendo la stessa cosa.

Guardò a sinistra, dove Ellie era seduta con le lunghe gambe piegate ordinatamente nel vano dell'auto. Era davvero alta e ogni volta si stupiva. Natalie desiderava vedere quelle gambe nella loro forma naturale: nude.

Riportò l'attenzione sulla strada appena in tempo per

sterzare a sinistra, in modo che un'auto in arrivo potesse passare. Le strade lì intorno erano abbastanza grandi per un'auto e mezza, il che significava che, quando c'era un'auto nel senso opposto, ci si doveva spostare sul ciglio della strada.

Doveva concentrarsi. Non era la notte giusta per farsi ammazzare. Non era ancora andata a letto con Ellie.

"Gesù!" Ellie strinse il cruscotto. "Guidi come me quando sono arrivata e ti ho fatta cadere nel fiume".

"Scusa, ero ancora distratta per quanto è stata orribile l'ultima band".

Natalie parcheggiò, inspirando l'odore di Ellie, ammirando il modo in cui i suoi jeans blu scuro avvolgevano il suo sedere formoso mentre entravano nel pub. Stava ancora guardando quando Ellie si voltò.

"Mi stai guardando il culo?". Il sangue le salì alle guance quando Ellie si chinò all'indietro, in modo che le sue labbra fossero vicine al viso di Natalie. "Spero di sì".

Ok, forse Ellie aveva smesso di camminare in punta di piedi. Natalie era d'accordo. Si avvicinò al bar e ordinò un lime e soda e un Sauvignon Blanc per Ellie. Poi si sedette al tavolo rotondo di legno che Ellie aveva occupato.

"Questi sono molto meglio". Ellie fece un cenno verso il palco, dove stava suonando un trio folk. I violini oscillavano, le chitarre tintinnavano e il cantante aveva una voce che sembrava miele fuso. L'intero pub li guardava e cantava con loro.

"Dopo andiamo a chiedere informazioni". Era più che sufficiente. Natalie alzò il calice. "Salute."

Ellie fece tintinnare i loro bicchieri e Natalie sostenne il suo sguardo. Avrebbe potuto fissare gli occhi di Ellie per molto tempo, ma alla fine si costrinse a distogliere lo sguardo.

"A proposito, stai bene". Gli occhi di Ellie scrutarono i jeans neri e la camicia color menta. "Questo colore ti dona".

Natalie si agitò alle sue parole. "Grazie". Si schiarì la gola e guardarono la band fino alla fine della canzone.

"Come sta andando l'organizzazione del festival? O sei stufa che la gente te lo chieda?".

"È una domanda molto perspicace. Sì, sono stufa delle domande della gente, ma tu non sei *la gente*".

Ellie sorrise. "No? Chi sono?".

"Tu sei…" Natalie cercò una parola. "Sei la mia cassa di risonanza. Quindi sei quasi nel comitato, diciamo".

"Mi piace".

"Bene". Anche a Natalie piaceva. "Sta andando bene. Harry di *The Cotswolds Chronicles* fa un articolo ogni settimana, il che è utile. Ho anche prenotato degli annunci, Jodie ha fatto volantinaggio nella zona e affisso dei manifesti".

"Ne ho visto uno sull'albero vicino al fiume. Sembravano fatti bene".

"Il fidanzato di Jodie, Craig, li ha disegnati gratuitamente. È stato utile. Il consiglio comunale si è occupato dei bagni e delle licenze per i bar, tutti e quattro i pub sono d'accordo con le offerte gastronomiche, quindi ora devo solo definire i palchi per la musica, il cibo e le bancarelle, e poi delegare".

Ellie si sedette, scuotendo la testa. "Tanta roba".

"È tutto organizzato ormai. L'unica cosa che mi turba è che Yolanda vuole che io faccia il discorso di apertura e di chiusura. Sa che parlare in pubblico è il mio tallone d'Achille e pensa che sia giunto il momento di superarlo. Dice che devo farlo se voglio fare carriera nell'azienda. E lo voglio fare".

"E smettere di gestire il negozio? Mi mancheresti".

Natalie sorrise. "Non succederà presto, ma non posso gestire il negozio per sempre. O almeno così mi dice Yolanda. È da qualche anno che cerca di portarmi via. Prima o poi cederò. Probabilmente quando mi prenderà il bisogno di un giardino e vorrò cambiare casa".

"Se hai bisogno di aiuto per preparare il discorso, chiedi pure".

"Davvero?" Era una novità.

Ellie annuì. "Ah-ah. Ho passato anni nel mondo aziendale, facendo presentazioni ogni minuto di ogni giorno. Quando si supera un certo livello in un'azienda sembra che non si faccia altro. Gestire un negozio può comportare le sue difficoltà, ma non dover fare presentazioni è un indubbio vantaggio. Mi farebbe piacere aiutarti a fare pratica e darti qualche consiglio su come coinvolgere il pubblico".

Natalie non aveva mai pensato che Ellie potesse piacerle di più, ma in quel momento era al culmine. "Sarebbe fantastico".

Ellie sostenne il suo sguardo per un momento. "Sono felice di aiutarti. Hai già abbastanza da fare, quindi lascia che ti tolga un po' di stress".

Il modo in cui lo disse la fece fremere Natalie. Forse avrebbero potuto esercitarsi nel discorso la mattina dopo, dopo aver passato la notte a *conoscersi*. Questo pensiero fece sì che Natalie accavallasse le gambe e si schiarisse la gola.

"Comunque, sono impressionata dalle tue capacità di organizzazione". Ellie si portò la mano alla nuca mentre parlava.

"Sono bravissima in queste cose e ho molto tempo libero. Non ho figli né moglie, quindi, una volta finito il lavoro, mi organizzo".

"Non ti limiti a stare seduta a guardare Netflix come il resto della popolazione? Non perdi tempo sui social?".

Natalie rise. "Sono una di quelle persone strane che non usano i social. Non dopo il divorzio. Quando è successo ho dovuto aggiornare il mio stato a single, e mi è sembrato di gettare sale sulla ferita. Poi ho deciso che potevo farne a meno. La migliore decisione che abbia mai preso". I suoi amici erano ancora sbigottiti su come potesse vivere senza social media, ma lei ci riusciva benissimo.

"Anche io ho smesso di guardare le foto dei miei vecchi colleghi che bevono cocktail nei locali di Londra. La realtà è molto lontana dalle foto. Sembra che si stiano divertendo, e forse è così. Io non mi sono mai divertita". Ellie rabbrividì mentre parlava.

Natalie le mise una mano sul braccio e si bloccò quando sentì la connessione in tutto il corpo. "Non è divertente stare in un posto dove tutti gli altri sembrano stare bene e tu no, vero?".

Ellie scosse la testa con un sorriso ironico. "Non lo è".

"Quando ho lasciato Ethan, il paese mi è sembrato un luogo estraneo, è stato davvero brutto. Ho pensato di andarmene, per fuggire da tutto, ma alla fine ho deciso di resistere. Sono felice di averlo fatto. Stasera, stando qui con te, sento che questo è esattamente il mio posto".

Ellie si chinò e accostò le labbra al suo orecchio. "Anch'io. Al cento per cento".

Il cuore di Natalie rimbombò nel petto alle parole di Ellie, proprio mentre la band terminava il concerto e annunciava una pausa di quindici minuti. Il pubblico applaudì a gran voce.

La band scese dal palco e Natalie lanciò un'occhiata a

Ellie, alzando l'indice. "Vado". Baciò Ellie sulla guancia, poi andò a parlare con loro, dando al cantante il suo biglietto da visita. Erano entusiasti dell'invito e Natalie disse loro di considerarsi ingaggiati. Tornò da Ellie e le indicò la porta. "Ci sono ancora due gruppi da vedere. Andiamo?".

Ellie balzò in piedi, afferrando il braccio di Natalie per tenersi in equilibrio. Era di nuovo quello. Quel desiderio. Era stato un fremito tra loro per tutta la notte.

Natalie fissò Ellie con lo sguardo mentre le stringeva il braccio. "Muoio dalla voglia di baciarti più tardi". La sua voce era un basso ringhio.

Ellie inarcò un solo sopracciglio. "Sentiamo questi altri due gruppi e poi vediamo cosa fare, che ne dici?".

Capitolo 22

Le nocche di Natalie erano bianche mentre stringeva il volante di pelle nera. Era tesa, le spalle bloccate. Solo il ginocchio che si muoveva su e giù rivelava la sua energia nervosa.

Ellie non osava quasi respirare per non far capire quanto fosse agitata anche lei. Si concentrò per mantenere il diaframma contratto e il cuore all'interno del corpo. Un'impresa non da poco. La radio trasmetteva l'ultima canzone di Ed Sheeran, cosa di cui Ellie era grata. Le riempiva la testa con un ritmo che non era quello costante del suo cuore.

Natalie fletteva le dita sul volante. Ellie smise quasi di respirare.

Quando lei guardò a destra, Natalie guardò a sinistra.

Entrambe boccheggiarono.

Cazzo, stava succedendo, vero? Stavano per mantenere la promessa di baciarsi di nuovo. Non ne avevano parlato, ma era negli occhi di entrambe. Avevano smesso di giocare. Quello sguardo di Nat avrebbe potuto scongelare le calotte polari.

Natalie si fermò nel parcheggio designato sul retro dei negozi. Le portiere dell'auto sbatterono e l'aria notturna si ammantò intorno a Ellie come uno scialle, vestendola di possibilità.

Si fermarono tra le rispettive porte d'ingresso e Natalie prese la mano di Ellie nella sua.

Il brivido fu immediato, le salì dalle dita dei piedi fino al cuoio capelluto.

Natalie prese l'iniziativa. "Vuoi salire? Mi sembra strano che tu non l'abbia ancora fatto".

"Mi piacerebbe molto". La voce di Ellie sembrava normale, anche se i suoi pensieri erano tutt'altro.

Presero le scale, che le erano molto familiari anche se non era mai entrata. Forse perché quell'appartamento era l'immagine speculare del suo.

Natalie la condusse nel suo salotto, che era molto più accogliente e vissuto di quello di Ellie. Le piante erano un elemento fondamentale che Ellie amava: una monstera, una felce, una serie di piante grasse e una yucca. Dimostrava che Natalie sapeva impegnarsi e prendersi cura delle cose.

Grace uccideva le piante come se fosse uno sport.

"Grazie per essere venuta oggi. Con tre band iscritte al festival è già una grande serata, credo che ce ne servano altre cinque e siamo pronti a partire". Prese la mano di Ellie e la condusse al suo divano blu. Si sedettero, con le ginocchia a contatto.

"Mi ha fatto piacere". Ellie girò la mano di Natalie e ne baciò il dorso. Il suo stomaco ebbe una fitta mentre lo faceva. "Spero che la serata continui a migliorare".

Natalie si fermò alle sue parole, lanciando un'occhiata a Ellie come se volesse verificare che le avesse dette davvero.

Ellie si chinò di fronte a lei finché le sue labbra furono a pochi centimetri da quelle di Natalie. Tutta la serata era stata piacevole, ma erano stati tutti preliminari, no?

"Possiamo smettere di parlare e baciarci adesso?". La sua voce era affannosa, carica di desiderio.

Gli occhi di Natalie erano come laser sulle sue labbra. Non disse una parola, non annuì nemmeno. Sul suo volto c'era solo l'accenno di un sorriso e poi colmò la breve distanza tra loro, posando le labbra su quelle di Ellie.

Ellie si lasciò andare a un sospiro di sollievo, mettendo una mano sul viso di Natalie, tracciando le sue guance con le dita prima di prenderle la nuca per tirarla più vicino a sé. La voleva più vicina.

Unite. Insieme. Una cosa sola.

Ellie si aprì a nuove possibilità. Questa volta non sarebbe passato nessuno e non le avrebbero fermate. "Dall'altra sera non ho pensato ad altro che a baciarti".

Il viso di Natalie era arrossato, gli occhi umidi. Scosse la testa. "Neanche io".

Ellie le baciò di nuovo le labbra. Non ne aveva mai abbastanza. "Il fatto che tu sia stata quasi a portata di mano per tutto il tempo ha reso il tutto un po' più tormentoso".

Natalie sorrise, facendo scivolare di nuovo le labbra su quelle di Ellie e poi la lingua nella sua bocca.

Ellie tremava per il calore: lo sentiva *ovunque*. Quando si ritrasse, la sua visione oscillò. I baci di Natalie la stavano portando oltre il limite, oltre il punto di non ritorno, ma era un viaggio che avrebbe fatto volentieri.

"Avresti potuto bussare alla mia porta". La bocca di Ellie si incurvò in un sorriso mentre baciava Natalie ancora una volta.

"Non volevo essere invadente", farfugliò Natalie nella sua bocca, ed Ellie quasi ingoiò le parole.

Ora non erano solo le labbra a scivolare l'una sull'altra, ma anche le mani. Quelle di Ellie risalirono sotto il top di Natalie, godendosi la distesa di pelle nuda sotto la camicia color menta. Ellie si tirò indietro e aprì i bottoni, spazzando via la stoffa che copriva il corpo di Natalie, compreso il reggiseno. Da Natalie si aspettava qualcosa di più utilitaristico. Un reggiseno sportivo, forse. Invece no, ne indossava uno nero di pizzo. Ellie sorrise. Quali altre sorprese aveva in serbo per lei Natalie? Non vedeva l'ora di scoprirlo.

Percorse con le mani la pelle di Natalie, reclamando i suoi seni e i capezzoli come propri. "Sarai anche piccola, ma hai un seno perfetto".

Natalie alzò lo sguardo con occhi affamati. "Sono contenta che ti piaccia", disse, mettendosi a cavalcioni sulle ginocchia di Ellie, con i seni nudi all'altezza della sua bocca.

Senza perdere tempo, Ellie prese in bocca uno dei capezzoli di Natalie. Si indurì al contatto.

Tirò Natalie più vicina, accarezzandole la schiena, mentre la sua lingua sfiorava un capezzolo, poi l'altro. Erano piccoli e rotondi, ma balzavano sull'attenti sotto il tocco di Ellie. Voleva disperatamente passare al livello successivo, spogliarsi completamente. Si tirò indietro, sperando che i suoi occhi trasmettessero quel messaggio.

Natalie si fermò. "Camera da letto?".

Tre parole, un grande significato. Ellie le fece il cenno più deciso della sua vita. "Dio, sì".

Prima che se ne rendesse conto, per metà veniva trascinata e per metà correva verso la sua destinazione.

Quando si era lasciata con Grace, aveva giurato di non farsi coinvolgere mai più. Almeno, non con qualcuno che non fosse esattamente ciò di cui aveva bisogno. Era passato un anno dall'ultima volta che aveva fatto sesso, un anno in cui si era chiesta se l'avrebbe mai rifatto. Ma ora, eccola qui. Ellie non avrebbe mai pensato che sarebbe stata Natalie a fare al caso suo; il loro inizio non era stato certo di buon auspicio. La proprietaria di un negozio londinese e la single del paese. Parte della dinastia degli Hill, praticamente la famiglia reale della zona.

Ma ora, con Natalie mezza svestita che le lanciava occhiate seducenti mentre si guardava alle spalle, tutto questo era dimenticato. In quel momento, lei non era nessuna di quelle cose. Ora Natalie era solo la donna che aveva abbattuto il muro che Ellie aveva eretto. Quello che Ellie pensava fosse sufficiente.

Una volta entrate nella camera da letto di Natalie, le carte in tavola erano cambiate. Se fuori era stata Ellie ad avere il controllo, ora era il turno di Natalie. Ellie non si lamentava. Se Natalie voleva scoparla, lei non aveva intenzione di ostacolarla.

Natalie si tolse i jeans, un paio di pantaloni neri che si adattavano perfettamente alla sua struttura sottile.

Ellie passò una mano sul sedere di Natalie mentre si trovava di fronte a lei. "Sei così tonica". Avrebbe voluto aggiungere che aveva delle tette meravigliosamente sode, ma non era il momento. Per ora, si sarebbe limitata a un apprezzamento interiore.

"Sollevare bottiglie di alcolici fa questo effetto. E vado a correre". Poi Natalie mise a tacere Ellie prendendole il viso tra le mani e dandole un bacio ardente sulla bocca.

Ellie non si oppose minimamente.

Natalie le slacciò i jeans, abbassando la cerniera senza mai abbandonare il suo sguardo.

Ellie sussultò. Voleva dire qualcosa, ma la situazione era troppo rovente per interromperla, così rimase in silenzio mentre Natalie faceva scivolare una mano intorno alla sua guancia, baciando un seno e poi l'altro con la massima cura. L'addome di Ellie si contraeva. Natalie fece scivolare via i jeans, seguiti dalle mutandine, poi dal top e dal reggiseno. Si fermò un attimo, ammirando Ellie come se fosse un'opera d'arte.

"Sei così bella".

Ellie sostenne il suo sguardo. In circostanze normali avrebbe potuto arrossire o respingere quel complimento, ma qualcosa era cambiato. Qualcosa nel tono di Natalie costrinse Ellie a percorrere una nuova strada. In qualche modo, quando le parole uscivano dalla sua bocca, Ellie ci credeva. Anche questo era nuovo.

Non disse nulla mentre Natalie la guidava sul letto, la loro differenza di altezza si annullò. In orizzontale erano perfettamente appaiate. Ora Natalie poteva mettere la bocca dove voleva, ed Ellie si eccitò al pensiero.

Presto il pensiero divenne realtà. Ellie si reclinò sotto l'insistenza di Natalie che le salì sopra, mettendosi ancora una volta a cavalcioni su di lei.

"Ti piace stare a cavalcioni, vero?".

Natalie sorrise abbassando il viso verso quello di Ellie. "A cavalcioni, o con lo strap... sono piuttosto versatile".

Ellie ansimò di nuovo. "Buono a sapersi".

La lingua di Natalie era in piena attività. Pulsazioni di piacere si accesero in tutto il corpo di Ellie mentre Natalie si muoveva intorno a lei, la sua bocca e le sue mani si rivelavano armi di piacere. Ellie si crogiolava in quel momento, annegando in un mare di calda estasi.

Il paese l'aveva svegliata dal suo sonno vitale, Natalie l'aveva svegliata dal suo sonno emotivo. Ora, come un moderno principe azzurro, Natalie stava riscrivendo la sua storia. Con ogni bacio alla pancia, all'ombelico, all'interno delle cosce; mentre faceva scorrere la lingua tra i peli radi e ruvidi di Ellie, Natalie le dimostrava che era degna di passione. Che poteva rompere i suoi schemi e diventare la persona che era destinata a essere. Sdraiata sulle lenzuola fresche di Natalie, con suoi i capelli che le solleticavano le cosce mentre scivolava più in basso, Ellie stava ascendendo, con il tocco di Natalie come catalizzatore.

La lingua di Natalie fece la sua magia. La fece mettere a pancia in giù, tempestando la schiena e il sedere di baci, mordicchi e morsi, facendole desiderare di più. Ogni volta che la lingua di Natalie la stuzzicava, il fuoco nel suo cuore bruciava più forte. Finché non si girò di nuovo e lo sguardo di Natalie la bloccò sul letto: era così pronta. Aveva aspettato così a lungo quel momento che le era sempre sembrato irraggiungibile. Ora però l'eternità era arrivata in una carrozza d'oro, con Natalie alla guida.

Quando le dita di Natalie pattinarono verso il centro di Ellie, lei chiuse gli occhi. L'interno delle palpebre era un tripudio di colori quando fece scivolare un dito dentro di lei.

Pulsò, poi aspirò.

Quando Natalie aggiunse un altro dito e le sue labbra premettero su Ellie, lei si lasciò trasportare ovunque Natalie volesse che andasse. Natalie poteva fare di lei ciò che voleva. Si fidava di lei.

Di certo, ben presto Ellie non ebbe più idea di quale fosse la strada per salire e quella per scendere. Il gioco di prestigio di Natalie era totalizzante mentre si spingeva dentro di lei, dapprima lentamente, poi acquistando un ritmo che le faceva roteare i fianchi per assecondarla. Natalie le morse un capezzolo, facendola contorcere, e poi le sue dita le passarono sul clitoride, gonfiandolo più di quanto non fosse già.

Le pulsazioni di Ellie aumentavano costantemente, il calore saliva mentre Natalie si concentrava sui punti che contavano, muovendosi abilmente finché Ellie non implorò.

"Ti prego", disse lei. "Scopami". Aveva bisogno di sentirla di nuovo dentro di sé. Aprì un occhio per guardare Natalie.

La sua amante la ricompensò con un sorriso sexy. "Visto che me l'hai chiesto così gentilmente".

Si tuffò di nuovo dentro, afferrando il sedere di Ellie con la mano libera, sollevandola sulle sue cosce prima di scoparla proprio come aveva chiesto. O, forse, meglio.

Le sue azioni la facevano rabbrividire di desiderio, sapeva che la sua liberazione era vicina. Amava quella situazione, ed era passato così tanto tempo dall'ultima volta che era successo. Da quando qualcuno l'aveva amata senza secondi fini. Natalie aveva premuto *tutti* i tasti giusti, lasciando Ellie sul delizioso precipizio.

Quando Natalie si spostò, avvicinando la bocca alla figa di Ellie, lei si contrasse, stringendosi intorno alle dita di Natalie.

Abbassò lo sguardo, la vide sorridere appena prima di passare la lingua sul centro liquido di Ellie.

Ellie partì, l'orgasmo la attraversò in velocità, scuotendo tutti i suoi dubbi, tutte le sue preoccupazioni. In quel momento, non pensava a nulla; c'era solo una luce splendente che le illuminava l'anima. Natalie aveva fatto l'impossibile. Aveva fatto in modo che Ellie si concentrasse su ciò che contava davvero: quell'attimo insieme. Il piacere danzava sulla sua pelle, scintillando alla luce della luna.

Una volta che si fu ripresa, capì che Natalie era davvero una persona speciale. Qualcuno che voleva conoscere meglio.

Una persona che avrebbe voluto scopare fino allo sfinimento.

Stava per farlo.

Capitolo 23

Natalie si svegliò la mattina dopo con un dolore agli arti di cui aveva dimenticato l'esistenza. Era ancora stupita per quello che era successo la sera prima. Si voltò a fissare il viso di Ellie, che dormiva. Ellie era tutto ciò che Natalie aveva sognato di trovare nella sua vita, ma cose del genere non accadevano a Upper Chewford. Come aveva dimostrato la sfortunata serata di appuntamenti al buio di Eugenie, c'era un numero limitato di lesbiche nelle Cotswolds e nessuna di loro aveva destato il suo interesse. Fino ad ora.

In tutto il tempo trascorso dal suo coming out, Natalie si era sentita così a suo agio solo con un'altra persona: Mimi. Non aveva funzionato, però. Se si fosse permessa di soffermarsi troppo sulle somiglianze tra Mimi ed Ellie, sarebbe potuta impazzire.

Erano entrambe di Londra, quindi era chiaro che aveva un debole per le lesbiche londinesi. Entrambe avevano aperto un'attività nel paese e sembravano essersi stabilite lì. Tuttavia, Mimi aveva sempre tenuto un piede fuori dalla porta. Aveva sempre parlato di Londra come se Chewford fosse solo una cosa passeggera.

Ellie invece non parlava quasi mai del suo periodo nella capitale. Era piuttosto riservata riguardo alla sua vita precedente. Era una cosa buona? Natalie non riusciva a decidere. Quando erano state a letto insieme, però, Natalie non si era chiesta se Ellie avesse voluto o meno essere lì con lei. Non ne aveva bisogno. La risposta era stata impressa in ogni carezza delle sue labbra, in ogni spinta delle sue dita. Era nel suo tocco, era trasudata dal suo bacio. Natalie era sicura. Sperava solo che fosse così anche quel giorno e oltre.

Allungò una mano per allontanare dei capelli dal viso di Ellie, ma poi si fermò. Era un po' troppo? Non voleva sembrare strana. Era ancora la prima notte, la prima mattina insieme, dopo tutto. Non voleva spaventarla. Voleva apparire fredda e tranquilla, l'amante perfetta. Sperava di esserci riuscita. Se le risposte di Ellie erano state di buon auspicio, era un buon inizio.

Fissò Ellie, osando a malapena respirare. La notte precedente era stata perfetta e non voleva rompere l'incantesimo. Il loro legame, la loro compatibilità era stata fuori scala. I suoi amici etero dicevano sempre che stare con le donne per lei doveva essere facile perché aveva gli stessi genitali e sapeva esattamente cosa fare. La facevano sempre ridere: le donne erano la specie più complicata del pianeta, ed era per questo che la notte insieme era stata così fenomenale.

Era determinata a portare avanti quell'inizio promettente. Voleva mantenere la loro relazione in sordina per il momento, in modo da avere spazio per respirare. Una volta che il paese fosse venuto a conoscenza della notizia, la gente del posto sarebbe stata insopportabile. Avrebbe voluto un po' di tempo per loro prima che ciò accadesse.

Mentre pensava, Ellie si agitò e aprì un occhio. Quando

vide Natalie, le fece un sorriso assonnato, rotolando su di lei. "Buongiorno", borbottò. "Che ora è?".

"È ora che ci alziamo entrambe, il che è un peccato. Sono appena passate le sette".

Ellie aprì entrambi gli occhi prima di premere le labbra su quelle di Natalie.

Questo placò qualsiasi paura che Ellie stesse avendo dei ripensamenti.

"Ecco perché lavorare in proprio è sopravvalutato. Se lavorassimo per altre persone potremmo passare le domeniche a letto, e non a vendere gelati e gin ai turisti".

Natalie rise. "È la vita dei negozianti. Se può servire, più tardi potrei intrufolarmi nel tuo negozio e scoparti dietro il bancone. Per finire quello che abbiamo iniziato l'altro giorno".

Ellie rabbrividì alle sue parole. "Grazie per avermi fatto venire in mente quell'immagine. Ora penserò solo a questo mentre preparo il cinquantesimo cono della giornata".

Natalie le baciò di nuovo le labbra. "Non c'è di che. Stavo anche pensando che forse dovremmo tenere per noi qualsiasi cosa stia succedendo, per ora, solo mentre ci abituiamo l'una all'altra".

Ellie si tirò indietro, accigliata. "Perché? Sei imbarazzata? Hai dei ripensamenti?".

Una barriera invisibile si frappose tra loro e Natalie fece del suo meglio per farla sparire. Si avvicinò di nuovo a Ellie e le strofinò la mano su e giù per la schiena. "Niente di tutto questo. Non potrei mai avere dei ripensamenti su di te, non dopo ieri sera". La baciò di nuovo, sperando di rassicurarla.

"Allora perché dici di nasconderci?".

Natalie scosse la testa. "Voglio solo che prima ci

godiamo un po' questa cosa, perché, una volta che il paese lo verrà a sapere, non avremo più un momento per noi. La mia vita sentimentale è stata di dominio pubblico per così tanto tempo che è come uno sport. Non ho mai cercato di nasconderla prima d'ora e forse è stato un errore. Tu sei…" cercò la parola giusta. Speciale? Spaventosamente reale? Meravigliosa? No, per ora scelse qualcosa di sicuro. Non voleva spaventare Ellie.

"Sei diversa. Quello che c'è tra noi *sembra* diverso. Voglio assicurarmi che non venga rovinato prima ancora di cominciare. E poi, devo davvero dirlo a papà prima di dirlo a chiunque altro. Anche se lui mi nasconde delle cose, non posso fare lo stesso. Ti prometto che non sarà per molto tempo". Si tirò indietro, accigliandosi. "Supponendo che tu voglia andare avanti. Che tu voglia farlo di nuovo".

Il cuore di Natalie tacque mentre aspettava la risposta di Ellie. Se non fosse stata positiva, sarebbe morta sul posto.

Ellie le rivolse un sorriso lento e sicuro prima di posare un altro bacio caldo e perfetto sulle sue labbra.

Natalie tirò un sospiro di sollievo mentre si accorgeva ancora una volta che quella mattina era perfetta.

"Posso assicurarti che, dopo ieri sera, voglio rifarlo più di qualsiasi altra cosa in tutto il mondo. Soprattutto la parte in cui mi scopi tutta la notte".

Natalie si lasciò sfuggire una risata sincera. "Mi fa piacere". La baciò di nuovo. "Ma parlare troppo è davvero deleterio nelle prime fasi di qualsiasi relazione. Non sei d'accordo?".

Ellie leccò il labbro inferiore di Natalie, premendo su di lei e facendole scorrere una mano tra le gambe. "Assolutamente sopravvalutato", disse, con il respiro accelerato.

Natalie rotolò sopra Ellie, allargandole le gambe con la coscia e facendo scivolare due dita dentro di lei. "Hai tempo per un orgasmo veloce?".

Le guance di Ellie si arrossarono quando Natalie non aspettò nemmeno una risposta, facendo entrare il pollice in contatto con il clitoride di Ellie. Se Ellie stava per dire qualche parola, Natalie la risucchiò in bocca con un bacio in piena regola.

Sì, avevano cose di cui parlare, ma potevano aspettare.

Scopare Ellie era molto più importante.

Capitolo 24

Il settore dei gelati era brutale, ed Ellie lo stava scoprendo. La quantità di gelato che la gente poteva mangiare era sbalorditiva. Uno degli abitanti del paese era venuto quattro volte in un giorno. Non avrebbe mai messo un limite alla quantità di gelato che una persona poteva mangiare, ma le si congelava il cervello solo a pensarci. Tuttavia, il tipo sembrava cavarsela bene, ed era magro come un rastrello. Forse sopravviveva con una dieta a base di gelato e nient'altro. Magari avrebbe dovuto iniziare a inserire ulteriori sostanze nutritive per quei clienti, anche se non aveva mai sostenuto che il gelato facesse bene alla salute. Era comunque un modo sicuro per raggiungere la felicità, come diceva a tutti l'insegna retrò sul muro di Ellie.

C'era Red ad aiutarla, perché uno dei suoi collaboratori abituali si era dato malato, lasciando solo Ellie e Sandra a occuparsi del negozio. Red avrebbe dovuto fare un salto in gelateria al ritorno da una riunione con un cliente, ma si era accorta dell'affollamento dell'ora di pranzo e aveva risposto alla richiesta silenziosa di sua sorella da oltre il bancone. Per quello stava gestendo la cassa mentre Ellie riprendeva fiato.

Red aveva appena assistito a un fenomeno, comune nelle gelaterie, che Ellie non conosceva prima aprire il negozio.

L'aveva battezzato "il crollo". Si verificava quando chi riceveva il gelato era così entusiasta del proprio cono che lo faceva immediatamente cadere a terra, e poi faceva la faccia più triste del mondo. Ellie riteneva di dover sostituire almeno due coni al giorno per questo motivo, forse di più.

Passò un'ora buona prima che ci fosse una tregua e che potessero sedersi a bere un caffè, lasciando Sandra da sola per il momento. Era arrivata anche Annie, la figlia di Sandra, ed era pronta ad aiutare.

Red scosse la testa, ridendo della sorella. "La maggior parte delle persone si impegna per avere qualche cliente nelle prime due settimane. Credi che questo sia dovuto al fatto che sei nuova o che hai avuto un'idea imprenditoriale straordinaria?".

Ellie scrollò le spalle. "Sarà il tempo a dirlo, ma per ora non mi lamento. Cioè, a parte il fatto di dover fare tutto e di lavorare fino allo sfinimento".

"Guarda il lato positivo: con tutta questa energia nervosa che circola nel tuo sistema puoi mangiare tutto il gelato che vuoi".

"Quando ci lavori tutto il giorno, mangiarlo è l'ultima cosa che vuoi fare".

"Basta parlare di gelato. Hai già messo in vendita il tuo appartamento di Londra? Prima riuscirai ad avere denaro liquido, prima potrai iniziare a cercare una casa tutta tua da queste parti".

Ellie trovò improvvisamente la sua tazza di caffè molto interessante.

"Non dirmi che Grace è ancora un punto dolente".

"Bene, non te lo dirò".

Red emise un profondo sospiro. "Oh mio Dio, forse dobbiamo *proprio* andare a Londra a sfrattarla".

"Ho intenzione di andarci presto. Continuo a fare progetti, ma poi mi ricordo che ho un negozio da gestire".

"Devi trovare il tempo per farlo, è importante".

"Lo so. Le ho detto che verrò presto e lei sa che deve liberare l'appartamento".

"Ma l'ha capito davvero? Perché sei andata via da Londra da un bel po' di tempo e lei non è ancora uscita dalla tua vita. Resiste perché ti vuole ancora controllare, ma tu sei andata avanti e lei deve accettarlo. Ha giocato abbastanza con il tuo cuore negli ultimi anni. Devi dare un taglio netto, bruciare i ponti".

"Lo so".

"Dici di saperlo, ma Grace ha ancora le chiavi. Le chiavi sono importanti, Ellie. Aprono le porte".

Ellie lanciò un'occhiata alla sorella. "Sei impazzita? So bene come funzionano le chiavi".

"Non solo porte di appartamenti, ma porte della vita, del tuo cuore. Se Grace ha ancora la chiave, ha ancora accesso a te. Perché le hai lasciato la chiave, innanzitutto?".

"Perché aveva ancora della roba lì. E perché continuava a non restituirla".

Red le rivolse uno sguardo, seguito da un lungo sospiro. "Mi preoccupo solo per te, tutto qui. La tua vita sta andando bene, non voglio che qualcosa la rovini".

"Non succederà. Te lo prometto". Perché sua sorella non si fidava di lei?

"A proposito, questo caffè è eccellente. Anche se bere caffè e mangiare gelato è la peggiore combinazione possibile sul pianeta".

"A me piacciono insieme. E anche agli italiani. Un'intera nazione non può sbagliare".

"Fidati, sono tremendi insieme". Red si chinò in avanti. "Comunque, ho grandi novità, per questo ho pensato di passare oggi. E poi volevo un gelato".

Ellie aggrottò le sopracciglia. "Spero che sia una buona notizia".

"Ottima. Conosci il mio contatto alla rivista? Vogliono fare un servizio sul festival estivo di Upper Chewford. L'ho chiamata e gliel'ho detto, ed era tutta orecchi. Negli ultimi anni hanno parlato sempre della festa in cui si fa rotolare il formaggio e volevano qualcosa di diverso. E poi, l'idea di aprire una nuova attività commerciale in campagna è una cosa che piace molto". Red si sedette, soddisfatta di sé. "Pensi che questo possa farti guadagnare punti con l'amante dall'altra parte della strada?". Red inclinò la testa verso il negozio di Natalie.

Il clitoride di Ellie si mise sull'attenti solo sentendo nominare Natalie. La sua mente era sommersa dai pensieri di tutto ciò che si erano fatte a vicenda nelle ultime due notti e quella stessa mattina. Era uno dei motivi per cui la giornata era stata stressante, perché Natalie l'aveva fatta arrivare in ritardo al lavoro. A Ellie non dispiaceva più di tanto.

Red si avvicinò, con uno sguardo sospettoso. "Aspetta, è già successo qualcosa? Conosco questa espressione. C'è qualcosa che vuoi dirmi?".

Ellie fece per scuotere la testa, ma non riuscì a fermare il sorriso vincente che le attraversava il viso. Essere finita nel letto di Natalie la faceva sentire come se avesse vinto al lotto. Per una volta nella sua vita le questioni di cuore erano semplici, anche se non del tutto dirette. "Più o meno. Forse abbiamo dormito insieme sabato. E forse anche domenica".

Red le diede uno schiaffo sulla coscia e un ghigno le invase il viso. "Brutta bugiarda. Sono entusiasta! Era ora che qualcuno ti facesse sorridere. Grace non l'avrebbe mai fatto, ammettiamolo".

Red aveva ragione.

"E adesso? Siete un giovane sogno d'amore che sfila nella piazza del paese mano nella mano?".

Non proprio. "Stiamo facendo un passo alla volta. Finora i passi sono stati soprattutto sessuali, ma non è lontano il momento in cui ci terremo per mano in pubblico. Spero". Una volta che Natalie lo avesse detto a suo padre. "Diciamo che questi ultimi due giorni sono stati belli. E questa notizia del festival darà una bella carica anche a lei, si sta impegnando così tanto. Se questo articolo può giovare al paese e a tutta la zona con un aumento del turismo, è fantastico".

Red incrociò le braccia, sedendosi. "E se questo ti fa ottenere una scopata straordinaria, va bene lo stesso?".

Ellie si lasciò sfuggire una risata. "Esattamente."

"Chi avrebbe mai pensato che saresti diventata una cheerleader del paese? Ti sei trasformata da Miss Londra a Miss Cotswolds".

Ellie scrollò le spalle, mentre il sangue le affiorava alle guance. "Non è successo da un giorno all'altro, ma ormai mi sono stabilita qui. Ho due attività e forse una nuova ragazza". Sussurrò l'ultima frase, non volendo portare sfortuna.

Red si avvicinò e la abbracciò. "Sono felice che la vera Ellie stia finalmente riemergendo. Mi è mancata".

Ellie ripensò a quella mattina, a Natalie che la baciava. Sì, le era mancata la vecchia lei.

* * *

Ellie bussò alla porta del negozio di Natalie. La distilleria era già chiusa, ma non l'aveva ancora vista uscire. Voleva vedere Nat prima che sparisse a casa della zia per la cena di famiglia. Sarebbe stata un'occasione a cui avrebbe potuto essere invitata in futuro? Forse, ma non aveva ancora intenzione di andarci.

Dopo pochi secondi apparve Natalie. Aprì la porta e il campanello tintinnò quando Ellie entrò.

"Ehi", disse, facendo un passo verso Natalie, senza essere sicura di poterla baciare o meno. Le vaghe regole di Natalie erano già frustranti.

Natalie le prese la mano e la fece entrare, lasciando cadere dei soldi vicino alla cassa. "È bello vederti. Non pensavo che saresti passata stasera".

"È venuta Red e mi ha dato delle notizie che ho pensato di dirti di persona prima che te ne vada. La rivista nazionale a cui Red ha parlato del festival estivo – del tuo festival – vuole farci un articolo. Verranno qui e ci intervisteranno. Potrebbe davvero far conoscere Upper Chewford". Strinse i pugni lungo i fianchi. "Che ne pensi?".

Il volto di Natalie si illuminò. "Cosa penso? Penso che tu e tua sorella siete dei fottuti geni. Penso anche che sei molto brava a letto, te l'ho già detto?". Allacciò le dita a quelle di Ellie e le lanciò un'occhiata. "Credo che dovremmo tenere questa parte fuori dall'articolo, anche se sarebbe un ottimo argomento. L'amore lesbico nelle Cotswolds. Non suona bene?".

Ellie rabbrividì. "Oh Gesù. Tutti i miei ex colleghi che avevano dei sospetti farebbero girare quell'articolo come se niente fosse".

"Non lo sapevano?".

Ellie scosse la testa. "Non è proprio una cosa di cui parlavo, e nemmeno la mia ex era molto d'accordo. Per questo motivo, tenere la cosa nascosta per troppo tempo potrebbe premere qualche mio tasto dolente".

Natalie le fece un lento cenno di assenso. "Capito." Fece una pausa. "Ti prometto che non sarà per molto, ok?".

Questo era sufficiente per Ellie.

"Ma ora, visto che non posso baciarti nel negozio, vuoi accompagnarmi sul retro, così posso farlo lì?".

"Ne sarei felice", rispose Ellie, lasciando che Natalie le facesse strada.

Capitolo 25

Guy, il braccio destro di Natalie, stava gestendo il negozio quella mattina, ed era una giornata lenta. Aveva lavorato abbastanza a lungo per sapere che le cose potevano cambiare in un attimo, ma era disposta a correre il rischio di lasciare il negozio per mezz'ora per parlare con il padre. Ellie si stava innervosendo per il fatto che Natalie non gli avesse ancora detto nulla a più di due settimane dalla prima volta che erano andate a letto insieme, e aveva ragione. Natalie doveva parlargli. E poi, la giornata era splendida, quindi una passeggiata lungo il fiume e un po' di sole sul viso non le dispiacevano.

Il campanello tintinnò quando uscì dal negozio. Sbirciò nella porta accanto per vedere se poteva salutare Ellie. La vide. Aveva la testa bassa, era concentrata a preparare la migliore tazza di caffè possibile. Natalie ammirava già il perfezionismo di Ellie e il modo in cui si riversava in ogni aspetto della sua vita. Dall'arredare il suo appartamento, al perfezionare il suo gelato, all'essere l'amante più attenta che Natalie avesse mai conosciuto. Sperava che Ellie sarebbe diventata anche la migliore fidanzata.

Fidanzata. Stavano già insieme? Lo stomaco di Natalie si

ribaltò al pensiero. Quando avrebbe potuto considerare Ellie la sua compagna? Forse dopo averlo detto al padre.

Il suono del clacson di un'auto la svegliò dai suoi pensieri. Sorrise e salutò lo zio Max che rallentò, abbassando il finestrino.

"Ehi, dove vai? Alla fine ne hai avuto abbastanza e hai abbandonato il negozio?".

"Hai indovinato", rispose Nat. "Sono finalmente rinsavita. Ho deciso di scappare in Brasile e di lasciarmi tutto alle spalle. Sto andando all'aeroporto". Fece una pausa. "Oppure sto facendo un salto a trovare papà, che lavora di nuovo da casa".

Max annuì. "Me l'ha detto Yolanda. Comunque, tutti vengono pagati in tempo, quindi sta facendo il suo lavoro con le buste paga. Forse ha sviluppato una dipendenza da quel programma sulla coppia che sta ristrutturando il castello in Francia. Te lo dice uno che ne capisce".

"Glielo chiederò". Nat alzò gli occhi al cielo.

"Se è così, digli che lo chiamo domani alle tre e mezza e che possiamo guardarlo insieme". E, così dicendo, salutò con la mano mentre se ne andava. Sì, quella era la vita di paese. Natalie non poteva fare un passo senza che qualcuno che conosceva la salutasse o fermasse la macchina.

Quando arrivò, lui aprì timidamente la porta e le fece cenno di entrare. Attraversò il soggiorno principale sul retro, ammirando la sua postazione di lavoro sul tavolo da pranzo. Le porte a doppio battente erano aperte.

"Capisco perché vuoi lavorare a casa in una giornata come questa. È sicuramente meglio degli uffici di Yolanda, anche se sono piuttosto speciali". La sede della distilleria si trovava in un vecchio fienile, quindi gli uffici non erano male, ma lì il padre aveva il suo spazio illuminato dal sole e Radio 4 a basso volume. Era nel suo luogo felice. Lo sapeva, perché il suo luogo felice non era molto lontano da lì. La mela non cadeva lontano dall'albero.

"Una tazza di tè? Caffè?". Stava già aprendo la credenza e prendendo le tazze.

Scosse la testa quando lui si voltò. "Non ho davvero tempo. Ho lasciato Guy da solo".

"Giusto". La cucina era immacolata, quindi evidentemente si sentiva meglio. Indossava pantaloni chino appena stirati e una camicia azzurra. Si era rasato e i capelli erano acconciati alla perfezione.

"Vuoi venire a sederti sul divano con me?".

Annuì e si avvicinò. Tuttavia, quando si sedette, non si rilassò. Anzi, si appollaiò con la sua alta struttura sul bordo del divano, come se stesse già pianificando la sua fuga.

Non aveva tempo per rimproverarlo. "Allora, sai che qualche tempo fa, a cena con Yolanda, hai fatto delle supposizioni su di me ed Ellie?".

Annuì. "Ti ho detto che mi dispiace. È stato un mio errore".

Era abbastanza sicura che non l'avesse mai detto, ma ne avrebbero parlato un'altra volta. Bisogna scegliere le proprie battaglie. "Ti ho detto che se ci fosse stato qualcosa di importante nella mia vita te lo avrei fatto sapere, quindi sono qui per dirti che ora sta succedendo qualcosa. In un certo senso stiamo insieme". Lei ansimò, abbassando lo sguardo sulle sue mani. Tremavano. Continuò. "Non stava succedendo niente quando eri nel negozio, non stavo mentendo. Ma ora, beh, sì. Prima che la notizia si diffonda in tutto il paese e che tu ci rimanga male, ho pensato che dovevo essere io a dirtelo".

La guardò negli occhi, poi lo sguardo scivolò via. Si spinse gli occhiali sul naso e annuì. "Capisco. Beh, grazie per avermelo detto".

Tutto qui? Nient'altro? Non sapeva cosa si aspettasse, ma forse qualcosa di più di un "capisco". Ogni giorno che passava, capiva sempre di più perché la mamma lo avesse lasciato. L'unico mistero era perché ci fosse voluto così tanto tempo.

"Credo che sia una cosa seria. Siamo sulla stessa lunghezza d'onda, molto più di chiunque altro prima".

Un sorriso a denti stretti. "È fantastico, sono contento per te". Ma il suo tono non corrispondeva alle parole, anzi, le diceva l'esatto contrario.

Le si annodò lo stomaco per la furia. "Se fosse vero, sarei felice, ma non sembra. Non ho mai pensato che fossi omofobo, ma ti stai comportando come tale. Non hai mai reagito così con Ethan".

"Mi piaceva Ethan..."

"E anche Ellie ti piacerebbe, se le dessi una possibilità".

"Non mi hai lasciato finire". Il suo tono era diventato deciso.

Natalie rimase in silenzio.

"Ethan mi piaceva, ma non era adatto a te. Se pensi che Ellie lo sia, allora mi fa davvero piacere. Ma tu pensavi che l'ultima londinese facesse al caso tuo, e invece si è scoperto che non era così".

"Ellie è molto diversa da Mimi". Si alzò, esasperata. "Devi fidarti di me e delle mie scelte, papà".

Anche lui si alzò. Per un attimo si fissarono.

"Perché non riesci a essere felice per me?". Era la domanda che le bruciava dentro ogni volta.

"*Sono* felice per te, più di quanto tu sappia. Ma mi preoccupo anche".

Avrebbe voluto credergli. "Se sei felice per me, allora *per favore* inizia a comportarti in modo coerente. Non ho intenzione di esporre Ellie a queste reazioni". Lei lo guardò negli occhi. "Non posso cambiare, questo è ciò che sono".

Annuì rapidamente. "Lo so".

"Se vogliamo essere onesti, hai intenzione di dirmi cosa ti sta succedendo? Lavori da casa, non sei qui quando dici di esserlo, vai da solo nei pub vicini".

Sollevò la testa. "Ellie te ne ha parlato?".

"Sì". Trascorsero alcuni istanti densi. "Sai, se ti vedi con qualcuno, anch'io ho il diritto di saperlo. Funziona in entrambi i sensi".

Papà emise un lungo sospiro, poi si avvicinò alla finestra, strofinando il piede sul pavimento di cemento lucido sotto i piedi. "Lo so". Stava borbottando così tanto che quasi si mangiava le parole. "Quando ci sarà qualcosa da dire, ti prometto che sarai la prima a saperlo".

* * *

Il sole di maggio filtrava tra gli alberi mentre lei camminava verso casa lungo il fiume, con il vapore che le usciva dalle orecchie. Non era ancora riuscita a scoprire i pensieri del padre, ma almeno lui lo sapeva. Ora, quando qualcuno gli avrebbe detto che si scopava la signora dei gelati, non sarebbe stato sorpreso. Questo, almeno, fece sorridere Natalie.

Scuotendo la testa, tirò fuori il cellulare e premette il

tasto di selezione rapida. La mamma rispose dopo due squilli. Almeno aveva un genitore affidabile, anche se viveva a chilometri di distanza.

"Mi manchi, lo sai?". Era vero. Non erano mai state vicine come lei e il padre, ma in momenti come quello aveva bisogno dell'unica altra persona che capisse. L'altra parte del loro trio.

"Anche tu mi manchi". Poteva sentire il sorriso nella voce di sua madre. "Che cosa ha fatto adesso?".

Natalie sorrise. "Non mi ha dato la sua altezza, tanto per cominciare". Quella era stata una battuta ricorrente in casa loro. Il padre era alto più di un metro e ottanta. La mamma, invece, era alta un metro e sessanta. Natalie aveva preso da sua madre.

"È colpa sua", concordò la mamma.

"È solo… ostinato. Credo che si veda con qualcuno, ma lo tiene nascosto". Scalciò una pietra lungo il sentiero del fiume. Più avanti, alcuni turisti stavano giocando su uno dei ponti, girandosi troppo velocemente e quasi cadendo. Il rischio c'era sempre.

"Non è mai stato molto bravo a mantenere i segreti, quindi, se si comporta in modo strano, probabilmente sta frequentando qualcuno". Fece una pausa. "Sono sicura che te lo dirà con i suoi tempi. Ricorda che gli uomini ci mettono più tempo delle donne a rivelare le cose".

"Mi fa piacere non stare più con un uomo. Mi ricordo com'era Ethan: una vera spina nel fianco".

La madre rise di nuovo. "Almeno hai mantenuto il senso dell'umorismo. Gli farò uno squillo e gli dirò di tirarsi su".

"Non è necessario".

"Come no. Ho ancora delle responsabilità per quanto riguarda te, e lui mi ascolta. Dio solo sa perché, visto che una volta mi ha detto che gli ho preso il cuore e l'ho fatto a pezzi. È sempre drammatico".

"Non lo sapevo".

"Siete simili per molti aspetti. Ma tu sei più coraggiosa di lui". Sembrava che avesse altro da dire, ma il silenzio rimase incolmabile. "Lo chiamerò, gli dirò di essere più gentile con sua figlia".

Natalie sorrise. Non aveva bisogno che andasse in suo soccorso, ma era comunque bello che volesse farlo lo stesso. "Quando ci vediamo? Sono passati secoli".

"Pensavo al festival estivo, va bene? Mi piacerebbe vedere il paese in pompa magna. Così potrò anche conoscere questa tua nuova donna. Che ne dici?".

L'emozione la attraversò. "Mi piacerebbe molto. Sono sicura che anche il resto del paese sarebbe entusiasta di vederti".

Sua madre si offese per questo. "Sono sicura che riaccoglieranno a braccia aperte la donna che ha spezzato il cuore di Keith Hill. No".

"Sei molto amata qui, Amanda Dice. Io, per esempio, non vedo l'ora di vederti".

Capitolo 26

Natalie andò da Ellie più tardi quel giorno, con un sorriso sul volto che non aveva avuto per tutto il tragitto.

"Cosa c'è?"

"Niente". Lei sorrise di più. "È solo una lunga giornata, tutto qui".

"Hai visto quel gruppo di turisti giapponesi? Volevano *tutto* il gelato".

"E tutto il mio gin e whisky, quindi non mi lamento". Natalie tirò fuori uno degli sgabelli e si sedette con un sospiro. "Alcuni giorni sono più difficili di altri, non è vero?".

Ellie uscì da dietro il bancone e le posò un morbido bacio sulle labbra. "Questo rende la giornata migliore?".

"Infinitamente". Natalie le rivolse un sorriso.

"Andiamo al Fleece stasera? O a mangiare fuori?". Tornò dietro il bancone e mise gli strumenti per le palline di gelato nei loro supporti, pronti per il giorno dopo. Aveva già pulito la macchina del caffè e tutto sembrava in ordine.

Natalie scosse la testa. "Pensavo che potremmo andare a mangiare italiano al Bear Inn di Sourton. Fanno la pasta a mano. Non ci sei mai stata, vero?".

"No, quindi mi inchino alla tua superiore conoscenza".

Un'ora dopo erano sedute a tavola, Ellie stava gustando

i suoi gnocchi. "Mi ricordano quelli che abbiamo mangiato a Firenze quando siamo andate, secoli fa". Ed era così. Erano davvero buoni.

"Tu e chi?".

Ellie smise di masticare. Perché parlava ancora al plurale? Era una domanda che si poneva ogni volta che le usciva di bocca. "Io e la mia ex".

"Ma non avevi detto che non stavate davvero insieme? Andare a Firenze sembra una cosa da coppia".

Non poteva certo ribattere a quell'affermazione. "Suppongo di sì, ma non mi sembrava così, se ha senso. Facevamo sesso e ogni tanto partivamo insieme e facevamo sesso lì". Fece una smorfia. "Ho parlato troppo di sesso con la mia ex, non è vero?".

Natalie le rivolse un sorriso sofferto. "Va bene, non ti preoccupare, ma mi ricorderò di non andare a Firenze con te".

Ellie posò una mano su quella di Natalie. "Non ci vorrebbe molto per competere, credimi. Ti conosco da pochi mesi e ho già conosciuto la tua famiglia. Con Grace non sarebbe mai successo".

Natalie le rivolse un sorriso ironico. "Tutti ci infiliamo in relazioni che non dovremmo. Fa parte del divertimento, a quanto pare". Alzò una forchettata di carbonara. "Siete ancora in contatto?".

Ellie annuì. "Ho cercato di farle prendere le sue cose dal mio appartamento, ma è stata sfuggente. Dovrò andare a Londra nelle prossime settimane, quindi le darò la caccia".

"Devo preoccuparmi?". Il volto di Natalie si tese mentre parlava.

"Non hai nulla di cui preoccuparti. Sei bellissima e sexy, e sei una persona con cui voglio stare. Spero che qualsiasi cosa stia succedendo tra noi significhi per te quanto per me. Perché per me significa molto".

La frase rimase sospesa tra loro, carica.

"Significa molto anche per me".

Sentiva la felicità pioverle addosso come coriandoli. Era contenta che fossero sulla stessa lunghezza d'onda. Ellie non poteva sopportare un altro colpo al cuore, non era il caso.

"A proposito di noi, e di quanto sei importante per me, stamattina l'ho detto a papà".

Ellie smise di mangiare e la fissò. "E ci hai messo così tanto a dirmelo? Com'è andata?".

Un attimo di esitazione prima della sua risposta, che parlava chiaro. "È andata bene".

Lo sguardo di Natalie però le disse che non era così. "Che cosa ha detto?".

"Che è preoccupato per me. Che vuole che io sia felice, ma in pratica ha detto che non si fida del mio giudizio". Scrollò le spalle. "Non importa, comunque, dovrà abituarsi. Anche se mi piacerebbe che fosse felice per me. Ci vuole tanto? Dopo ho chiamato la mamma ed è contenta. Verrà per il festival, quindi la conoscerai".

Ellie allungò la mano. Vedeva che Natalie stava soffrendo, ma non poteva fare altro che essere comprensiva. "Almeno tua madre è d'accordo. E vedila in questo modo: a me non frega niente di quello che pensano i miei genitori, quindi abbiamo solo una famiglia da conquistare. Da questo punto di vista, abbiamo il 75% a nostro favore".

Natalie fece il suo primo sorriso sincero. "Mi piace il tuo

ottimismo. Se qualcosa non va come vuoi, cambi prospettiva. Potrei prendere esempio".

"È una cosa recente su cui sto lavorando. Non funziona sempre, ma a volte è molto utile".

Finiti i piatti principali, ordinarono i dessert: tiramisù e panna cotta.

"Sai un'altra cosa che stavo pensando di fare?". Chiese Ellie, intrecciando le loro dita sul tavolo.

"Me?"

"Beh, sì. Anche questo". Ellie sorrideva da un orecchio all'altro. "Stavo pensando di indire un concorso per inventare un nuovo gusto di gelato. In modo da farmi notare dalla comunità. Tutti suggeriscono qualcosa, sottoponiamo le opzioni al voto del pubblico e il vincitore avrà un gelato gratis ogni settimana per un anno. Pensi che mi vorranno bene così?".

"Credo che ti vogliano già bene".

Ellie arrossì. "Aspetta che scoprano che mi sto facendo una Hill".

"Hanno avuto la loro occasione", rispose Natalie. "Per quanto riguarda il gelato, sto già pensando al mio gusto".

"Avendoti assaggiata di recente, posso darti una mano". Ellie si chinò, adottando quello che sperava fosse un sorriso sensuale. "Sei dolce, appiccicosa e terribilmente moresca. Non riesco mai a resistere a una seconda porzione".

Natalie divenne rossa come una barbabietola. "Come fai a essere così dolce e poi così oscena, tutto in una volta?".

"Ti eccita?" Ellie si alzò per andare in bagno, dando a Natalie un bacio sulla guancia mentre passava.

"Assolutamente", rispose lei.

Ellie seguì le indicazioni per i bagni. Mentre lo faceva,

vide qualcuno di familiare che camminava verso la porta principale del pub. Era il padre di Natalie? Ne era quasi certa. Lo guardò mentre si voltava a parlare con un altro uomo e ridevano di qualcosa. *Era* lui.

Solo quando Keith mise una mano sul braccio dell'uomo Ellie si fermò. Scosse la testa. Non aveva intenzione di farsi condizionare da qualsiasi cosa stesse facendo il padre di Natalie, anche se il fatto che lui fosse così sprezzante nei confronti della figlia l'aveva irritata quasi quanto aveva irritato Natalie.

Forse avrebbe dovuto parlargli. Tuttavia, non aveva intenzione di dire nulla a Natalie per ora, non dopo quello che era successo. Keith aveva fatto abbastanza danni per quel giorno. Avrebbero potuto affrontare qualsiasi cosa stesse accadendo con Keith il giorno dopo. Per ora, voleva tornare a casa e mettersi a letto, con Natalie al suo fianco.

La loro relazione procedeva a passo spedito.

Capitolo 27

Era la settimana del festival e tutti erano pronti. Ormai conoscevano i propri ruoli, ma Natalie continuava a ricevere messaggi ed e-mail tutto il giorno, tutti i giorni. Aveva scoperto che gestire un festival era un lavoro a tempo pieno. Non c'era da stupirsi che il fondatore di Glastonbury, Michael Eavis, sembrasse sempre così esausto. Tra la gestione della sua azienda, la nuova fidanzata e quel lavoro aveva a malapena il tempo di sbattere le palpebre. Quella sera però la spaventava: doveva fare le prove del discorso. Aveva promesso a Yolanda che avrebbe cercato di superare le sue paure e avrebbe mantenuto la parola. Dubitava che ce l'avrebbe fatta, ma ci avrebbe provato.

Se c'era qualcuno che poteva insegnarle, quella era Ellie. Erano a casa sua, che era sorprendentemente accogliente, considerando che era lì da soli due mesi. C'erano alcuni quadri alle pareti, due poltrone, un piccolo tavolo da pranzo e delle sedie, persino dei fiori in un vaso. Non c'era ancora un divano, però. Ellie era stata molto chiara sul fatto che doveva ancora andare a comprarlo di persona. Non era possibile ordinarlo online.

Si sedettero al tavolo da pranzo, con le sedie l'una vicina all'altra.

"Il tuo discorso, allora. Devi aprire il festival?".

Natalie iniziò a sudare al solo pensiero. "No, lo fa Yolanda. Sono riuscita a convincerla, è molto più brava di me in queste cose. Io però presenterò la serata in entrambi i giorni, quindi è comunque una cosa importante". Espirò. "Devo superare la mia paura di parlare in pubblico".

"La maggior parte delle persone ha paura a farlo, quindi non abbatterti". Fece una pausa. "Ma perché ce l'hai?".

"Per una recita scolastica. Sono stata scelta come narratrice perché ho una voce forte. Avevo memorizzato tutto ed ero preparata, ma quando è arrivato il momento, la mia mente si è spenta. Sono andata nel panico. Un insegnante è dovuto intervenire per leggere la mia parte". Ricordava ancora la gelida umiliazione che l'aveva accompagnata per settimane. Alcuni frammenti erano rimasti congelati dentro di lei. "È stato uno dei momenti peggiori della mia vita".

Ellie era dispiaciuta. "Ok, sono cose che lasciano il segno, ma non deve determinare il tuo futuro. Puoi avere spunti audio e visivi per rilassarti. E possiamo esercitarci come matte per portarti il più vicino possibile alla perfezione".

Natalie si accigliò. "L'ho già fatto prima, ricordi?".

Ellie inclinò la testa. "Sì, ma è passato tanto tempo. Non avevi spunti che ti aiutassero a ricordare. Se riusciamo a farti entrare tutto in testa, andrà tutto bene. Cominciamo con l'audio. Qual è una canzone che ti piace?".

Non le veniva nulla in mente. "Non lo so". Non era molto utile, lo sapeva.

"Ok, ci torneremo, ma deve essere una canzone che ti faccia sentire sollevata. Io non riesco ad ascoltare *We Found Love* di Rihanna senza sentirmi carica. Dev'essere qualcosa del genere".

Natalie annuì. "Ci penserò".

"Bene. E invece l'abbigliamento? Hai qualcosa che ti fa sentire sicura di te?".

Sapeva la risposta. "Jeans neri, camicia color menta e blazer nero. Abbinati agli stivali neri".

"Quello che indossavi quando siamo andati a vedere le band e siamo finite a letto?". Ellie sorrise. "Me lo ricordo, funziona. Ora passiamo al discorso vero e proprio". Tamburellò le dita sul tavolo di legno. Era grande un terzo di quello di Yolanda. "Se non vuoi farlo da sola, che ne dici di farlo insieme? Lavoriamo a una routine. In questo modo, hai un appoggio se non riesci a fare nulla la sera stessa: anch'io saprò le tue battute".

Il cuore di Natalie batteva forte. Forse avrebbe funzionato, magari non avrebbe dato l'impressione di essere impacciata. Di sicuro Yolanda avrebbe smesso di importunarla. "Lo faresti? Averti come sostegno sarebbe fantastico. Incredibile, davvero".

Ellie annuì. "Possiamo lavorare insieme. Potremmo essere le Ant e Dec di Chewford. O le Mel e Sue".

Natalie rise. "Mi piace come la giri, come se questo fosse il piano fin dall'inizio. Come se non fossi io quella strana con la fobia".

Ellie le rivolse un sorriso. "Diciamo che ho un interesse personale per l'oratrice. Voglio che abbia successo, che dimostri al paese quanto è brillante".

A volte Natalie non sapeva cosa avesse fatto per meritarsi Ellie. "Grazie". Fece una pausa. "Mio padre è bravo, sai. Ha fatto un po' di stand-up comedy a suo tempo, improvvisazione. Riesce a salire sul palco e a stare al gioco. Io invece non sono mai stata così. È una delle poche cose su cui eravamo in disaccordo. Ora la lista si allunga di giorno in giorno".

Ellie non aveva idea di quanto questo la rendesse triste, ma non aveva intenzione di dirlo. Poteva offrirle il suo aiuto e ne avrebbe approfittato.

"Normalmente ti avrebbe aiutata?".

Natalie annuì. "Sì, ma in questo momento non siamo proprio in sintonia". Scrollò le spalle. "Oggi l'ho chiamato di nuovo, perché mi sta evitando, ma non ha risposto".

"Forse è uscito a fare una passeggiata".

Natalie annuì. "Forse. Anche se non è uno che cammina molto".

Ellie fece per dire qualcosa, poi scosse la testa.

"Cosa c'è?".

"Niente". Ellie evitò il suo sguardo.

Natalie si sedette in avanti. "Dimmelo. Ha a che fare con mio padre? Sai qualcosa?".

Ellie si sedette, con gli occhi rivolti brevemente al soffitto, prima di riportarli su di lei. "È solo che potrei essere fuori luogo". Fece un respiro profondo. "Hai mai pensato che tuo padre potrebbe essere gay?".

Tutta l'aria lasciò il corpo di Natalie, che si accasciò all'indietro con il respiro affannoso. Scosse la testa. "Mai. Era sposato con mia madre".

"Le persone cambiano. Tu sei cambiata".

"Ma io sono *io*. Lui è mio padre". Fece una pausa. "E sì, so che è un doppio standard e che le persone cambiano". Non c'era mai stato un solo momento della sua vita in cui si fosse chiesta se lui fosse gay, ma ora che Ellie lo aveva detto, era come un palloncino di elio che si espandeva lentamente nella sua mente. Questo poteva spiegare le sue stranezze negli ultimi anni? Forse. Una cosa che non spiegava era la sua reazione al suo essere gay. Di certo, se lui fosse stato gay e lei avesse fatto coming out, avrebbe dovuto appoggiarla. Quella parte non aveva alcun senso. "Non può essere. È omofobo".

"Oppure ha paura. Ha paura della vita che stai costruendo, quella che vorrebbe per sé". Ellie si mordicchiò l'interno della guancia. "O forse sono io che parlo ad alta voce. Potrei essere fuori luogo, ma l'ho visto al ristorante italiano. Quello in cui siamo andate qualche settimana fa".

"Bear Inn?".

"Sì. Era lì e l'ho visto andare via con un tizio".

"Davvero?" La mente di Natalie vorticava così velocemente che temeva potesse lanciarsi nello spazio. "Perché non me l'hai detto?".

"Ti aveva fatta arrabbiare poco prima. Aveva fatto abbastanza danni quel giorno".

"Magari era solo un suo amico".

"Sì, potrebbe essere". Ellie scosse la testa. "Mi ha solo fatto pensare il modo in cui gli ha toccato il braccio". Ellie fece un respiro profondo. "Sai cosa? Lascia perdere. Probabilmente mi sto inventando le cose. Non avrei dovuto dire nulla".

Perché Ellie aveva detto una cosa del genere? Natalie la fissò. Era così assurdo. E il padre era così... etero. O no?

"Ora lo chiamo. Se è a casa, ci passo".

"E cosa gli vuoi dire? Vuoi chiederglielo apertamente?".

Natalie si alzò, cercando il telefono. "Non lo so. Ho solo bisogno di guardarlo di nuovo sotto una luce diversa".

"È ancora tuo padre".

Lo sapeva, certo che lo sapeva. Da quando aveva fatto coming out, le persone la guardavano in modo diverso. Ma era differente quando si trattava di suo padre. Era per quello che la ignorava? Non riusciva a elaborare tutti i suoi pensieri in quel momento. Dove diavolo aveva messo il telefono?

Lo trovò nella tasca posteriore dei jeans, ci era stata seduta sopra per tutto il tempo. Prima di potersi ricredere o di pensare davvero a quello che stava per fare, premette il pulsante di chiamata e aspettò. Quando guardò Ellie, aveva un'espressione sofferente. Natalie era arrabbiata? Ellie aveva superato i limiti?

Rispose direttamente la segreteria telefonica. Digrignò i denti, fissando la piazza del paese fuori dalla finestra di Ellie. Dove diavolo era? La segreteria fece *bip*, ma la mente di Natalie era vuota.

"Ciao papà. Mi chiedevo solo se tutto questo tuo atteggiamento segreto sia dovuto al fatto che sei gay. Sei gay?". No, non avrebbe funzionato, vero? Tolse il telefono dall'orecchio e riattaccò, voltandosi a guardare Ellie.

"Segreteria telefonica. Immagino che non voglia essere disturbato, qualunque cosa stia facendo". Natalie non aveva intenzione di lasciare che la sua mente vagasse oltre.

Aveva un'altra idea: avrebbe mandato un messaggio a sua madre. Lo fece prima di riuscire a fermarsi.

C'è qualcosa sull'orientamento sessuale di papà che dovrei sapere?

Il suo dito si fermò sul pulsante di invio, ma poi premette. Il suo stomaco fece una capriola. Merda. Si mise a camminare per la stanza, stringendo il telefono così forte che le avrebbe lasciato un'impronta sulla mano. Non era la serata che aveva previsto.

Fece un respiro profondo e si sedette accanto a Ellie.

Ellie le mise una mano sul ginocchio e Natalie trasalì. Lei la tolse.

Natalie sospirò. "Scusa, questa cosa mi ha spiazzata".

"È comprensibile. Vuoi lavorare al discorso per distrarti? O almeno vedere se riusciamo a buttare giù qualche idea?".

Lei digrignò di nuovo i denti. "Non sono sicura di riuscire a concentrarmi ora". Il telefono squillò. Lo prese. Un messaggio della mamma.

Dritta al punto. Te l'ho già detto, chiedi a tuo padre. Non spetta a me dire nulla.

Non poteva lasciar perdere.

Ma è stato un motivo della vostra rottura? Non si trattava solo del fatto che vi sentivate stretti dalle Cotswolds?

Passarono cinque minuti prima che ricevesse una risposta.

Aveva delle cose da risolvere, diciamo così.

Natalie si sedette. Wow. Tutto il suo mondo era appena stato stravolto. Quella di sua madre era più o meno un'ammissione, giusto?

"Cosa c'è?".

Natalie si voltò verso Ellie, gli occhi chiari puntati su di lei. "La mamma ha appena confermato, più o meno. Non ha ammesso nulla, ma è come se l'avesse fatto. Mi sento un po' stupida, a dire il vero. Io ho fatto storie sul mio coming out e, nel frattempo, mio padre cercava di risolvere i suoi problemi?". Scosse la testa. "Il mondo è pieno di sorprese, vero?".

Ellie le mise un braccio intorno alle spalle e Natalie la lasciò fare, appoggiandosi a lei. "Assolutamente. Ma, se può servire, sei sempre la stessa figlia amorevole e tuo padre ti vuole ancora bene. È questo l'importante".

Natalie si alzò in piedi, camminando per la stanza. "Ho bisogno di bere qualcosa."

"Ho del vino bianco in frigo".

"Perfetto".

Ellie andò in cucina mentre Natalie si sfregava le mani su e giù per il viso. Un bicchiere di vino avrebbe smorzato i toni della serata. Era quello di cui aveva bisogno, qualcosa che smussasse gli spigoli. Che la rimettesse in sesto. Quando Ellie tornò portando due bicchieri di vino bianco ghiacciato, Natalie avrebbe potuto baciarla.

Poi si rese conto che poteva farlo e lo fece. La sensazione delle labbra di Ellie sulle sue era molto più rilassante di qualsiasi vino. In poco tempo, Ellie era diventata una parte fondamentale della sua vita. E poi, quale momento migliore per lei per entrare nella vita di Natalie? Proprio quando tutto stava esplodendo. La sua vita sembrava una telenovela.

Si sedettero al tavolo di legno scuro di Ellie. Era all'antica, con i lati che si potevano tirare su.

"Allora, di cosa possiamo parlare per distrarti?". Ellie sorseggiò il suo vino, studiando il viso di Natalie. Fece scorrere un dito sulla guancia di Natalie e si avvicinò per un altro bacio. "A parte forse finire questo vino e portarti a letto?".

Ciò suscitò un sorriso pieno. "Sembra il rimedio ideale".

Ellie le fece l'occhiolino. "Faccio del mio meglio. Quando qualcuno scopre che uno dei suoi genitori potrebbe essere gay, la cosa migliore da fare è bere e fare sesso".

Natalie si accasciò all'indietro, facendole un sorriso ironico. "Hai detto che andrai a Londra questa settimana?". Se così fosse e stato, avrebbe dovuto occuparsi della questione da sola. Inoltre, aveva il festival.

Le disgrazie non vengono mai sole...

Anche se, date le circostanze, forse aveva bisogno di passare un po' di tempo con suo padre. Tutte quelle volte che erano stati in casa sua, quando entrambi erano improvvisamente single... Lo sapeva allora? Aveva qualcuno al suo fianco? La mamma lo aveva trovato a letto con un uomo? Scosse la testa. Doveva togliersi il pensiero per il momento o sarebbe impazzita.

Ellie annuì. "Sì. Devo andare a vedere in che stato è il mio appartamento per poterlo mettere in vendita. Dio solo sa cosa troverò, francamente. Tu hai la questione di tuo padre da gestire, io ho la mia ex e la necessità di farla uscire dal mio appartamento. O di mandare via chiunque lei abbia fatto stare lì".

Natalie si stranì. Ellie aveva parlato della sua ex, ma non aveva pensato che avrebbe passato del tempo con lei. Forse era un bene che avesse dei problemi di cui occuparsi mentre Ellie era via. Almeno non si sarebbe fissata su quello che Ellie poteva o non poteva fare a Londra.

"Vieni al pub lunedì per il quiz? Fi mi ha chiesto se ci saremo".

"Non credo che ce la farò. Avrò un sacco di cose da sistemare al negozio, se vado via per qualche giorno. Red e Gareth verranno a gestire le cose mentre sono via, sono stati davvero gentili".

"Deve essere bello avere una famiglia che ti sostiene".

Ellie le diede una gomitata. "Anche tu hai una famiglia che ti sostiene. Tua madre, Yolanda e Max, Fi. Questo è solo un incidente. Che importa se tuo padre è gay? Potete andare insieme nei bar gay".

Natalie chiuse gli occhi, coprendosi il viso con le mani. "Non me lo dire. Guardare mio padre che si fa un uomo non è tra le mie priorità".

"Attenta, o la gente potrebbe pensare che tu sia omofoba".

Natalie le lanciò un'occhiata. "I gay possono essere omofobi?".

"Non hai conosciuto la mia ex, vero?".

Natalie si chinò per un altro bacio, questa volta più lungo del precedente. Quando si ritrasse, guardò Ellie, accennando un sorriso. Sì, il vino e i baci la stavano distraendo in modo magico. "No, e se posso dire non mi fa impazzire nemmeno il fatto che *tu* la conosca".

Ellie si appoggiò un po' allo schienale. "Te l'ho già detto, non hai nulla di cui essere gelosa". Le tolse di mano il bicchiere di vino e si avvicinò. "Ci sei solo tu nei miei pensieri, te lo giuro".

Natalie sorrise. Sì, ma era Grace quella che si sarebbe trovata nelle immediate vicinanze di Ellie. Non lo disse. Avrebbe fatto finta di niente.

"Bene", rispose Natalie. "Forse stasera posso fare qualcosa per assicurarmi che penserai sempre a me. Per darti qualcosa su cui riflettere durante il lungo viaggio attraverso il paese".

Ellie si bagnò il labbro inferiore con la lingua. "Ottima idea".

Capitolo 28

Quando Natalie aveva detto che le avrebbe dato qualcosa da ricordare, non aveva scherzato. Sembrava che facessero sesso ogni volta che non erano impegnate nei rispettivi negozi o nei compiti del festival. Nel retrobottega di Natalie, nella sua cucina, nei letti di entrambe. Sapeva che Natalie stava cercando di riempire il tempo, visto che suo padre si era preso una vacanza improvvisata. Ellie era felice di essere la sua distrazione.

Tuttavia, le Cotswolds e Natalie erano molto lontane dalla sua realtà attuale, che era il traffico di Londra. Non le era mancato neanche un po'. Sollevò il piede dal pedale mentre avanzava sulla Kingsway, avvicinandosi a Russell Square, il luogo in cui aveva vissuto per sette anni.

Un brivido le corse lungo la schiena. Tornare lì le sembrava così estraneo, come qualcosa di una vita passata. Un'esperienza extracorporea. Solo che lei era davvero lì e nel suo corpo, bloccata dietro un furgone della Brakes Brothers. Era caldo e appiccicoso nel pomeriggio umido di giugno, ma non poteva abbassare il finestrino per prendere aria. Non sarebbe stata la stessa aria di Upper Chewford.

Il suo telefono squillò e lei controllò il messaggio. Sapeva che non avrebbe dovuto, ma il traffico non si muoveva. Era di Grace. Era a casa sua.

Ottimo. Proprio quello che le serviva. Quale parte di *sgombera e lascia dentro la chiave* non aveva capito? Non era mai stata molto brava a comunicare, e nemmeno ad ascoltare.

Si immise nella sua strada, lanciando un'occhiata al suo appartamento. Era ancora lì, ancora bello, al terzo piano di un vecchio palazzo in mattoni rossi. Il palazzo aveva una facciata in pietra ornata e dettagliata e le sue caratteristiche finestre circolari del salone lasciavano entrare molta luce. Quando aveva vissuto lì, la maggior parte delle volte usciva e trovava turisti che si meravigliavano dell'edificio e scattavano foto. Era ancora una bella zona della città in cui vivere, con bar, ristoranti e negozi vivaci.

Ma ora non era più casa. Come erano cambiate rapidamente le cose: ora aveva un appartamento, un'attività e forse una fidanzata. Di certo, era più una compagna e un sostegno di quanto non lo fosse mai stata Grace. Cinque anni contro sei settimane, e Natalie stava già vincendo a mani basse.

Ellie guidò la sua Land Rover fino al parcheggio sotterraneo, lungo la stretta rampa. Non c'era nulla di simile nelle Cotswolds. Non ce n'era bisogno. C'erano solo distese e cieli azzurri. A Londra, ora, vedeva solo cieli grigi e spenti. Salì rapidamente le scale fino al suo appartamento, sapendo che le prime due rampe esterne sarebbero state sporche di urina. Non si sbagliava.

Prima di rendersene conto era davanti alla porta di casa. Era contenta di aver indossato pantaloni eleganti, brogue di pelle e un top aderente. Quasi un abbigliamento da lavoro. Un'armatura appropriata per la battaglia.

Il terrore le scivolò addosso.

Era sopraffatta dall'assalto della sua vita passata. Giustamente. Stava per tornarci dentro, anche se solo per poco.

Infilò la chiave nella porta e appena la aprì si trovò davanti Grace. Esile, bionda, disinvolta. In jeans e camicia, ma Ellie scommetteva che quella camicia era costata un bel po' di soldi. Grace aveva ancora il suo sorriso vincente, lo stesso che aveva catturato l'attenzione di Ellie tempo addietro. Non era cambiato, proprio come Grace.

Dietro di lei, nel salotto, c'erano le sue cose inscatolate. Quindi non si era ancora trasferita.

Ellie avrebbe dovuto controllarsi per non strangolarla.

Le braccia di Grace la circondarono prima che potesse reagire. "Elles Belles, è bello vederti. Com'è andato il viaggio?".

Ellie si irrigidì nel suo abbraccio. Grace non era mai stata molto brava a cogliere gli indizi non verbali. "È stato un inferno e vorrei farla finita il prima possibile".

Grace fece un passo indietro, scuotendo la testa. "Oh, cielo. Hai bisogno di un drink. Sembri scontrosa". La sua voce si alzò alla fine, cantando.

Non strangolarla. "Oppure devi solo prendere le tue cose e andartene, come ti ho detto al telefono".

Grace fece scorrere la mano in aria con un gesto che lasciava intendere che Ellie fosse ridicola. "Non potevo non vederti, Ellie. Abbiamo un conto in sospeso".

Grace le prese la mano e la condusse nel salone. Le scatole di Grace erano accatastate accanto alla porta insieme a una valigia che Ellie non riconosceva. Le sue cose però erano ancora lì. Il suo divano color crema, che aveva ordinato online quando Grace si era rifiutata di accompagnarla, il suo televisore widescreen, il suo tavolino vintage. Avrebbe donato tutto in beneficenza. Non voleva che le vestigia della sua vecchia vita contaminassero quella nuova.

"Per quanto mi riguarda, ci siamo dette tutto quello che dovevamo dirci". Ellie indicò la valigia. "E quella di chi è?".

Grace storse la bocca. "È della mia amica che si è fermata". Alzò le mani. "Non preoccuparti, si è trasferita. Devo solo portargliela stasera, insieme alle mie scatole. Prenderò un Uber grande che possa portarli tutti".

"Chi è questa donna? Una giovane che si è innamorata del tuo fascino?".

Grace non poté evitare il guizzo di un sorriso che le attraversò il viso. Le erano sempre piaciute le cose nuove e luccicanti. "È solo una collega di lavoro. Ci siamo divertite un po', ma niente di più. Ora si è sistemata, ma mi sembrava stupido che non rimanesse qui quando era vuoto e io avevo la chiave. Non volevi mica aggiungerlo a tutti i posti disabitati di Londra, vero?".

"Quindi portarla qui e scoparla nel mio letto è stato un gesto altruistico?". Non le sembrava una buona giustificazione. "Risparmiatela. L'ho già sentita".

Una mano le toccò la schiena e la guidò verso il divano. Lei si sedette, obbediente.

Grace aspirò. "Lascia che ti porti da bere". Si avvicinò al bel mobile da bibite in noce di Ellie e versò a entrambe un bicchiere di whisky.

Ellie si sedette, scuotendo la testa. "Quindi adesso ti vedi con questa donna?". In pochi secondi era passata dalla rabbia alla rassegnazione. Grace non era più un suo problema, poteva fare quello che voleva. Certo, poteva infastidirsi, ma a che scopo? Era fatta.

Ma soprattutto, tra loro era finita.

"Te l'ho detto, ci siamo solo divertite un po'". Grace fece una pausa. "Da quando te ne sei andata, ho trovato difficile sistemarmi. A quanto pare, non è facile rimpiazzarti". Grace la guardò negli occhi e non distolse lo sguardo.

Ellie bevve un sorso del suo whisky. "Strano, non l'hai mai detto quando eravamo insieme".

Grace la ignorò. "Allora, dimmi, come vanno le cose in campagna? Dai del tu alle mucche?".

Ellie si mise a sedere più dritta. "In realtà sta andando molto bene. Come avrai capito, visto che voglio mettere in vendita questo appartamento".

"Pensavo che potessi ricominciare da capo da qualche altra parte a Londra. Hai sempre detto di volere uno spazio esterno, prima o poi".

"È vero. Nelle Cotswolds non scarseggia". Fece una pausa, ritrovando lo sguardo di Grace. "Stare lì mi ha fatto capire cosa mi mancava. Eravamo in una situazione così disfunzionale, io e te. Ma vivendo dove vivo ora, le cose sono diventate improvvisamente più chiare. È stata la mossa giusta per me".

"Non è possibile che tu preferisca la campagna al brivido della città". Era un'affermazione, non una domanda.

Ellie non aveva intenzione di lasciarla nel dubbio. "Invece sì. È come un pazzo mondo immaginario di cui non conoscevo nemmeno l'esistenza. Pensavo che fosse solo inventato in quelle commedie romantiche di Richard Curtis, una versione inverosimile del Regno Unito, ma ora vedo che è reale. Nelle Cotswolds posso entrare in un pub e conoscere la proprietaria, chiacchierare con la gente del posto. Le persone si preoccupano l'una dell'altra, si salutano per strada. Mi piace il senso di comunità, l'esperienza condivisa".

"Anche a Londra l'esperienza è condivisa".

"Sì, condividiamo i brutti viaggi in metropolitana e gli orari di lavoro massacranti. Ora lavoro per me stessa ed è fantastico". Fece una pausa. Doveva dire il resto? Le uscì di bocca prima che potesse ripensarci. "E ho conosciuto una persona, quindi non tornerò più a Londra, voglio comprare casa lì. Sto mettendo radici, finalmente".

Grace strinse il suo bicchiere di whisky ancora più forte. "Hai conosciuto una persona?".

Ellie annuì. "Sì. Mi ha fatto capire cosa mi mancava in un partner. Ci crederesti che gestisce il negozio locale di gin, la distilleria?".

"Tu odi il gin". Grace sembrava sinceramente perplessa.

"Mi sto ricredendo, con un po' di gentile persuasione". Non era del tutto vero, ma voleva ribadire a Grace il suo punto di vista.

Ellie aveva una nuova vita, era giunto il momento per entrambe di tagliare i ponti e andare avanti. Si sedette in avanti e mise il suo bicchiere sul tavolino, quello che aveva cercato in lungo e in largo. Quello che lei e Grace avevano portato a casa insieme, una delle poche volte che si era degnata di aiutarla nella sua vita domestica.

Ellie aveva amato quel tavolino, ma ora rappresentava un'altra epoca, una strana vita. Non lo voleva più. Non era più suo. "Per questo motivo devo andare via. Non posso fermarmi troppo a lungo, ho un'attività da gestire".

"Chi se ne occupa adesso?".

"Mia sorella e suo marito, che Natalie ha già conosciuto. Tu non hai mai voluto, in cinque anni di vita insieme".

Grace stropicciò il naso. "Sai che io e le famiglie non

siamo compatibili. Ma io e te lo eravamo. Lo siamo ancora, Ellie". Posò il bicchiere a terra e prese la mano di Ellie nella sua, entrando nel suo spazio personale. "So di aver rovinato tutto, ma abbiamo un conto in sospeso. Sai che è vero". Fissò Ellie con il suo sguardo esperto, poi le spostò la mano sul suo cuore e premette. "Non lo senti dentro di te? Il mio cuore sa cosa vuole, proprio come il tuo. Non cercare di negarlo, Ellie. Sai che lo senti anche tu".

No, non lo sapeva. Ellie non sentiva nulla, se non tutti i peli del suo corpo che si stavano lentamente rizzando, seguiti da un senso di allarme che le percorreva la spina dorsale. Stava per dire qualcosa, voleva dire a Grace che non era affatto d'accordo, ma non le uscì alcun suono dalla bocca. Riuscì a sentire solo il ruggito del dissenso nelle sue orecchie.

All'improvviso, le labbra di Grace erano a pochi centimetri dalle sue. Doveva aver preso il silenzio come un assenso.

Ellie aprì la bocca per parlare, ma prima che riuscisse a formulare una qualsiasi parola Grace premette le labbra sulle sue, il peso del suo corpo la spinse indietro nel divano.

Ellie all'inizio era troppo stordita per fermarlo. Si ritrovò quasi orizzontale, Grace che premeva su di lei, le sue labbra sulle proprie.

Ma poi la pressione esplose nel suo petto e si rialzò. Che cazzo stava succedendo?

Ellie scosse la testa, dimenandosi per allontanare Grace da lei.

La sua ex si tirò indietro, sbattendo le palpebre, con il volto confuso. Probabilmente a Grace non era mai passato per la testa che Ellie non lo volesse, era quello che avevano sempre fatto.

"Grace, togliti di dosso, cazzo!". La sua voce non era ancora del tutto stabile, ma almeno era lì, a rivestire l'aria, rendendo Grace pienamente consapevole di ciò che Ellie voleva e non voleva. Di certo non voleva quello. Ellie si pulì la bocca con il dorso della mano. Sembrava macchiata. "Come cazzo ti permetti!".

Grace si alzò a sedere e indietreggiò, con la bocca schiusa. Ora era il suo turno di tacere.

Ellie scosse la testa e si alzò. Camminava su e giù.

Quello era il suo appartamento.

Come cazzo si permetteva?

"Ti dico che voglio andare avanti con la mia vita. Ti dico che me ne vado. Ti dico che ho incontrato un'altra e che tra noi è finita, e tu cosa fai? Mi piombi addosso come se non avessi mai detto una sola di queste parole". Strinse entrambi i pugni sui fianchi. "Non hai mai ascoltato quello che volevo, vero?".

Grace rimase in silenzio per un momento, accigliata. "Pensavo che lo volessi. Pensavo che volessi Londra e noi".

Ellie chiuse gli occhi, prendendo profonde boccate d'aria. Per quanto fosse una persona adulta, non credeva che avrebbe mai compreso appieno il funzionamento del cervello di Grace. Non seguiva schemi regolari. Non era un essere umano normale. "Cosa ti ha portato a questa conclusione? Il fatto che io abbia detto che ho avviato una nuova attività, ho una nuova compagna e sto comprando una casa nelle Cotswolds?".

Grace emise un lungo respiro. "Compagna? Non hai mai detto compagna. Hai detto *qualcuno*, non *compagna*". Si accasciò sul divano. Come se quelle parole avessero appena trafitto la sua spavalderia. Ora si stava sgonfiando.

"Non importa se ho una compagna o meno". Ellie alzò le mani in aria. "Non hai il diritto di bloccarmi e baciarmi. Sono passati mesi, non è che riprendiamo da dove abbiamo lasciato. È finita, Grace".

Mentre Grace cercava di capire le sue parole, Ellie si sentì quasi dispiaciuta per lei. Era ancora bellissima, Ellie poteva capire perché si era innamorata di lei. Ma non era più quello che voleva. Tornare e rivederla non aveva fatto altro che confermarlo. Red aveva ragione: aveva bisogno di un taglio netto. E anche Grace, che le piacesse o meno.

"Ellie, non sono sicura che *tu* capisca…".

"Smettila". Ellie scosse la testa. "Esci e basta. Prendi la valigia della tua nuova amica e vattene. Terrò le tue scatole in corridoio, mandami un messaggio domani e vieni a prenderle. Se non vengono ritirate entro le 21, le butto. Capito?".

"Ellie…"

Ellie alzò una mano. "Ho detto, hai capito?".

Grace fece una pausa, poi annuì. "Ho capito. Ci vediamo domani". Raccolse la valigia e lanciò a Ellie un ultimo sguardo da cane bastonato che avrebbe funzionato in tempi passati, ma ora non più. Non con la nuova, determinata Ellie, che sapeva farsi valere e sapeva cosa voleva. Quello dipendeva da lei, ma anche da Natalie.

Oh Dio, Natalie.

Ellie chiuse la porta appoggiandovisi, davvero contenta di essere sola. Si portò una mano alle labbra, pulendole di nuovo con il dorso della mano.

Aveva lasciato che Grace la baciasse.

Un senso soffocante di vergogna la assalì, caldo nelle vene, quasi sommergendola. Red aveva ragione, avrebbe dovuto farle lasciare le chiavi nell'appartamento. Aveva lasciato che accadesse, che Grace la baciasse? Emise un lungo respiro e si coprì il viso.

Se lo avesse detto a Natalie, avrebbe potuto far fallire la loro relazione nascente prima ancora che iniziasse. Il solo pensiero di dirglielo la faceva sentire male. Non poteva rischiare. Stavano insieme da troppo poco. Doveva superare la cosa e andare avanti, come se non fosse mai successo nulla.

Chiuse gli occhi mentre il cuore le si spezzava un po'. Le lacrime minacciavano di uscire. Premette la schiena contro il legno scuro e si portò le mani al petto, il respiro le si bloccò in gola e inghiottì le lacrime. Non avrebbe pianto. Non si sarebbe arresa e non avrebbe dato la soddisfazione a Grace, anche se non era lì ad assistere.

Invece, emise un grido profondo e gutturale e sbatté il pugno contro la porta.

Maledizione, Grace. Con lei nulla era facile, vero? Un po' come Londra.

Era giunto il momento di mettere un po' di distanza reale tra lei, Grace e Londra.

Questa volta lo pensava davvero.

Capitolo 29

Natalie entrò nell'Ultimate Scoop, aspettando che Red finisse di servire il gelato a un cliente. Al banco del caffè, Sandra, la dipendente di Ellie, stava servendo una lunga fila. Natalie scattò una foto e la inviò a Ellie, per mostrare quanto fossero vivaci gli affari in sua assenza. Sperava che fosse entusiasta.

Nonostante avesse detto che si sarebbe tenuta in contatto, Ellie era stata stranamente distante da quando era partita. Aveva mandato un paio di messaggi, ma erano stati brevi, quasi di lavoro. Come se la sua mente fosse altrove. Natalie cercava di non dare troppo peso alla cosa. Ellie aveva tutta la sua vita londinese da impacchettare; non si poteva fare in un paio di giorni. A patto che Ellie fosse tornata per giovedì, in modo che potessero esercitarsi nei discorsi del festival, sarebbe andata bene. Avevano messo insieme un copione vago, ma le prove erano state minime.

Una volta che Red fu libera, Natalie si avvicinò e le rivolse un sorriso forzato. Red sarebbe riuscita a vedere attraverso la sua facciata di noncuranza?

"Sei qui per un gelato?". I capelli di Red erano dritti sul davanti. "Abbiamo quasi finito la banana e caramella mou, se ne vuoi un po'. Personalmente, penso che sia un po' lugubre, ma sta andando a ruba".

"Sono a posto". Natalie ricordò il suo primo assaggio, come Ellie le avesse quasi strappato i vestiti di dosso. Quel gusto avrebbe sempre avuto un posto speciale nel suo cuore. "Come vanno le cose?".

Red annuì. "Bene. Gareth è di sopra a sistemare i nostri affari, io sono qui sotto a gestire quelli di Ellie". Lanciò un'occhiata all'area bar. "Ma credo che la mattina la gente preferisca di gran lunga il caffè al gelato".

"Non li biasimo". Fece una pausa, cercando di far sembrare casuale la frase successiva. "Hai sentito Ellie? Ha detto che sarebbe tornata oggi, vero?".

Red annuì di nuovo. "Sì, ma non credo che ce la farà. Al massimo domani, mi ha promesso. Sa che noi dobbiamo andare a casa domani perché abbiamo i gatti, poi torneremo di nuovo qui per il festival di sabato. Come sta andando l'organizzazione?".

"È un po' come organizzare un matrimonio: si fa tutto il possibile prima, ma non saprò cosa funziona e cosa no fino al giorno stesso, quindi aspettiamo e vediamo. Tutto avrà inizio venerdì sera con un barbecue in piazza, bancarelle e intrattenimento. Venerdì viene anche la giornalista per parlare del festival e vorrà intervistare sia me che Ellie per l'articolo, insieme a Yolanda. Non so se sono più nervosa per quello, per il festival o perché devo salire sul palco".

Red scosse la testa. "L'articolo andrà bene. Sono qui per far conoscere il paese, quindi sii te stessa e sarai a posto. Devi inaugurare tu il festival?".

Natalie scosse la testa. "No, lo farà Yolanda. Io ed Ellie

faremo alcune cose nella seconda parte del venerdì sera, e anche mio padre darà una mano. Se mai si farà vedere di nuovo".

Red aggrottò le sopracciglia. "Perché, cosa gli è successo?".

Quella era la domanda a cui Natalie aveva cercato di rispondere per tutta la settimana. Tuttavia, per coronare la sua settimana di stress, il padre stakanovista che non si assentava mai dal lavoro aveva scelto quei giorni per andare in vacanza. Si era fatto vivo per dirle di non preoccuparsi e che sarebbe tornato in tempo per il festival. Lei aveva dovuto accettarlo. Se non voleva essere trovato, non poteva dargli la caccia.

"Sta bene. Spero". Non era il momento di approfondire l'argomento. Dall'espressione di Red non sembrava che sapesse cosa stava succedendo, il che significava che Ellie era stata discreta. Natalie gliene era grata. Avrebbe voluto che Ellie fosse lì per parlarne, ma lei aveva le sue cose da fare.

Il telefono le vibrò in tasca. Quando abbassò lo sguardo sullo schermo, sorrise.

Ellie. "Quando parli del diavolo… è tua sorella". Natalie uscì e premette il pulsante verde.

"Ehi, bellissima".

Sentire la voce di Ellie fu come un balsamo per la sua anima. "Ero nel tuo negozio a chiacchierare con Red".

"Lo so, mi hai appena mandato la foto. Ho pensato di chiamarti, perché riceverla mi ha fatto sentire la tua mancanza".

Natalie sorrise. Ellie sentiva la sua mancanza. Era un buon segno. "Anche tu mi manchi. E da quando sono diventata bellissima?".

Si era appena resa conto che quello era un saluto nuovo. La maggior parte delle cose che riguardavano Ellie erano ancora nuove per lei. Non si erano telefonate molto da quando avevano iniziato a fare qualsiasi cosa. Non ne avevano bisogno, visto che vivevano e lavoravano così vicine.

"Da sempre, ma soprattutto da quando sono a Londra. Qui è come un altro universo. Mi manca il freddo di Chewford, e mi manchi tu".

Natalie si schiarì la gola. "Non direi che Chewford sia così tranquillo. Di certo non lo sembra in questo momento".

"Sembri stressata. Mi dispiace di non poter essere presente per migliorare la situazione".

"Basta che tu sia di ritorno per giovedì, così possiamo esercitarci con il discorso per venerdì, è tutto quello che ti chiedo". Natalie scalciò un sasso per terra, facendo un cenno a Harry che era di passaggio.

Ellie fece una pausa. "Te lo prometto. Forse arriverò tardi, ma ci sarò. Tuo padre si è fatto sentire?".

"No, non ne parliamo. Spero che sia qui per venerdì, ma chi lo sa? Forse è scappato per unirsi al circo gay. Non mi fiderei di lui. Pensavo che la mia vita fosse un po' noiosa e stantia, ma da quando ti ho incontrata, le cose hanno preso una piega davvero interessante. Anni di nulla e poi... Boom! Ho una compagna e mio padre fa coming out".

"L'ha fatto?".

"Non ancora, ma hai capito". Ma non erano queste le parole su cui Natalie si stava concentrando in quel momento. Stava invece ripensando a ciò che aveva detto poco prima, che era la sua compagna. Si morse la lingua. Non aveva bisogno di rendere la sua settimana più complicata del necessario.

"Sono la tua compagna?". Era un sorriso quello che sentiva nella voce di Ellie? Lo sperava.

"Mi è scappato". Natalie trattenne il respiro.

"Mi piace, invece".

"Davvero?" Il sollievo la inondò come un raggio di sole.

"Ah ah. Ho pensato la stessa cosa di te: che ormai siamo una coppia. Sono passate alcune settimane, dovremmo ufficializzare. Ti va bene?".

"Mi va benissimo".

"Bene, allora lo faremo".

Natalie rimase in piedi per un po', cullando il telefono, con un sorriso ebete sul volto. Stavano davvero insieme. "Come vanno le cose in generale?".

Ellie emise un guaito strozzato. "Non c'è stato un momento di noia".

Non chiederle della sua ex.

Non chiederle della sua ex.

Non chiederle della sua ex.

"Hai visto la tua ex?". Maledizione. Era riuscita a evitare quella domanda via messaggio, ma aveva resistito a malapena due minuti quando le aveva parlato a voce.

"Sì".

Una lunga pausa.

"Ed è andato tutto bene?".

"Diciamo che ho chiuso la questione. È stato molto veloce, e ora è fatta".

Qualcosa si strinse nello stomaco di Natalie. C'era una questione da chiudere? Avrebbe voluto chiedere di più, ma non lo fece.

"Ma ora, con un tempismo incredibilmente sbagliato, devo lasciarti. Devo parlare con quello che si occupa di sgomberi e che mi offrirà cifre incredibilmente basse per cose di grande valore".

Natalie annuì. Non avrebbe insistito. Ellie l'aveva chiamata e questo era il punto importante da ricordare.

"Ti richiamo per dirti quando arrivo. Forse riusciamo a vederci, se non torno troppo tardi".

La visione di Ellie che scivolava dentro e fuori di lei, facendole raggiungere l'apice, mandò una freccia di lussuria direttamente al cuore di Natalie. Era un modo per scuoterla dalla sua tristezza. "Mi piacerebbe molto".

"Ottimo".

"Ah, Ellie?".

"Sì?".

"È bello sentire la tua voce".

Capitolo 30

Natalie attraversò il ponte più vicino al Golden Fleece, poi il parcheggio, prima di raggiungere il sentiero pubblico che portava nei campi. Era la strada che aveva percorso con Ellie nelle settimane prima, quelle in cui si conoscevano a malapena ed erano nervose l'una con l'altra. E ora stavano insieme. Se qualche mese prima le avessero detto una cosa del genere, si sarebbe messa a ridere, ma ora aveva una relazione con una donna con cui c'era la possibilità di un futuro. Il solo pensiero era sufficiente a tranquillizzarla.

Aveva bisogno di calmarsi. Per prima cosa, un gruppo di turisti canadesi era entrato nel negozio e aveva accidentalmente distrutto una bottiglia di gin. Nat era sicura di non aver ancora trovato tutti i vetri, ma almeno il negozio aveva un buon odore. Inoltre, c'era un problema con gli hamburger e gli hot dog per il festival, il fornitore locale non faceva quello che aveva promesso. Un'altra cosa da aggiungere alla sua lista di problemi.

Tuttavia, correre l'aveva sempre tranquillizzata, soprattutto attraverso i campi ondulati e rigogliosi. Quel giorno non era diverso. A ogni passo i suoi muscoli si rilassavano, la tensione si allentava. Natalie amava la solitudine della corsa, la tensione dei suoi muscoli mentre si concentrava sul suo corpo e su nient'altro. Aveva iniziato a correre dopo aver lasciato Ethan e questo l'aveva salvata. Non aveva mai pagato uno psicologo, perché il suo sfogo era la corsa. Ogni volta che aveva bisogno di sfogarsi, indossava la sua attrezzatura da corsa.

Un fischio squarciò l'aria, lungo e pulito.

Rallentò e si voltò, vedendo Fi che la salutava dall'altro lato del campo. Quello era un suo trucco famoso, amava fischiare come un pastore.

Natalie tornò a correre fino ad arrivare al punto in cui si trovava sua cugina, con Rocky ai suoi piedi che abbaiava come al solito. Si chinò per accarezzarlo e il cucciolo si zittì per qualche secondo.

"Volevo passare a casa tua. Ho delle novità".

Natalie le lanciò un'occhiata. "Dimmi che sono buone notizie".

Fi inclinò la testa. "Dipende dalla prospettiva. La mamma ha avuto un'intossicazione alimentare. Ieri sera ha provato a cucinare un curry verde tailandese con frutti di mare. Non è finita bene".

Yolanda non si ammalava mai, era impossibile. Si sarebbe presa una pausa solo se fosse stata in punto di morte. "Perché stava cucinando? Sa che non è mai una buona idea".

"Ha letto una ricetta e ha deciso di provarla. Una sorpresa per papà". Fi trasalì. "Ma significa anche che non può fare la cerimonia di apertura. È costretta a letto, con un secchio al suo fianco".

"Che schifo". Un senso di terrore si fece strada in lei. "Sei sicura che non potrà presentare il festival?". La sua mente era in allerta per la catastrofe.

Fi annuì. "Se non hai altre opzioni, posso darti una mano.

So che odi parlare in pubblico. Sarà come quando eravamo bambine!".

Natalie abbassò la testa. Respiri profondi. Non era la fine del mondo. Certo, sarebbe stata su un palcoscenico, il luogo che meno le piaceva. Yolanda era malata. Suo padre era sparito. Fi era piena di buone intenzioni ma alla fine non era capace. Almeno aveva ancora Ellie.

Digrignò i denti, annotandosi mentalmente di chiamare Ellie più tardi per verificare che tornasse per l'inaugurazione. Natalie *davvero* non voleva dover aprire la cerimonia o affidarsi a qualcuno della sua famiglia perché la aiutasse. Lei era Natalie l'introversa, quella che si seccava al minimo accenno di pressione.

"Oh, a proposito, è tornato tuo padre. Dov'è stato tutta la settimana? Yolanda aveva bisogno che facesse qualcosa, così lo ha perseguitato finché non ha risposto".

Questo fece drizzare le antenne a Natalie. "È a casa?".

"Penso di sì".

Natalie controllò l'orologio. Le diciannove. Era ancora abbastanza presto per correre a casa, farsi una doccia e andare dal padre in un orario ragionevole. Era ora che facessero due chiacchiere. "In questo caso, devo andare. La cerimonia inizia venerdì sera alle sette, quindi assicurati di essere lì, nel caso in cui ci sia bisogno di te, ok?".

Fi le fece un segno di assenso. "Non mancherei mai".

* * *

Suo padre aveva un'espressione pensierosa quando aprì la porta e la accompagnò nel salone. Nonostante ciò, aveva un aspetto molto elegante. Jeans nuovi, una camicia a maniche corte di buon gusto che non sembrava comprata in nessuno dei suoi soliti negozi.

In effetti, pareva che l'avesse scelta qualcun altro. Possibile che fosse vero? Il cuore di Natalie batteva così forte a quel pensiero che dovette sedersi. Aveva anche dei cuscini nuovi. Evidentemente era andato a fare shopping nel tempo libero.

Lui era appollaiato all'altro capo del divano. Si guardarono con circospezione, come due pugili che si girano intorno prima di un incontro.

Dopo qualche secondo, lui si alzò. "Vuoi bere qualcosa?".

Natalie scosse la testa. "No, voglio essere lucida per questa conversazione. Credo che lo voglia anche tu. Tra noi c'è stata tanta confusione per troppo tempo. È ora di parlare".

Si accigliò. "Pensavo più a un tè o a un caffè".

Lei scosse di nuovo la testa.

Il padre si stropicciò le mani prima di annuire. Si sedette di nuovo. "Natalie, non è facile per me, ma devo dirti una cosa".

Natalie rimase in silenzio, lasciandogli spazio.

"Questa settimana ho riflettuto molto".

"E a quali conclusioni sei arrivato?". Poi si schiaffeggiò mentalmente. Doveva lasciarlo parlare. Ricordava ancora quanto fosse stato difficile per lei.

"Che ti ho tenuto nascosta una parte della mia vita. Ma non solo a te, a tutti. Soprattutto a me stesso".

A se stesso?

"Ho avuto domande sulla mia sessualità da sempre".

Oh Dio. Ogni muscolo del suo corpo si bloccò.

Quindi era vero.

Un conto è sospettarlo.

Un'altra cosa è avere conferma.

"Ma, ultimamente, vederti insieme a qualcuno mi ha fatto affrontare me stesso e il modo in cui vivo la mia vita. La verità è che non sono stato molto orgoglioso del mio modo di vivere. Mi sono chiuso in me stesso. Ho tenuto nascosto quel lato di me per *anni*, anche se mai abbastanza". Fece una pausa, il suo pomo d'Adamo si muoveva su e giù. Accavallò la gamba destra sulla sinistra. "Quello che sto cercando di dire è che... sono gay".

Natalie si sedette, fissandolo.

Disincrociò le gambe, poi le riaccavallò. "Beh, di' *qualcosa*".

Passarono alcuni lunghi istanti prima che lei rispondesse. "Sei gay. È un po'... strano". Poi si fermò. Doveva pensare prima di parlare. Era importante. "Da quanto tempo sei gay?".

Lui le fece un sorriso sofferto, poi scrollò le spalle. "Tu da quanto tempo sei gay?".

Giusta osservazione. "Ma niente di tutto questo ha senso. Se ti stavi mettendo in discussione, perché eri così omofobo con me?".

Sospirò. Si alzò e riprese a camminare prima di voltarsi verso di lei. "Stavo proiettando su di te i miei problemi, e mi dispiace davvero. Non volevo farti del male, né fare male a me stesso. Avevo represso quel lato di me per così tanto tempo che, quando hai fatto coming out, mi sono sentito responsabile. Non volevo essere responsabile della tua infelicità, così ho cercato di allontanarti".

"Ma comportandoti così mi hai resa più infelice. Almeno, in questo modo, sono aperta a qualsiasi cosa mi possa accadere. E guarda cosa è successo: ho incontrato qualcuno".

"Lo so. E sono contento".

"Non è quello che hai detto qualche settimana fa". Era tutto troppo complicato e confuso.

Si sedette di nuovo sul divano, a gambe incrociate. Lei lo guardò con attenzione. Era seduto in un modo più gay?

"È quello che avrei dovuto dire prima. Mi dispiace per tutto quello che ti ho detto, sinceramente. Non credo che smetterò mai di essere dispiaciuto".

Natalie si strofinò le mani su e giù per il viso. "Facciamo un passo indietro, voglio sapere tutto. Stai dicendo che sei gay e che lo sei sempre stato?".

Annuì. "Tua madre lo sapeva, alla fine. Lo sapeva e pensava persino di poterlo accettare. Ma poi non ci è riuscita".

Tanto valeva darle un pugno nello stomaco. "Avete avuto una relazione aperta?". Era un po' troppo da assimilare.

"Più che altro un'intesa. A patto che fossi discreto".

La testa le pulsava di domande, e anche di dolore per la mamma e per quello che doveva aver passato. "Allora, ti sei frequentato con qualcuno in tutti questi anni?".

"Non proprio, non sono mai stato coraggioso come te. Ma ultimamente, ispirato da te, ho voluto di più".

La mamma aveva detto: "Sei molto più coraggiosa di lui". Ora aveva senso.

"Ho conosciuto una persona", continuò lui. "Si chiama Jonathan. È molto paziente con me, e deve esserlo perché ci sono tante cose da chiarire, ma è un inizio". Fece un respiro profondo, guardando Natalie negli occhi. "Mi ha fatto capire che posso avere una relazione e una vita. Non deve essere un segreto sporco. Anche tu me lo hai fatto capire. Ho preso esempio da te. Sei incredibilmente coraggiosa perché fai quello che vuoi della tua vita. Se solo avessi avuto questo coraggio tanti anni fa… ho perso così tanto tempo".

Si prese la testa tra le mani. Le sue spalle cominciarono a tremare, poi un suono strano e alieno uscì dalla sua bocca.

Natalie ci mise un po' a capire cosa stava succedendo, ma poi si rese conto che stava piangendo. Stava crollando davanti a lei come un bambino.

Rimase congelata sul posto per qualche secondo. Non l'aveva mai visto accadere prima. Era sempre stato il suo papà, forte, affidabile e sicuro. Ma ora lo vedeva per quello che era: un uomo spaventato che aveva bisogno del suo sostegno. Era qualcosa che lei poteva capire più di chiunque altro al mondo. Era un aiuto che poteva dargli. Dopo tutto quello che aveva fatto per lei nel corso della sua vita, era il minimo che potesse fare.

In un attimo, lei si spostò e lo abbracciò. Non riusciva a unire le braccia, ma era sufficiente.

Lui emise un mugolio ma si chinò, seppellendo la testa nella spalla della figlia.

Gli baciò i capelli. Erano così morbidi, così familiari. Lo fece indietreggiare, gli tolse gli occhiali e li posò sul tavolo, poi lo tirò vicino a sé. Rimasero così per alcuni lunghi momenti, finché lui non si tirò indietro. Si soffiò il naso su un fazzoletto vicino prima di recuperare gli occhiali.

"Mi sono cacciato in un bel pasticcio, eh? Ho rovinato il rapporto con mia figlia, la persona che avrei dovuto sostenere di più".

Natalie lo fissò. Aveva fatto un bel casino negli ultimi otto anni, non aveva intenzione di contraddirlo, ma non era irrimediabile.

"Dobbiamo solo ricominciare da capo, anche se ci vorrà un po' di tempo. Non era proprio quello che mi aspettavo".

Scosse la testa. "Mi sono chiesto se questo giorno sarebbe mai arrivato, ma suppongo che fosse inevitabile. Che strano. Fare coming out a 62 anni? Non si è mai sentita una cosa del genere".

"Non è mai troppo tardi, papà, soprattutto per essere se stessi".

Fece una pausa, guardandola negli occhi prima di rivolgerle un dolce sorriso. "Non ti merito". Sospirò. "Non mi sembri così sorpresa, però. L'avevi intuito?".

"Che nascondessi qualcosa, sì. Anche se non sarei saltata a questa conclusione".

Annuì. "Ho conosciuto Jonathan nello stesso periodo in cui tu hai conosciuto Ellie. Ci siamo incontrati per caso in una stazione di servizio e abbiamo iniziato a chiacchierare".

"In una stazione di servizio?".

"Sì, in fila. Sono stato sulle app per tanto tempo. Chi poteva immaginare che avrei incontrato qualcuno così?".

"Quindi sei stato da lui questa settimana?".

Un altro cenno di assenso.

Natalie fece un movimento circolare con la mano. "E i vestiti nuovi? Sono a causa sua?".

Papà arrossì. "Siamo andati a fare shopping insieme. Mi ha portato in negozi in cui normalmente non sarei mai entrato".

"E hai un aspetto favoloso, quindi Jonathan ha fatto bene". Fece una pausa. "Lui sa che hai una figlia lesbica?".

Annuì. "Sì. È stato lui a dirmi che dovevo vivere la mia vita in modo più aperto, per dare l'esempio. Aveva ragione, naturalmente. E anche tua madre".

"Mamma?".

"Mi ha tenuto d'occhio. Ho pensato che avresti potuto sospettare qualcosa se Amanda si fosse interessata". Sospirò. "Tua madre è stata fantastica in tutta questa situazione, comunque. A volte più di quanto meritassi. Quindi, tra lei e Jonathan, sapevo di dover agire. È per questo che sono rimasto da lui questa settimana, per prepararmi. Volevo venire a parlarti domani dopo il lavoro, ma mi hai preceduto".

Tutte quelle volte in cui aveva pensato che lui fosse così prevenuto... era tutta una facciata per coprire le sue ansie. Le incomprensioni sono sempre dietro l'angolo, non è vero? "Un padre gay. Credo che ci sia una canzone al riguardo".

"Dovrai farmela sentire".

"Lo farò". Gli sorrise. "Quando potrò conoscere Jonathan?".

Le sue spalle si incurvarono. "Devo dirlo prima a Yolanda e Max, anche se penso che sospettino qualcosa. Forse lo farò venire questo fine settimana, anche se il festival potrebbe essere un po' eccessivo per le prime presentazioni".

"Sarebbe molto impegnativo per lui. Potrebbe incontrare tutte le persone importanti per te in un colpo solo. Verranno anche mamma e Dave".

"Ma, soprattutto, sono pronto a fargli conoscere tutti?". Sembrava così vulnerabile che lei voleva prenderlo di nuovo tra le braccia per dirgli che sarebbe andato tutto bene.

"Vedi come ti senti. Voglio che tu sia felice, spero che anche tu voglia che io sia felice adesso".

"L'ho sempre voluto. Più di ogni altra cosa al mondo".

Wow. Ci sarebbe voluto un po' di tempo per abituarsi a quel nuovo papà. Si spostò di nuovo verso di lui e si abbracciarono, lui la strinse finché lei non riuscì quasi a respirare. Lo lasciò fare. Era una bella sensazione.

"Niente più segreti, ok? Ce lo siamo sempre detto. Non posso credere che tu mi abbia rimproverata per non averti raccontato di Ellie, mentre mi nascondevi un segreto enorme".

"Lo so. Mi dispiace".

Scosse la testa. "Ora basta scuse". Lo guardò negli occhi. "Un'altra cosa. Yolanda ha un'intossicazione alimentare, quindi diglielo con dolcezza. Se ti vomita addosso, non significa che è omofoba".

Si lasciò sfuggire una risatina sommessa. "Capito. C'è altro?".

Si mordicchiò la guancia. "Per ora no. Solo che mi piace il nuovo look. Questo Jonathan deve avere buon gusto".

"Ha scelto me", rispose lui.

Capitolo 31

Ellie entrò con l'auto nella piazza principale e si sentì immediatamente sollevata. Era a casa. Negli ultimi giorni si era chiesta se sarebbe mai tornata alla sua nuova normalità, se Londra l'avrebbe risucchiata, masticata e risputata, ma ce l'aveva fatta.

Parcheggiò, afferrando il volante. Ora festeggiava la chiusura di un capitolo della sua vita e l'ingresso nel successivo. Natalie aveva ancora la luce accesa. La stanchezza le attanagliava le ossa, ma sapeva che si sarebbe ripresa quando avrebbe visto Natalie. Quella settimana era stata stressante, ma vederla l'avrebbe riportata a ciò che contava. Inoltre, Natalie aveva detto di avere grandi novità, ma voleva dirgliele di persona.

Ellie sbatté la portiera dell'auto, prese la valigia e pensò di aprire il bagagliaio e svuotare il sedile posteriore. Poi scosse la testa. Poteva rimandare alla mattina dopo. Natalie era più importante.

Le mandò un messaggio dicendole che stava portando su la valigia, poi sarebbe passata da lei. "*Metti lo champagne in fresco*", scrisse, con una faccina sorridente.

Tuttavia, quando si avvicinò alla porta di casa, una figura uscì dall'ombra. Chi era? La luce era troppo scarsa, non riusciva a distinguerla. Quando si avvicinò, però, lo stomaco di Ellie ebbe un sussulto così forte che pensò di poter vomitare. Grace.

"Che cazzo ci fai qui?". La sua voce non tratteneva la tensione che già sapeva si stava accumulando nel suo ventre, espandendosi di secondo in secondo, minacciando di impossessarsi di lei.

"Sono venuta a trovarti".

"Come fai a sapere dove abito?".

"L'ho dedotto. Mi hai detto che vivevi sopra la gelateria di Upper Chewford, dovevo solo guidare fino a qui e trovarti. Devo dire che non ti sei sbagliata, stai davvero vivendo il sogno della campagna inglese. Dire che questo paese è un gioiellino è un eufemismo. Oggi pomeriggio ho dovuto fare un giro per vedere il fiume e i ponti, che sono incredibili".

Ellie alzò una mano. "Questo pomeriggio? Mi stai aspettando da ore?".

Grace la fissò, poi annuì. "Ho anche preso un gelato nel tuo negozio". Guardò verso il basso. "Mi è caduto, ma la gelataia me ne ha dato un altro. Ottimo servizio".

Certo che le era caduto.

"Il fatto è che ho aspettato tutto il pomeriggio. Alcune cose sono importanti. Tu sei importante per me, Ellie, non ti lascerò andare senza combattere".

"Dovrai farlo, perché ho fatto la mia scelta. Te l'ho detto a Londra".

"Fammi salire nel tuo appartamento. Dammi solo mezz'ora per parlarti, posso farti cambiare idea. Stavamo bene insieme, Elles Belles. Lo sai."

"Non eravamo niente insieme, questo è quello che so". Stava alzando la voce. "Hai avuto la tua occasione, ma non mi hai mai voluta quando avresti potuto avermi. Ora che non sono disponibile, improvvisamente ti interessa? Vuoi quello che non puoi avere". Ellie fece un respiro profondo per stabilizzarsi, la rabbia le montava dentro. "Non sei cambiata. Ma sai cosa è cambiato? Io". Si indicò il petto con l'indice. "Sono cambiata, Grace".

Grace scosse la testa. "Dimentichi che ti conosco bene. Certo, questo posto ha il suo fascino, ma entro sei mesi non vedrai l'ora di andartene. Ricorda le mie parole: questa non sei tu, Ellie".

"Sono io! Hai mai pensato che la me che conoscevi fosse una versione forzata? Perché questa è la verità. La vita di paese mi si addice. Incontrare qualcuno che vuole una relazione normale mi si addice".

"La normalità è per le persone normali, io e te siamo l'eccezione alla regola. Non viviamo la nostra vita in quel modo. Quello è per le persone noiose".

"Forse le *persone noiose* non hanno tutti i torti. Forse la noia e la normalità sono davvero fantastiche".

Grace le afferrò il braccio. "Non dici sul serio. Hai sempre voluto emozioni nella tua vita. Ho capito. Ti sei divertita a fare la gelataia. Torna a Londra e potremo ricominciare insieme".

Ellie scosse la testa. "Quello che dici non ha senso, lo sai? Sembri un disco rotto".

"Non può finire così tra noi, Ellie. Non lo permetterò".

"Non sei più tu a decidere. Hai perso ogni diritto quando ti sei comportata come hai fatto per anni. Non volevi impegnarti in nulla, nemmeno a comprare un maledetto divano".

La luce di Natalie si accese.

Ellie si bloccò.

Che cosa aveva fatto di brutto nella vita precedente per meritarsi tutto quello? La mascella le tremava per l'impotenza. Sapeva cosa stava per accadere e voleva imprecare. Natalie stava scendendo le scale, probabilmente per scoprire perché Ellie ci stava mettendo così tanto a raggiungere il suo appartamento.

Un attimo dopo, Natalie apparve sulla soglia della casa opposta. Quando vide che Ellie aveva compagnia, il suo sorriso cadde più velocemente del gelato di Grace.

Ellie girò intorno alla valigia e a Grace, sorridendo a Natalie. "Stavo arrivando, ma sono stata bloccata".

"Lo vedo." Natalie guardò Grace.

Ellie provò a sorridere. Non funzionò. "Questa è Grace. Grace, lei è Natalie".

"La famosa signora del gin". Grace tese una mano.

Natalie la scosse lentamente. "Non direi *famosa*".

"Ellie non ha smesso di tessere le tue lodi mentre eravamo insieme a Londra, vero?".

Ellie aggrottò le sopracciglia. "Mentre eravamo insieme?" Suonava male detto così. Perché l'aveva ripetuto?

"Questa è Grace, la tua ex?". Natalie piegò le braccia sul petto, la mandibola che si contraeva sotto la luce del portico.

"Sono io", disse Grace, prima che Ellie potesse rispondere. "Sto cercando di far capire a Ellie che potremmo essere di nuovo qualcosa".

Natalie si accigliò.

"E io sto cercando di dire a Grace che è finita. Di nuovo". Ellie Aveva paura. Doveva mettere fine a quella situazione. Che diavolo stava succedendo? Il suo cuore cominciò a spezzarsi in piccoli pezzi e lei non riusciva a fermarlo.

"Mi avevi detto di aver chiuso la questione". Natalie era accigliata. "Non sembra molto chiusa".

Ellie non riusciva a sopportare lo sguardo di Natalie, delusione mista a struggimento.

"Ho detto a Ellie che prima o poi si annoierà qui. È una ragazza londinese, lo siamo entrambe".

"*Ero* una ragazza londinese, ma le cose sono cambiate. Sto vendendo il mio appartamento!". Le ultime parole di Ellie erano acute.

"È già in vendita?". La voce di Natalie era strozzata.

"Non proprio…"

"Perché non vuole vendere", disse Grace.

"Perché l'agente sta preparando i documenti!". Ellie gridò.

"Ti trasferisci di nuovo a Londra? È questo che stavi venendo a dirmi?". La voce di Natalie era tesa, preoccupata.

Ellie odiava farla sentire così.

"Credo di sì", disse Grace.

"No, non tornerò a Londra!". Ellie guardò Natalie, Grace e poi di nuovo Natalie. "Oh mio Dio, sto impazzendo".

"Siamo in due", disse Natalie scuotendo la testa. "Pensavo che ci fosse qualcosa tra noi. Pensavo che volessi quello che volevo io. Ma se non hai ancora messo in vendita il tuo appartamento, forse ho frainteso". Scosse la testa. "Vi lascio a parlare. È chiaro che avete molto di cui discutere".

"Natalie, aspetta!".

Lei si girò e lanciò un'occhiata a Ellie. "Torna quando avrai sistemato le tue cose. Non ho bisogno che un'altra londinese se ne vada. Mi è già successo, ricordi?".

Capitolo 32

Natalie era sdraiata a letto e fissava il soffitto. Non aveva dormito quasi per niente ed era sicura di avere un aspetto tremendo. Solo la settimana precedente, era stata in quello stesso letto con Ellie. Ma ora, dopo aver ispirato papà a fare coming out e a trovarsi un fidanzato, la sua ragazza era sparita in un soffio, prima ancora che lei avesse avuto la possibilità di chiamarla così con chiunque altro. Dopo essersi appena resa conto di essere una persona degna di amore e di poter avere una relazione normale, si era svegliata scoprendo di essere caduta di nuovo nella stessa trappola londinese. Ancora una volta, era stata abbandonata per un sogno londinese.

Oppure Ellie aveva detto la verità quando aveva detto di voler rimanere? Natalie voleva disperatamente credere alle sue parole e a tutto ciò che le aveva detto all'inizio della settimana, ma le sue azioni erano più indicative delle sue parole, non è vero? Era tornata da Londra con un'altra donna e non aveva ancora messo in vendita il suo appartamento, nonostante avesse promesso di farlo. E poi, dove aveva dormito Grace la notte precedente?

Il cuore di Natalie si inaridì mentre si tirava il piumone sulla testa.

La loro relazione non sarebbe andata avanti ora, vero?

Perché anche se Ellie stava dicendo la verità sulla casa, di certo non aveva detto la verità su Grace. Nonostante quello che aveva detto, sembrava che avessero passato del tempo insieme. Diavolo, erano tornate a Upper Chewford insieme. Quello era il vero problema, dopo tutto quello che avevano detto e fatto. Era quello che pesava molto sulla mente di Natalie. Tutto quello che era successo non significava nulla? Tutto il sesso che avevano condiviso, le parole che avevano pronunciato?

Natalie sapeva una cosa: Ellie aveva scelto un giorno infernale per mandare all'aria la loro vita.

Era venerdì. Il primo giorno del festival estivo. Il giorno in cui Natalie doveva parlare di fronte a tutto il paese.

Ellie, Yolanda e Fi avevano detto che avrebbero aiutato, ma ora le prime due erano fuori gioco e Fi era inaffidabile. Sembrava che fosse da sola.

Deglutì le lacrime che minacciavano di sommergerla. Non si sarebbe fatta sopraffare dalla tristezza, non aveva tempo. Doveva scendere a coordinarsi con il comitato direttivo del festival e controllare che tutti sapessero cosa stavano facendo. Respinse i suoi sentimenti e si gettò nella doccia, lavando con determinazione la notte precedente dal suo corpo. Tuttavia, per quanto si sforzasse, sapeva che era ancora sulla sua pelle.

Indossò i vestiti che Ellie aveva approvato. In qualche modo, ora non si sentiva a suo agio, ma li avrebbe indossati comunque. Era una decisione in meno da prendere e in passato si era sentita sicura di sé. Aveva bisogno di attingere a quella sicurezza, anche in quel momento per uscire.

Natalie uscì con cautela. C'era Guy a gestire il negozio, insieme a Steph e Amy della distilleria. Si aspettava che Ellie e Grace fossero ancora sulla soglia di casa a risolvere le loro cose, ma non era così. Ora la strada sembrava innocente e normale. Desiderava di nuovo la normalità. Voleva poter baciare di nuovo Ellie sul gradino, proprio come avevano fatto quella sera dopo il quiz al pub, però la normalità era ormai un ricordo.

Mentre attraversava la piazza del paese si riparò gli occhi dalla luce del sole. Il festival era stato una sua idea, ma ora voleva solo tornare a letto e nascondersi.

Il telefono vibrò in tasca. Si fermò e lo tirò fuori. Era la giornalista che le diceva che era in viaggio. A lei e ad Ellie andava ancora bene essere intervistate a mezzogiorno?

Natalie abbassò la testa, la disperazione la avvolse come un asciugamano bagnato.

Cazzo, se l'era dimenticato. Potevano rimandare? Rimise il telefono in tasca. Non poteva occuparsene in quel momento.

Le bancarelle erano quasi pronte: i tuttofare della città, Mark e Alan, le stavano montando. Si diresse verso il fiume, dove Clive e Josie stavano allestendo il bar nel giardino del pub. Il palco musicale sarebbe arrivato in tarda mattinata, con una squadra di montaggio al completo. Era tutto pronto. Tuttavia, non sapeva cosa avrebbe dovuto fare. Aveva perso la bussola.

Si voltò e tornò in piazza, andando dritta verso il padre.

Lui le fece un grande sorriso, stringendola forte. "Ecco la mia ragazza! Come stai? Devi essere molto orgogliosa. È il primo festival estivo e tutto sta accadendo grazie a te!".

Quando lui si tirò indietro e la guardò, qualcosa nel suo sorriso la fece cedere. Adesso erano sinceri l'uno con l'altra, giusto? Poteva dirgli la verità?

Il corpo di lei chiaramente pensava di sì, visto che scoppiò in lacrime, cadendo tra le sue braccia. Era come qualche sera prima, solo al contrario. Ora era lei a cedere. Lui era in debito con lei, ma nella piazza del paese, dove tutti potevano vederla? Fanculo la vita.

Il padre la cullò tra le braccia. "Cosa c'è? Cosa c'è che non va? Credevo che questo sarebbe stato un giorno felice".

Anche lei, ma non riusciva a trovare le parole. Se avesse aperto la bocca per parlare, avrebbe pianto un intero fiume, e stava cercando di evitarlo. Si staccò dalle sue braccia e si incamminò verso casa.

"Ha a che fare con il festival?". Le mise di nuovo un braccio intorno alle spalle.

Scosse la testa.

"Ellie?" chiese, mentre si accostavano all'uscita dell' Ultimate Scoop.

Quando Natalie alzò lo sguardo, Ellie era dietro il bancone. Non poteva guardarla. Improvvisamente, non voleva starle vicino. Persino il suo appartamento era troppo vicino. Era tutto così incasinato.

Il padre si lasciò guidare da lei attraverso la piazza fino al fiume, dove alla fine si fermarono su una panchina del parco vicino al vecchio mulino. Non erano lontani da casa sua, ma quel posto era altrettanto bello. Era lontano da occhi indiscreti.

"Che cosa sta succedendo? Cosa è cambiato da ieri sera?".

Natalie si riscosse e fece un respiro profondo. "Ellie è tornata da Londra con la sua ex e non ha ancora messo in vendita il suo appartamento. Sembra che potrebbe tornare a Londra".

Lui si accigliò. "Davvero? Ma ha la gelateria. Che cosa ha detto Ellie?".

"Lei ha negato, dicendo che voleva rimanere qui, ma non so se crederle. Voglio dire, mi ha detto che non aveva più visto la sua ex, che aveva chiuso quel capitolo della sua vita. Ma poi l'ha fatta venire qui. Che cosa significa?".

"Niente, a meno che non parli davvero con Ellie. Ha detto che è finita con la sua ex?".

Natalie annuì. "Ma perché era qui?".

"Non sembra positivo, sono d'accordo". Fece una pausa. "Ma forse l'ex non accetta un no come risposta. Ellie mi sembra una persona per cui vale la pena lottare". Baciò Natalie sui capelli. "Ma non puoi lasciare che questo ti distragga oggi".

"Lo so, però io ed Ellie dovevamo dividerci i compiti per presentare, stasera. Abbiamo fatto una bozza. Non serve a molto se poi lei se ne torna a Londra con la sua ex". Agitò le mani in aria. "Perché mi sta succedendo di nuovo? Forse avevi ragione. Forse essere gay significa davvero avere una vita infelice".

Il padre la abbracciò e lei si sentì al sicuro. Come sempre. "Non è vero, e non voglio sentirlo dire da te. Sei sempre stata positiva, anche nei momenti più difficili. Non rinunciare a lei, è speciale. Me lo hai insegnato tu". Si tirò indietro, guardandola negli occhi. "E sai una cosa? Forse non sono bravo in molte cose, ma sono bravo a presentare. Posso presentare il festival, se vuoi. Yolanda e io siamo praticamente la stessa persona".

Si sentì immediatamente sollevata. Stava venendo in suo soccorso. "Lo faresti?".

"Certo, ma tu sarai accanto a me e potrai dire qualche

parola. Dovresti, questo festival è merito tuo. Siamo una squadra, lo siamo sempre stati".

"Grazie, papà". Gli baciò la guancia. Profumava di mele. Sembrava esausto, ma felice. Lei ricordava bene quella sensazione. "A proposito, hai visto Yolanda oggi? Le hai raccontato le tue novità?".

Sorrise. "Sì".

"E?".

"Mi ha detto che era ora. Che se l'aspettava da quando, da bambino, mi ero appropriato delle sue bambole".

Questo fece fare a Natalie la prima risata della giornata. "Perché i gay sono sempre gli ultimi a saperlo? Dovremmo dire alle nostre famiglie di farcelo notare prima. Risparmieremmo un sacco di dolore".

"Non ti sbagli". Le prese la mano e la strinse. "Allora, cosa ti serve che faccia oggi, a parte la presentazione? Sono a tua disposizione, quindi posso fare quello che vuoi".

"Non devi lavorare? Credevo che Yolanda avesse bisogno di te per fare qualcosa alla distilleria".

Scosse la testa. "L'ho già sistemato. C'è stato solo un piccolo intoppo con le buste paga, ma ho affidato il lavoro a qualcun altro. Ho prenotato questa settimana per andare in ferie, quindi me la prendo. Solo perché è mia sorella, non significa che possa farmi la morale".

Questa fu la seconda grande risata di Natalie della giornata. "Ti fa la morale da quando è nata".

Tirò fuori il telefono per controllare la lista di cose da fare. Se le offriva il suo aiuto, lei non avrebbe rifiutato. Quando controllò lo schermo vide un'altra chiamata persa da Ellie. Era la quinta. Avrebbe voluto mettere il telefono in silenzioso, ma non poteva. Non oggi. Eliminò la notifica, sorvolando sui messaggi che la accompagnavano. Uno di questi iniziava con "*Natalie, ho davvero bisogno di parlarti*". Sapeva di doverlo fare, ma non ancora. Aveva troppe altre cose da fare. Sicuramente Ellie lo sapeva.

"In realtà, più tardi potresti dare una mano al negozio. Sarah e Amy devono allestire la bancarella della distilleria Yolanda e Guy sarà da solo. Pensi di poterci andare dalle quattro circa?".

Lui annuì. "Non c'è problema. Ci sarò".

Guardò di nuovo lo schermo del telefono proprio mentre arrivava una chiamata dalla giornalista. Non poteva più ignorarla. Premette il tasto verde.

"Buongiorno, sono Jenna della rivista *Live Your Best Life*. Cominciavo a pensare che mi avessero mandato a caccia di oche selvatiche quando non ho ricevuto risposta da voi. Né tu né Ellie rispondete al telefono".

In qualche modo, a Natalie faceva piacere che Ellie stesse evitando di prendere una decisione anche su quello.

"Mi dispiace, oggi sono un po' impegnata".

"Lo immaginavo. Credo di essere a circa un'ora di distanza, quindi va bene fare l'intervista a mezzogiorno? Se riuscissi a incontrarvi entrambe nel tuo appartamento, come avevamo detto, potrei tornare più tardi per l'inaugurazione del festival. Ho un'amica che abita qui vicino e che mi ospita, quindi ci vediamo per un pranzo tardivo dopo l'intervista".

Il cuore di Natalie batteva ancora più velocemente. Lei ed Ellie in un unico posto, che si comportavano civilmente l'una con l'altra e facevano le brave? Il solo pensiero le faceva venire voglia di esplodere. "Giusto. Oggi non ho ancora parlato con

Ellie, quindi non so se farà in tempo, ma io posso, quindi non è un problema. Hai il mio indirizzo?".

"Sì. Non vedo l'ora di conoscerti".

Natalie rimise il telefono in tasca, poi lo tirò fuori di nuovo quando si rese conto che il padre aveva ancora bisogno di cose da fare. Era per quello che l'aveva tirato fuori.

Lui alzò un sopracciglio. "Tu ed Ellie dovete fare qualcosa insieme?".

Natalie gli fece un pesante cenno di assenso. "Un'intervista per una rivista. È stata organizzata secoli fa, quando eravamo ancora amiche. Prima di andare a letto insieme. Sicuramente prima che lei portasse qui la sua ex. Sarà a dir poco interessante".

Era l'eufemismo del decennio.

Capitolo 33

Ellie aveva ricevuto il messaggio e ora era in attesa dietro il bancone. Natalie si sarebbe presentata? Prima l'aveva vista passare con il padre, ma non era entrata. Era ancora arrabbiata con Ellie, questo era certo. Aveva ignorato con costanza tutti i messaggi e le telefonate, quindi Ellie sapeva come la pensava. Non la biasimava, ma l'intervista sarebbe stata molto più semplice se avessero potuto fare una breve chiacchierata prima. L'orologio sul muro però le diceva che mancavano due minuti a mezzogiorno. Dovevano farlo e fingere di essere amiche.

Ellie sussultò quando la figura familiare di Natalie passò davanti alla sua vetrina. Indossava i vestiti del festival, quelli che avevano scelto. Quelli che le davano sicurezza. Camicia color menta, jeans neri, stivali neri. Avrebbe aggiunto il blazer formale più tardi.

In qualche modo, questo rese Ellie un po' più triste. L'ultima volta che Natalie l'aveva indossato, avevano fatto sesso per la prima volta.

Spostò quel pensiero in secondo piano. Aveva un'intervista da fare e una fidanzata da riconquistare.

Ciak, azione.

"Sandra, puoi tenere il posto? Non dovrei stare via più

di un'ora". Si tolse il grembiule e fece pochi passi fino alla porta d'ingresso di Natalie.

I capelli corti e castani di Natalie erano acconciati, il trucco preciso. Solo Ellie poteva vedere le lievi rughe pensierose sul suo viso. Solo lei poteva leggere la tensione nelle sue spalle, vedere come tratteneva il respiro. Soprattutto perché il corpo di Ellie era esattamente speculare.

Accanto a Natalie, una donna sui venticinque anni con i capelli che sembravano immersi nel sole aveva un sorriso altrettanto luminoso. Quando vide Ellie avvicinarsi, le tese una mano.

Ellie la scosse con gusto. Forse l'entusiasmo di quella donna avrebbe mascherato la loro evidente disconnessione. Doveva sperare che fosse così.

"Tu devi essere Ellie! Io sono Jenna, di *Live Your Best Life!* Natalie mi stava aggiornando sulla tua storia, che devo dire mi piace molto!". La voce di Jenna era più alta del necessario e sembrava quella di una radio. Ellie aveva incontrato molte volte i giornalisti a Londra, e avevano sempre lo stesso volume e lo stesso tono. Erano stati addestrati a parlare così ai corsi di comunicazione? Le sarebbe piaciuto chiederlo.

Ellie le fece un sorriso forzato, non osando guardare Natalie.

Almeno Natalie parlava di lei. Era un inizio.

"Andiamo di sopra, che ne dite?".

L'appartamento di Natalie non mostrava alcun segno di turbamento per la notte passata. Tutto era come Ellie lo aveva visto l'ultima volta che era stata lì, la volta in cui Natalie le aveva preparato una cena deliziosa e poi... No, non ci poteva pensare ora. Non ne sarebbe uscito nulla di buono. Doveva fare la sua parte e comportarsi da professionista.

Quel colloquio sarebbe stato positivo per gli affari, ecco cosa doveva ricordare.

Natalie preparò il tè per tutti, evitando abilmente il contatto visivo con Ellie. Poi raccontò a Jenna la storia della distilleria, dicendole che aveva dato lavoro a molti abitanti del posto, compresa lei.

"Eri una grande bevitrice di gin prima che tua zia avviasse la distilleria?". Chiese Jenna.

"Lo bevevo, ma solo perché sono inglese. Ora però ho capito come viene prodotto, tutte le erbe e le spezie che si possono mettere, e sono affascinata. Anche quello che si aggiunge nel bicchiere fa una grande differenza. In realtà dovresti fare questa domanda a Ellie. Quando ci siamo conosciute, mi ha detto che non beveva gin".

Natalie rivolse lo sguardo a Ellie.

Per la prima volta quel giorno, Ellie lo incontrò. Quello che vide la schiacciò quasi: irradiava tristezza ed Ellie voleva solo farla smettere. Da vicino, i suoi occhi erano iniettati di sangue, come se avesse pianto.

Concentrazione. Naturalmente Ellie ricordava la loro prima degustazione di gin, quando avevano scritto i biglietti per la cassa dei desideri. Ricordava ogni piccola parte della loro relazione fino a quel momento, soprattutto perché le era entrata in testa e non la lasciava andare. Natalie era nel suo cuore, che le piacesse o meno.

"Ho avuto una brutta serata con il gin quando ero adolescente, ed è un alcolico che ho evitato da allora", raccontò a Jenna con un finto sorriso. "Ma Natalie è stata molto paziente e persuasiva, mi ha persino offerto una degustazione personale di gin nel suo negozio per conquistarmi. Devo dire che i gin

Yolanda sono molto gustosi. Forse sono bastati a convertirmi. Dovresti provarne qualcuno, sono molto interessanti".

"Ho intenzione di farlo al festival, più tardi", rispose Jenna. "Quindi fate degustazioni di gin nel negozio?", chiese Natalie.

"Sì".

"Anche degustazioni personali per clienti speciali?". Jenna sollevò un sopracciglio mentre parlava, con un luccichio negli occhi.

Questo spiazzò Ellie. Jenna stava captando qualcosa? L'unica cosa che Ellie percepiva era che Natalie non voleva parlarle.

"Sì, tutti i nostri clienti sono importanti, e al negozio possono provare tutti i gin che vogliono".

Ellie alzò lo sguardo e Natalie distolse subito lo sguardo.

Jenna si rivolse a Ellie. "La storia di Natalie è fantastica, ma mi interessa sentire la prospettiva di una forestiera. Che cosa ti ha spinta a trasferirti qui e a lasciarti Londra alle spalle?".

Ellie cercò di rispondere con finto entusiasmo. "È un posto fantastico, non è vero?". Non guardò Natalie. Non poteva. Se lo avesse fatto, avrebbe potuto svelare il motivo per cui si sentiva così se stessa lì, finalmente.

Cosa l'aveva spinta a trasferirsi lì? Grace.

Cosa l'aveva spinta a restare? Natalie.

Ellie si concentrava su Jenna, pronunciando parole che facevano emozionare la giornalista che controllava continuamente il suo dispositivo di registrazione. "Aria fresca", "spazio", "nuova opportunità di lavoro", "fuga dalla vita cittadina". Jenna se lo stava gustando. "Famiglia, comunità, amicizia, conoscere i propri vicini".

"E la tua gelateria è proprio di fronte al negozio di gin di Natalie. Quindi sospetto che all'inizio vi siate incontrate spesso e abbiate fatto amicizia".

Ellie ripercorse l'incidente del ponte e tutto ciò che era accaduto da allora. Sembrava tutto così lontano. "Natalie era la persona perfetta da avere come vicina di casa. È stata davvero disponibile appena sono arrivata e da allora non ha mai smesso di esserlo". Ellie alzò lo sguardo.

Il volto di Natalie mostrò una leggera sorpresa, ma la coprì rapidamente. "È stato facile essere gentili con una persona che portava affari nella comunità. Come membro dell'associazione commerciale locale, sono stata felice di dare una mano affinché Ellie si ambientasse rapidamente".

Ellie si afflosciò. Non era l'unico motivo. Natalie l'aveva aiutata anche perché andavano d'accordo. Perché si amavano. Però non voleva che la loro storia d'amore fallita finisse al centro di una rivista patinata, avrebbe solo aggravato la sua inettitudine all'amore e alle relazioni.

"E siete diventate amiche da allora? Nella tua e-mail hai detto che stavate lavorando a stretto contatto sul festival, condividerete persino il microfono, stasera".

Ellie trattenne il respiro in attesa di sentire la risposta di Natalie. Jenna poteva percepire la tensione nella stanza? Si muoveva con tale determinazione che Ellie non riusciva a capire come avrebbe potuto non farlo.

Natalie annuì, mordendosi le labbra. "Abbiamo lavorato a stretto contatto, anche se potrebbe esserci un cambiamento di programma con la cerimonia di apertura di stasera, ora che mia zia si è ammalata". Alzò lo sguardo verso Ellie, poi lo distolse. "Ma sì, Ellie è stata davvero utile. Si è inserita perfettamente nella vita del paese, quasi come se fosse nata qui. Non si direbbe che ha ancora Londra nel cuore".

Un pugno a tradimento, dritto allo stomaco. Ellie strinse i denti, combattendo l'impulso di urlare. Fece a Jenna un sorriso sofferto.

Jenna spostò lo sguardo da Ellie a Natalie, poi di nuovo su Ellie.

"Natalie vuole dire che sarò sempre affezionata a Londra, è bello visitarla. Ci sono passata questa settimana, in effetti. Ma il mio cuore ora è qui". Ellie si rivolse a Natalie. "Londra fa parte del passato. Londra e tutto ciò che la riguarda. Chewford è il luogo dove ho due attività, dove sto mettendo radici. E Natalie, insieme a tutto il paese, fa assolutamente parte dei miei progetti futuri".

Natalie non alzò lo sguardo.

Jenna spense il suo apparecchio. "È semplicemente fantastico, signore! È bello vedere due donne che hanno successo e si aiutano a vicenda. È proprio il tipo di storia che i nostri lettori ameranno. Non vedo l'ora di passare più tempo con voi due durante il fine settimana".

Natalie accompagnò Jenna alla porta, con la promessa di mostrarle il festival più tardi.

Jenna imboccò le scale. Ellie aspettò di vedere se Natalie avrebbe fatto uscire prima Jenna e poi avrebbero potuto parlare, ma non era quello il piano di Natalie. Aspettò che Ellie scendesse le scale, con un gesto che diceva "dopo di te".

Quando Ellie le passò accanto, l'elettricità tra loro crepitò. La inspirò. Doveva risolvere la questione, ma non poteva farlo con una giornalista lì.

Riaccompagnarono Jenna alla macchina, dandole indicazioni per la casa della sua amica.

Finalmente erano solo loro due.

Le dita dei piedi di Ellie si arricciarono nelle scarpe da ginnastica mentre cercava la cosa perfetta da dire. Non le venne in mente nulla, così si limitò a seguire il suo cuore. Era troppo tardi per fare altro. Natalie doveva capire quanto fosse importante per lei.

"Devo andare", esordì Natalie. "È un grande giorno". Trascinò il piede per terra prima di alzare lo sguardo.

"Prima che tu vada, voglio parlare di ieri sera. Voglio che tu sappia che penso davvero quello che ho detto. Non me ne vado. Io e Grace abbiamo chiuso".

Ellie lanciò un'occhiata alla sua sinistra proprio mentre la porta di casa sua si apriva e appariva Grace, con una borsa per la notte. Voleva sotterrarsi.

Non ora.

Per l'amor di Dio, non ora, Grace.

Grace la salutò con un cenno, un mazzo di chiavi le penzolava dalle dita. "Stavo per lasciarle in negozio, ma eccoti qui", disse, avvicinandosi a loro. "Grazie per avermi fatta restare. Devo andare. Buona fortuna per il festival". Fece una pausa. "Piacere di averti conosciuta, Natalie".

Girò i tacchi e attraversò la piazza del paese. Ellie la guardò finché non riuscì più a vederla, poi desiderò di poter guardare qualcos'altro. Qualunque cosa, piuttosto che il volto incredulo di Natalie, ma era esattamente quello che stava facendo ora.

"Avete chiuso? È per questo che è rimasta a dormire?".

"Ha dormito sul letto gonfiabile e ora se ne va. Per

sempre! Abbiamo chiuso, devi credermi. Voglio solo te. Pensavo di essere stata chiara".

"Vai a Londra, torni con la tua ex al seguito e mi dici che non hai ancora messo in vendita il tuo appartamento. Hai fatto *esattamente* il contrario di quello che mi hai detto, quindi scusami se non credo a una sola parola che esce dalla tua bocca. Ti ho quasi creduta nel mio appartamento, con Jenna. Sembravi convincente. Sono proprio una stupida". Scosse la testa, con gli occhi vitrei.

Cazzo, cazzo, cazzo. "Ti sto dicendo la verità. Ti amo, Natalie! Ti prego, credimi".

Natalie scosse la testa, sbuffando. "Mi *ami*? Le chiacchiere stanno a zero, Ellie. Non ho tempo per questo. Devo organizzare un festival. E non c'è bisogno che presenti più tardi, mi aiuta papà. Tutto sommato, credo sia meglio così".

Ellie era ancora sulla soglia di casa di Natalie e stava guardando una seconda donna allontanarsi da lei nel giro di cinque minuti.

Capitolo 34

"Il cartello è dritto?".

Red lo valutò. "Più o meno quanto tu sei etero".

"Utile, davvero utile". Ellie guardò male la sorella. Sapeva che stava cercando di alleggerire l'atmosfera, ma non stava funzionando. Non dopo la disfatta di prima. Ellie aveva passato la giornata a ciondolare nel suo negozio e ora stava facendo la stessa cosa sulla sua bancarella del festival. Aveva un aspetto invitante, con lo stesso marchio rosa e bianco dell'Ultimate Scoop, ma Ellie non riusciva a trovare l'entusiasmo per nulla.

Natalie pensava che fosse un'idiota, o una bugiarda, o forse entrambe le cose. Il problema era che Ellie lo capiva. Vedere Grace uscire dal suo appartamento non era stato bello. Ellie l'aveva respinta la sera prima, dicendole di trovare una stanza in un pub locale o di tornare a casa. Tuttavia, due ore dopo Grace si era presentata alla sua porta, sostenendo che tutti i pub erano pieni a causa del festival. Ellie sapeva che probabilmente era vero, grazie al loro abile marketing, così aveva lasciato che Grace dormisse sul letto gonfiabile, a condizione che se ne andasse senza far rumore al mattino. Quella parte del piano non aveva funzionato bene.

"Ancora non capisco perché non parli con Natalie", disse Gareth. Ellie aveva spiegato la situazione sia a Red che a lui.

Red inspirò a fondo e lo guardò male. Gareth era ancora confuso. "È solo un malinteso che dovete chiarire".

"Un malinteso che è stato sottolineato più volte con un pennarello indelebile". Red lanciò un'occhiata al marito. "È una cosa da donne. Tu non capiresti".

"Capisco molto le donne. Capisco che siete testarde. Lei ti piace, sono abbastanza sicuro che le piaci ancora nonostante sia arrabbiata con te. Mi sembra giusto. Siete state bene insieme, potreste farlo ancora. Tutto quello che devi fare è lasciarla sola, assicurarti che Grace non torni e buttarti ai piedi di Natalie. Letteralmente o metaforicamente. Decidi tu". Si portò una mano al mento. "Forse entrambe le cose potrebbero renderlo impossibile da ignorare".

"Guarda troppo *Game Of Thrones*, ignora la sua teatralità". Red si chinò e baciò la guancia del marito. "Ma potrebbe valere la pena di fare una prova".

Ellie stava ancora guardando la sua famiglia mentre si chinava per sistemare la tovaglia del loro stand. La piazza aveva un aspetto adeguatamente estivo, con festoni appesi ovunque, luci fiabesche accese e bancarelle quasi pronte per l'inizio delle celebrazioni. Natalie aveva prenotato un mangiatore di fuoco come intrattenimento iniziale, prima che subentrassero i gruppi musicali. Ellie ne era stata entusiasta. Ora non più.

"Oh, ciao. Sei Keith, vero?".

Ellie alzò lo sguardo per vedere con chi stava parlando Red.

Quando vide che il cliente era proprio *quel* Keith, ebbe un sussulto. Non era la persona che si aspettava di vedere.

"Ciao".

"Ciao". Il suo sorriso era esitante.

Red allontanò Gareth con tatto, lasciando i due a parlare.

"Siete pronti per iniziare?".

Ellie annuì. "Sì. Ho le palette per il gelato, sono pronta a servire". Fece una pausa. "Ma immagino che tu non sia qui per il gelato".

Lui scosse la testa. "No. È per Natalie".

Ellie si allarmò. "Sta bene? Le è successo qualcosa?".

Una rapida scrollata di testa. "No, sta bene. Beh, sta bene fisicamente. Forse ha il cuore un po' spezzato, ed è per questo che sono qui". Guardò alle spalle di lei e poi indietro, tenendo lo sguardo di Ellie. "Farò in fretta perché lei è qui intorno e non voglio che mi veda parlare con te. Sono suo padre, devo stare dalla sua parte".

Il cuore di Ellie si spezzò ancora di più. "Non l'ho vista da quando abbiamo allestito, un'ora fa. Credo che stia evitando questa zona di bancarelle".

"Non mi sorprende". Keith si schiarì la gola, controllando di nuovo entrambe le parti prima di continuare. "Mi ha detto cosa è successo con la tua ex. Che stai tornando a Londra".

Lo stomaco di Ellie si strinse. Scosse la testa con forza. "Non ho intenzione di tornare", sottolineò. "Gliel'ho detto".

Le rivolse uno sguardo incoraggiante. "Speravo che fosse così, perché non aveva alcun senso. Ma a Natalie è già successo in passato. Ha bisogno di essere rassicurata che tu rimanga e che tu voglia stare con lei".

"Lo so, ma credo che l'arrivo di Grace possa aver confuso un po' le acque".

"Immagino, sì". Keith guardò a destra e a sinistra. "Ho solo bisogno di sapere: vuoi tornare con Natalie?".

"Più di ogni altra cosa".

"E non c'è niente con la tua ex?".

Ellie scosse la testa. "Ha deciso che vuole ciò che non può avere, tutto qui. Più le dico che non succederà, più si comporta male. È così che funziona, ma ora se n'è andata. Per quanto mi riguarda, per sempre".

"Ok. Beh, c'è ancora speranza tra te e Natalie. Lei non lo ammetterà perché è testarda, come me".

Ellie annuì. Era sicura che Keith conoscesse il desiderio, nascosto e non. Natalie gli aveva già parlato? Lui aveva parlato con lei? Sembravano molto più in confidenza di prima, quindi, forse sì. Lo sperava. Anche se tra lei e Natalie non ci fosse stato nulla da fare, voleva che il rapporto che Natalie aveva con suo padre si aggiustasse. Era importante. La partenza dei suoi genitori aveva lasciato un vuoto nella sua vita che aveva imparato a gestire, ma non l'avrebbe augurato a nessuno.

"Allora, ho un piano. Tra circa mezz'ora mi toglierò gli occhiali e poi chiederò a Natalie di andare a prenderli. Devo lavorare in negozio, le sto facendo un favore e lei sa che mi servono per dopo. Sa dove li tengo, quindi solo lei può farlo. Solo che io avrò gli occhiali in tasca. È solo uno stratagemma per mandarla a casa mia, dove la aspetterai tu. Dopodiché, la scelta ricadrà su di te. Io posso solo darti una mano".

Le mise in mano una chiave e un biglietto da visita. "Questa è per la porta d'ingresso. Sul biglietto c'è il mio indirizzo. Non c'è nessun allarme. Rimani in salone ad aspettare. Solo, cerca di non nasconderti, altrimenti potrebbe avere un infarto. Non voglio che si senta male perché non se lo aspetta".

Ellie prese la chiave, stringendola forte nella mano.

"Ho paura che non mi ascolterà, però. Era piuttosto decisa quando se n'è andata, prima".

"Vuoi risolvere la situazione?" Lo sguardo di lui le bruciava fin dentro l'anima. Gli stessi occhi di sua figlia.

"Assolutamente sì. Mille volte sì".

"E non vale la pena di tentare?".

Ellie annuì. Se la metteva in questi termini, ovviamente la risposta era sì. "Hai ragione. La amo. Dovrei dirlo chiaramente, no?".

Keith rise. "Forse dirglielo direttamente sarebbe meglio che dirlo a suo padre".

Si sorrisero a vicenda ed Ellie provò un senso di complicità.

"Voglio vedere Natalie felice, e credo che una parte fondamentale di questa felicità possa essere rappresentata da te, quindi ti sostengo. So che è facile sbagliare a comunicare con gli altri. L'ho fatto anch'io con Natalie, non le ho reso la vita facile come avrei dovuto. Vorrei che qualcuno mi avesse dato una mano prima, e ora io la sto dando a te".

Il cuore di Ellie si riempì di gioia. Aveva una seconda possibilità. "Grazie. Davvero". Poi si avvicinò e lo abbracciò forte.

Capitolo 35

Natalie percorse il corridoio ed entrò nel salone. Non poteva essere arrabbiata con il padre, le stava dando una mano per l'inaugurazione. Ma onestamente, quante volte gli aveva detto di mettere gli occhiali con un laccetto al collo? Almeno, la passeggiata fino a lì aveva aumentato il numero di passi giornalieri. Non che ne avesse bisogno: visto quanto stava correndo, aveva già camminato molto.

Entrò nel salone, poi trattenne il fiato.

Lì in piedi c'era Ellie. Alta e splendida in ogni suo centimetro, proprio come sempre. Le sue emozioni erano in guerra tra di loro. Cavolo, era pazzamente attratta da quella donna e il suo corpo non perdeva tempo a dirglielo. Eppure, Ellie era anche responsabile di tutta la tristezza e la rabbia che aveva provato nelle ultime 24 ore.

Era passata dall'amore e dalla lussuria al dolore e alla disperazione. Quattro stagioni in un giorno. Era iniziato con la speranza della primavera ed era finito con l'era glaciale. Natalie sbatté le palpebre.

"Cosa ci fai qui?". Non riusciva proprio a capirlo. "Stai svaligiando la casa di papà? È un po' strano".

Ellie sollevò una chiave. "Me l'ha data tuo padre".

"Perché?". Era ancora confusa.

"Vuole che risolviamo le nostre differenze. Ha detto di aver fatto anche lui errori di comunicazione e non vuole che si ripetano".

Natalie trasse un brusco respiro. "Il fatto che papà sia gay è un po' diverso dal fatto che tu mi abbia mentito".

Ellie alzò le sopracciglia. "Ha fatto coming out?".

Non glielo aveva detto, vero? Natalie annuì. "Te lo volevo dire ieri sera, era la mia grande notizia. Ma è passata un po' in secondo piano".

"Quindi ne avete parlato?".

"Sì. Abbiamo chiarito. Stiamo ricostruendo il rapporto". Sospirò. "E basta".

"Mi ha detto che vuole vederti felice".

"Non sono più così sicura che tu faccia parte della mia felicità". Digrignò i denti. Ellie non poteva aspettarsi che Natalie la facesse rientrare nella sua vita e che si lasciasse andare. Doveva convincerla che valeva la pena rischiare. In questo momento, le sue probabilità erano inferiori al cinquanta per cento.

"Ok, me lo merito". Ellie fece un gesto verso il divano che dava sul giardino. "Ma vuoi ascoltarmi? Dammi la possibilità di parlare. Alla fine, se non vuoi saperne, me ne andrò. Ma siediti per cinque minuti. Per favore".

Natalie strinse le labbra, poi si avvicinò lentamente al divano. "Solo perché me l'hai chiesto gentilmente". E perché stare nella stessa stanza di Ellie le faceva formicolare la pelle dappertutto. Quella parte non era cambiata, ma se non poteva fidarsi di Ellie, non importava. Doveva essere in grado di vivere la vita senza guardarsi continuamente le spalle, aspettando che il passato di Ellie entrasse in scena. Poteva garantirglielo?

"Ok, mi siedo. Hai cinque minuti".

Ellie annuì, camminando, prima di concentrarsi su di lei.

A Natalie non era sfuggito che negli ultimi tempi avevano camminato molto in quella stanza.

Ellie fece un respiro profondo e si strofinò le mani.

"A parte le ultime 24 ore, non sono mai stata più felice in vita mia da quando mi sono trasferita in questo paese. Da quando ho aperto l'Ultimate Scoop, ma soprattutto da quando ho incontrato te. A volte ho messo in dubbio la mia scelta di vivere nel cottage per i primi sei mesi, isolandomi da tutti e da tutto. Sono stati sei mesi in cui avrei potuto vivere qui, avrei potuto incontrare te, ma credo che tutto accada per una ragione. La verità è che avevo bisogno di risolvere delle cose prima di poter andare avanti. Sedermi in un campo con le sole pecore come compagnia mi ha dato lo spazio per farlo".

Fece una pausa, guardando Natalie.

Stava ancora ascoltando, elaborava le sue parole. Ricordava soprattutto le prime, che Ellie non era mai stata così felice da quando si erano incontrate.

Poteva capirlo.

Per lei era stato lo stesso.

Fino alla sera prima.

"Comunque", continuò Ellie, camminando di nuovo e poi fermandosi. "Poi mi sono trasferita in paese. E ti ho quasi fatta affogare". Il fantasma di un sorriso attraversò le labbra di Ellie prima di continuare. "E anche se facevo schifo a parcheggiare e nei quiz al pub, tu eri dolce con me. Mi hai aiutata con i miei affari, mi hai aiutata a superare i miei limiti e poi mi hai baciata. Dopo è cambiato tutto, Natalie. Devi credermi. Sono dovuta tornare a Londra per sistemare l'appartamento e metterlo in vendita. Cosa che *sta* accadendo. Voglio stabilirmi qui. Voglio mettere finalmente radici in un luogo dove il terreno sia fertile e dove ci sia la possibilità di sopravvivere e fiorire". Ellie la guardò, fece per parlare, poi si avvicinò.

Si mise in ginocchio.

Natalie ebbe un brivido mentre il cuore cominciava a batterle nel petto. Ma che cazzo? Stava per chiederle di sposarla?

Ellie capì la sua reazione, perché appena si inginocchiò saltò di nuovo in piedi e scosse la testa. "Oh cazzo, non ti sto facendo una proposta di matrimonio, non ti spaventare. È solo una cosa che ha detto Gareth".

Natalie aggrottò le sopracciglia, poi scoppiò a ridere, sollevata. "Che cosa ha detto?".

"Che dovrei gettarmi ai tuoi piedi e chiedere perdono. Stavo cercando di farlo, ma poi ho visto la tua faccia".

Si strinse il petto, il cuore ancora martellava sotto la superficie. "Voglio dire, anche se facciamo pace, non accetterò di sposarti oggi. Potrebbe essere un passo troppo lungo. Tanto per essere chiara".

Ellie sorrise, si sedette accanto a Natalie e le prese la mano. "Chiarissimo. Nessuna proposta di matrimonio. Mi siedo solo per non essere tentata di inginocchiarmi di nuovo". Fece un respiro profondo. "Ho fatto una bella chiacchierata con tuo padre. Gli ho detto che non avevo idea che Grace sarebbe venuta qui. Ha capito dove abitavo da quello che le avevo detto a Londra, e si è presentata così. E sì, non avrei dovuto lasciarla dormire sul letto gonfiabile, ma ha chiesto in tutti i pub ed erano pieni a causa del festival".

Natalie si incupì. Allontanò la mano. La quasi proposta le

aveva fatto dimenticare per un attimo Grace. "Ma mi hai detto che era finita. Sicuramente capisci perché ho pensato male".

"Certo che sì, ma abbiamo davvero chiuso. Abbiamo chiuso molto tempo fa. È solo che a Grace non piace non ottenere ciò che vuole. Se le dicessi *sì, andiamo*, scapperebbe a gambe levate". Fissò gli occhi di Natalie. "È te che voglio, e spero che le mie parole e le mie azioni negli ultimi mesi te lo abbiano fatto capire. Mi dispiace per le ultime 24 ore, ma sono sfuggite al mio controllo. Avrei dovuto sistemare il mio appartamento prima. Avrei dovuto tagliare fuori Grace dalla mia vita prima, soprattutto dopo che abbiamo iniziato a vederci, non solo sperare che sparisse. È colpa mia e mi dispiace davvero".

Natalie si aggrappò alla sincerità delle parole di Ellie e del suo sguardo. Era vera: aperta, vulnerabile, onesta. Voleva credere a ciò che Ellie le stava dicendo. Averla così vicina, respirarla a fondo, le rendeva più facile farlo. Natalie inspirò prima di abbassare lo sguardo sulle sue labbra.

Erano ancora invitanti, come sempre.

"Grace se n'è andata?".

Ellie annuì. "Sì. Mi ha mandato un messaggio dicendo di sì, almeno. Ma anche se si rifà viva, questo non cambia quello che ti sto dicendo: ho scelto te. Noi. E tutto ciò che ne consegue. Tuo padre gay compreso".

Natalie finalmente sorrise. "Mio padre gay. È una frase a cui mi sto ancora abituando. Porterà il suo compagno al festival, te l'ha detto?".

Ellie sgranò gli occhi. "Ha un compagno? Wow, è stato veloce".

"È da lui che era questa settimana. Sembra che la famiglia Hill stia vivendo un picco di amore in questo momento".

"Spero che sia vero". Ellie portò le dita di Natalie alle labbra e le baciò. "Credo che i miei cinque minuti siano quasi finiti. Ti ho convinta?".

"Niente più Grace?" Era l'ultimo pezzo del puzzle di cui Natalie aveva bisogno.

Ellie scosse la testa.

"E non hai intenzione di tornare a Londra?".

"Una volta che il mio appartamento sarà venduto, cosa che avverrà non appena l'agente si metterà in moto, cercherò una casa qui con un giardino. Forse prenderò anche un cane, chi lo sa?". Sorrise. "Ma le radici che ho intenzione di mettere coinvolgono te. Fino all'ultimo. Quando penso al mio futuro qui, includo te. Anzi, sei piuttosto essenziale". Si schiarì la voce, stringendo ancora una volta la mano di Natalie. "Quello che sto cercando di dire è che mi sono innamorata di te. Ti amo, Natalie. Ti amo da quando ti ho spinta nel fiume".

In quel momento, Natalie si sciolse. Nessun'altra donna le aveva mai detto di amarla con tanta convinzione. Ellie aveva avuto una sola occasione per farlo ed era andata alla grande. Ora la stava guardando, ancora con quella sincerità negli occhi, quell'esitazione nello sguardo.

Ellie aveva scoperto le sue carte. Si era resa vulnerabile, non aveva trattenuto nulla.

Natalie doveva rispondere, non poteva voltarsi dall'altra parte. Così sorrise. "Credo che per innamorarmi di te mi sia servito un po' più di tempo".

Prima che potesse ripensarci, si chinò e premette le labbra su quelle di Ellie. Se mai era possibile, avevano un sapore ancora più dolce della prima volta. Non aveva mai smesso di sognarle, non aveva mai smesso di fantasticare su quanto fosse giusto averle sulle sue. Baciare Ellie era una sensazione meravigliosa che voleva provare ancora e ancora. L'unico modo per farlo era accettare le sue parole. Ellie le aveva detto di amarla e questa volta Natalie le aveva creduto, era sufficiente a farle abbassare le sue barriere.

Poi, quando la lingua di Ellie scivolò nella sua bocca, non pensò più a nulla. Voleva solo affondare nel suo bacio.

Quando si fermarono, pochi istanti dopo, Natalie dovette riprendere fiato prima di parlare.

Ellie le passò un dito sulla guancia prima di baciarle di nuovo leggermente le labbra. "Significa che mi hai perdonata?".

"Credo di sì", rispose Natalie. "Ma sei ancora in prova".

"Capito. Se vuoi mettermi le manette, fammelo sapere".

Natalie sorrise mentre un'ondata di calore la pervadeva. Quella sensazione era tornata: la sensazione di Ellie, quella che si avvolgeva intorno a lei come un raggio di sole, come asciugamani soffici e freschi di bucato. Le era mancata.

"Allora anche tu ti sei innamorata di me? Davvero?". Il volto di Ellie si illuminò alla domanda.

Natalie le rivolse un sorriso lento e sicuro. "Sì. Nonostante le mie migliori intenzioni. Non regalo a nessuno le degustazioni di gin, nonostante quello che ho detto a Jenna stamattina".

Ellie si portò una mano al viso. "Oh Dio, possiamo evitare di rivivere quella terribile mezz'ora, per favore?". Sbirciò tra le dita, facendole un sorriso. "A proposito, non hai un festival da inaugurare?".

Natalie fece un'espressione contrita prima di saltare in piedi. "È vero. Negli ultimi minuti mi hai fatto passare la voglia di salire sul palco". Anche Ellie si alzò. "Papà ha detto che mi avrebbe aiutata, ma ora mi sembra strano. Può dire le prime parole, ma pensi che abbiamo il tempo di dire quello che abbiamo programmato noi?".

Ellie le fece un cenno deciso. "Certo. Insieme ce la facciamo". Le baciò le labbra prima di ritrarsi. "A proposito, sono contenta che tu abbia scelto questi vestiti nonostante tutto".

Natalie si sistemò il colletto verde menta. "Alcune cose non sono negoziabili. A quanto pare, anche tu sei una delle cose non negoziabili".

"Mi fa piacere". Ellie tese la mano, spostando la testa verso la porta. "Pronta a farlo insieme?".

Natalie le prese la mano. "Pronta come non mai".

Capitolo 36

Ellie tenne stretta la mano di Natalie mentre si avvicinavano alla piazza del paese, che ora era gremita di gente. Le lanciò un'occhiata, chiedendo con gli occhi se quella dimostrazione di unione andava bene. Natalie le fece un cenno quasi istantaneo, che fece brillare Ellie di gioia. Aveva ancora molto da fare per rimediare a quello che era successo, lo sapeva, ma sperava che Natalie avesse recepito tutto ciò che aveva detto. Con il passare del tempo avrebbe potuto lavorare per farglielo credere pienamente. Per ora, il fatto che Natalie fosse al suo fianco con la mano nella sua era sufficiente.

Ellie si fece largo tra la folla di persone che guardavano il piccolo palco. Natalie aveva i loro appunti sul telefono e avevano passato un quarto d'ora a consultarli. Erano preparate al massimo. Se c'era un aspetto positivo in quella giornata, era che Natalie non era stata in grado di concentrarsi sulla paura del palco, perché la sua vita che andava a rotoli era più urgente. Tuttavia, se avesse stretto un po' di più la mano di Ellie, avrebbe potuto bloccarle la circolazione sanguigna.

"Va tutto bene", le sussurrò Ellie all'orecchio. "Tutto quello che devi fare è parlare con il cuore. E se dovessi sbagliare qualcosa, ti copro io. Tranquilla". Ellie avrebbe cercato di non parlare troppo con il cuore, visto che al momento era un'enorme massa di emozioni.

Natalie le fece un cenno nervoso, poi inspirò a fondo.

Passarono davanti al chiosco del gin, dove del personale che Ellie non conosceva versava i drink. Natalie si fermò a salutare ed era evidente che tutti le volevano bene. Ellie poteva ben capire perché.

Arrivarono fino a dove si trovava Keith, che chiacchierava con un uomo che Ellie non aveva mai visto prima. Era alto, con i capelli argentati e un sorriso disinvolto che gli illuminava il viso.

Natalie lasciò cadere la mano di Ellie.

Ellie si accigliò.

Natalie si schiarì la gola e si raddrizzò il blazer.

Ellie si voltò verso Keith, che sembrava altrettanto agitato e rosso fuoco. Cominciò a capire.

Keith incrociò lo sguardo di Ellie. "Tutto bene?", mimò con le labbra.

Ellie lo tirò in un abbraccio, in modo che le sue labbra finissero accanto al suo orecchio. Certo, era molto più personale di quanto avessero fatto in precedenza, ma quella giornata sembrava richiedere azioni ed emozioni estreme.

"Tutto bene", sussurrò. "Grazie a te". Si tirò indietro, facendogli un sorriso incoraggiante. "A te, Keith".

Keith si sistemò gli occhiali sul naso.

"Hai trovato gli occhiali, allora?". Natalie alzò un sopracciglio verso il padre.

Keith annuì. "Sì. Hai trovato anche tu quello che cercavi?".

Natalie sostenne il suo sguardo. Guardò Ellie e poi di nuovo suo padre. "Sì. Grazie". Allungò la mano e gliela strinse.

Keith si schiarì la gola. "Natalie, Ellie". Fece un gesto all'uomo al suo fianco. "Questo è Jonathan. Jonathan, queste sono mia figlia Natalie e la sua compagna, Ellie".

Ellie lanciò un'occhiata a sinistra per vedere come se la cavava Natalie con l'etichettatura di Keith sulla loro relazione, perché una bolla di calore era appena scoppiata dentro di lei. Era la *compagna* di Natalie. Poteva abituarcisi. Se il sorriso che illuminava il volto di Natalie era indicativo, anche lei era piuttosto soddisfatta di quella descrizione.

"Piacere di conoscerti". Natalie strinse calorosamente la mano di Jonathan.

"E tu", rispose. "Tuo padre mi ha parlato molto di te. Posso portarti un bicchiere di gin? Mi hanno detto che la distilleria locale è piuttosto buona". Le rivolse un sorriso complice, un sorriso che Ellie avrebbe giurato essere scintillante.

Ben fatto, Jonathan. Ben fatto.

Natalie scosse la testa. "Forse più tardi. Adesso abbiamo un festival da aprire". Si avvicinò. "Ah, papà?".

Keith si voltò verso di lei. "Sì?".

"Ci piacerebbe se venissi a presentarlo, è giusto. Dopotutto abbiamo bisogno di un veterano Hill per farlo. Ma poi saremo io ed Ellie a sostituirti, va bene?".

Fece una pausa prima di annuire. "Certo. Questo è il vostro festival. Fate quello che volete".

"Fantastico". Natalie mise una mano sul braccio del padre prima di condurre via Ellie. Voleva salire sul palco, ma si imbatterono in Ethan e Jen.

"Ehi Natalie, Ellie", disse Ethan. "Farete voi l'inaugurazione?".

Natalie prese la mano di Ellie nella sua. "Sì."

Audace. Per quanto ne sapeva Ellie, il fatto che fossero una coppia non era ancora di dominio pubblico nel paese. Ellie boccheggiò, aspettando la reazione di Ethan. In qualche modo, aveva importanza. Sapeva che, nonostante tutto, Natalie ed Ethan avrebbero sempre avuto una storia comune, un legame. Ciò che pensavano l'uno dell'altra era molto importante.

Ethan non perse tempo e rivolse a Natalie un sorriso vincente. "Buon per te. So che odi parlare in pubblico ma, con Ellie al tuo fianco, sono sicuro che sarai bravissima".

Quando furono sul palco e Keith presentò il festival estivo inaugurale di Upper Chewford tra gli applausi, Ellie guardò il mare di volti. C'erano sicuramente alcune centinaia di persone, il che era incredibile. Alcune le conosceva bene, altre le erano meno familiari. Barry del chiosco, Jodie e Craig, Red e Gareth dietro il loro stand di cioccolato, Helen la professoressa, Josie e Harry, l'altra coppia lesbica della città, e Keith e Jonathan, che si scambiavano timidi sorrisi in mezzo al chiasso. Vedendoli tutti, un'ondata di emozioni la attraversò. Li amava, ma soprattutto amava la donna sul palco accanto a lei. La serata aveva una struttura libera, ma Ellie sapeva già che sarebbe andata fuori pista.

Tuttavia, prima che potesse parlare, Natalie prese il microfono.

Data l'avversione di Natalie per i microfoni, era inaspettato.

"Ciao Upper Chewford!".

La folla applaudì.

Natalie guardò Ellie, con il petto che si alzava e si abbassava velocemente.

Ellie catturò il suo sguardo e le fece un cenno deciso. "Vai".

Natalie si schiarì la gola. "Io", iniziò, prima di fermarsi.

Il cuore di Ellie smise di battere. Non poteva permettere che Natalie facesse scena muta sul palco, non quella sera. Tese la mano per prendere il microfono e salvarla.

Natalie scosse la testa, prendendo un altro respiro profondo. Poi un altro ancora. Lanciò un'occhiata severa al microfono, poi se lo portò alle labbra.

"Benvenuti al festival estivo! Mi chiamo Natalie Hill e ho avuto l'onore di organizzare tutto questo fantastico evento, insieme al mio brillante comitato!".

Applausi dalla folla.

Ellie era sollevata.

Natalie le lanciò uno sguardo selvaggio, con la bocca spalancata dallo shock per quello che aveva fatto. Poi fissò la folla, trionfante. Sembrò aspirare la loro energia prima di continuare.

"Chi mi conosce sa anche che odio parlare in pubblico". Si schiarì la gola e si stabilizzò. Le tremava la mano, ma lo stava facendo. "In realtà, non solo lo odio, ma ne ho una paura mortale. Tuttavia, sostenuta da amici e familiari fantastici, oggi sono qui davanti a voi per vincere la mia paura in più di un modo". Fece una pausa, guardando Ellie e prendendole di nuovo la mano.

"Brava, Nat!".

Ellie scrutò la folla finché non si fermò sull'autrice di quel commento. Fi. Aveva già due dita in bocca, pronta a lanciare a Natalie un fischio da pastore. Il suono squarciò l'aria.

Natalie sorrise, poi guardò Ellie.

Ellie le strinse la mano. "Puoi farcela", sussurrò.

Natalie fece un respiro profondo. "Principalmente, ho elaborato la mia paura e l'ho placata grazie alla donna che mi sta accanto. La donna che l'intero paese aspetta da anni che io trovi. La mia compagna, Ellie Knap".

La folla applaudì in visibilio. Quando Ellie abbassò lo sguardo, erano Ethan e Keith a tenere le mani in alto, applaudendo più a lungo e più forte di tutti gli altri. Che bello avere un tale sostegno. Essendo unita a Natalie, ora lo aveva anche lei.

Aveva preso la decisione giusta trasferendosi lì?

Certo che sì.

"Godetevi il festival, c'è musica, cibo, da bere e buon umore. Facciamo in modo che sia il migliore di sempre!". Natalie passò il microfono a Ellie, con le guance in fiamme.

Ellie fece una pausa, schiarendosi la gola. "Sarò breve, perché sentirete ancora parlare di noi nel corso della serata. Più tardi, una volta acceso il barbecue, daremo il via all'intrattenimento con un favoloso gruppo folk, The Cauliflowers". Fece una pausa, guardando Natalie e poi fissando lo sguardo su un punto, dove non vedesse nessuno o niente che conoscesse. Altrimenti, l'emozione avrebbe potuto avere la meglio su di lei.

"Sono Ellie, proprietaria di una gelateria e fidanzata di questa donna eloquente, il tesoro del paese, Natalie Hill". Fece una pausa, guardando ancora una volta il mare di volti felici. "Sono arrivata a Upper Chewford qualche mese fa, ancora malconcia e ammaccata dopo la mia vita londinese, ma questo posto è stato assolutamente straordinario. L'intero paese ha accettato me e mia sorella e ci ha prese sotto la sua ala protettrice. Avete sostenuto il Chocolate Box e l'Ultimate Scoop con i vostri clienti e ve ne sono molto grata. Quindi, grazie!". Altri applausi.

"Ma soprattutto, mi avete fatta sentire a casa e amata. Mi avete fatto capire l'importanza della comunità, degli amici. Grazie a tutti voi, a ogni singola persona che mi ha chiesto come sto o che ha illuminato la mia giornata con un sorriso. È tutto straordinario, spero che lo sappiate. È un luogo felice in cui vivere, un vero senso di comunità. Un posto in cui mi alzo ogni giorno e non vedo l'ora di iniziare la mia giornata". Fece una pausa e baciò la mano di Natalie. "Grazie soprattutto a te, che incarni lo spirito del paese. Grazie per avermi sempre sostenuta, grazie per aver creduto in me anche quando tutto ti diceva di non farlo, e grazie perché sei tu. Perché è facile innamorarsi di te, proprio come di questo paese".

Ellie lasciò cadere il microfono, sentendo gli applausi, insieme a "Prendete una stanza!".

Forse avrebbero dovuto. Forse aveva esagerato, ma non le importava. In quel momento, guardando il paese e Natalie, non riusciva a ricordare un momento in cui la sua vita fosse stata più perfetta. Inoltre, i film e i programmi televisivi erano pieni di scene di uomini che prendevano tra le braccia le donne e le baciavano come finale, quindi perché non avrebbe dovuto farlo lei?

Prima che le norme sociali potessero prendere il sopravvento, fece un passo avanti e mise un braccio protettivo intorno a una Natalie a bocca aperta. Poi la rovesciò all'indietro e premette le labbra sulle sue alla maniera di mille film hollywoodiani del passato.

Quando si rialzò per prendere aria e raddrizzò Natalie, lanciò uno sguardo tra la folla, verso il punto in cui si trovava Red, con un ampio sorriso e il pollice alzato. Il rumore della folla era assordante. Ellie non era mai stata così audace. Non aveva idea di come le fosse venuto in mente, forse stava cercando di dimostrare a Natalie che non bisognava avere paura di parlare in pubblico, né di baciare in pubblico.

Quando scesero dal palco, una delle prime persone ad avvicinarsi fu Jenna, la giornalista di prima. Se era sorpresa del cambiamento dei loro sentimenti reciproci, lo teneva ben nascosto.

"È stato un bel discorso".

Ellie arrossì. "Grazie. Mi è venuto fuori così".

"Me ne sono accorta. I discorsi migliori sono quelli autentici. Riassumeva quello che stavate dicendo sulle vostre attività e su come vi eravate sostenute a vicenda durante tutto il tempo, ma prima non avevo colto il fatto che foste una coppia".

Ellie non fu sorpresa di sentirlo.

"Tuttavia, lo includerò sicuramente, è una bella prospettiva. Anche se quella principale sarà comunque il modo in cui un paese ha cambiato la tua vita e ti ha fatto vedere il mondo sotto una luce diversa. Il fatto che tu abbia trovato una compagna è la ciliegina sulla torta". Fece una pausa. "Siamo ancora d'accordo di andare al pub alle otto? Dopo questo discorso, offro da bere a entrambe". Si avvicinò. "Se non ci aiutiamo tra di noi". Poi fece l'occhiolino. "Ci vediamo dopo". Jenna se ne andò.

Ellie non commentò fino a quando non fu sicura che fosse lontana prima di parlare. "Jenna è una di noi. Non me l'aspettavo".

"E abbiamo un drink gratis perché siamo lesbiche. Dovrebbero pubblicizzare meglio i vantaggi. In questo modo, più persone potrebbero fare coming out".

Camminarono tra la folla, accettando le congratulazioni per i loro discorsi da parte dei presenti.

"Pensi che sia così che ci si sente quando ci si sposa?". Chiese Natalie mentre un altro paesano si fermava per stringerle la mano.

Ellie scosse la testa. "Penso che questo sia meglio. L'intero paese ha trattenuto il fiato in attesa che tu trovassi la felicità. Ora mi guarderanno tutti come falchi: se sgarro, potrebbero mettermi alla gogna nella piazza del paese per darmi una lezione".

"Comportati bene, allora".

Ellie le sorrise. "Farò del mio meglio". Strinse la mano di Natalie. "Aspetta che esca la rivista patinata, porterà un altro livello di fama. La gente verrà nei nostri negozi a comprare roba e a guardare. Ho sempre pensato che l'amore fosse per i film e le riviste, non per la vita reale. A quanto pare, ho sempre avuto ragione. Se vai su una rivista patinata, l'amore arriva".

"Sembra che dobbiamo ringraziare tua sorella, allora".

"Non farlo. Sarebbe un incubo se scoprisse che le siamo grate". Ellie si fermò davanti allo scrigno dei desideri, quello in cui avevano inserito entrambe un biglietto varie settimane prima nel negozio di Natalie. Ellie fece un cenno con la testa. "Il tuo scrigno dei desideri è operativo". Il blocchetto di appunti era stato usato almeno per metà. "Qual era il tuo desiderio?".

Natalie alzò lo sguardo, scuotendo la testa. "Non posso dirlo. Se lo dici, il desiderio non si avvera". Fece una pausa. "Ma credo che la scatola possa avere poteri magici".

Ellie sollevò un sopracciglio. "Interessante. Il tuo desiderio era quello di incontrare una sconosciuta alta, scura ed elegante e di innamorarti?".

"Sembra che l'universo mi abbia ignorata e mi abbia dato invece te". Sorrise, poi si mise in punta di piedi per baciare le labbra di Ellie.

Quando Natalie si ritrasse, Ellie era leggermente instabile sui suoi piedi. Il suo stomaco andava avanti e indietro, come una marea. Tutte le parole che aveva detto erano state giuste, ma ora voleva dimostrare a Natalie quello che provava.

Avrebbe dovuto aspettare.

Avevano un festival da gestire, e una giornalista da portare a cena.

Ellie avvicinò la bocca sull'orecchio di Natalie. "Il mio desiderio era quello di incontrare una donna sexy del paese e di scoparmela. Spero che tu possa aiutarmi". Solo pronunciare quelle parole fece palpitare il cuore di Ellie.

Natalie si tirò indietro, facendole un sorriso sicuro. "Posso aiutarti sicuramente".

Capitolo 37

Ellie aprì la porta del suo negozio e la chiuse dietro di sé in modo plateale. Una mossa saggia, considerando che l'intero paese era in missione: ognuno voleva dire la sua sulla relazione tra Nat ed Ellie.

"C'è una scala che collega il negozio al tuo appartamento?". La casa di Natalie non ce l'aveva, ed era quasi certa che non ce l'avesse nemmeno quella di Ellie.

Ellie scosse la testa. "No. Ti ho portata qui per farti vedere una cosa". Girò intorno al bancone, trascinandosi dietro Natalie. Sbatté l'anca sul bordo. "Ahi! Wow, lo faccio tutti i giorni e non succede mai".

Natalie sorrise. "Troppo gin al pub. Chi l'avrebbe mai pensato?".

"Mi sono persino divertita. Do la colpa a Jenna. Era lei ad avere la carta di credito aziendale". Spinse Natalie contro lo schienale del bancone.

Natalie boccheggiò.

"La tua espressione è impagabile". Ellie la baciò, premendo sui suoi fianchi.

Il cuore di Natalie si agitava e batteva forte. Cosa stava suggerendo Ellie? "Sei un'esibizionista e non me l'hai detto? Perché ci abbiamo già provato una volta e non è andata molto bene. Limonare davanti a tutto il paese la sera del festival è qualcosa che potrebbe sicuramente farci finire sulle pagine del *The Cotswolds Chronicles*. In effetti, credo che Harry se ne occuperebbe personalmente. Hai visto come erano felici di avere un'altra coppia lesbica in paese?".

Ellie ridacchiò. "Erano decisamente raggianti! Ora, quando succederà qualcosa di lesbico, potranno dare la colpa a noi". La baciò di nuovo. "Ora lascia che ti mostri perché ti ho portata qui". Alzò un sopracciglio. "Capisco a cosa stai pensando. Chi è l'esibizionista adesso?".

Natalie non riuscì a trattenere un ampio sorriso che le invase il viso. Doveva ammetterlo. Se Ellie le avesse aperto la cerniera dei jeans proprio lì e l'avesse scopata contro il bancone, non si sarebbe opposta. "Smettila di leggermi nel pensiero".

Le palpebre di Ellie si appesantirono per il desiderio. "Sono un'avida lettrice. Lo sono sempre stata". La baciò ancora una volta, questa volta infilando la lingua.

Natalie perse la cognizione di dove si trovava finché Ellie non si fermò.

"Non lo possiamo fare qui", ringhiò.

Natalie era già bagnata. "Guastafeste".

Ellie le mise un dito sul petto. "Ferma". Si girò e aprì l'armadietto del freezer prima di estrarre una confezione di gelato. "Il motivo per cui ti ho portata qui è per farti assaggiare il tuo gelato prima di andare di sopra".

Natalie aggrottò la fronte. "Il mio gelato?".

"Popcorn e caramello bruciato. La tua proposta ha ottenuto il maggior numero di voti, quindi hai vinto il concorso".

Natalie aveva la bocca aperta. Non aveva mai vinto

nulla in vita sua. "Non posso crederci! Ma non puoi darmi un anno di gelato gratis. Tutti sanno di noi, diranno che l'hai fatto apposta".

"Ci ho pensato, quindi ho fatto vincere il gelato al secondo classificato. A proposito, è Jodie della Chewford Immobiliare. Ma non ho potuto cambiare il gusto vincente, perché il tuo ha vinto di gran lunga".

"È chiaro che ho un ottimo gusto".

"È vero". Rispose alzando un solo sopracciglio verso Natalie. Poi scavò con un cucchiaino lucido nella vaschetta del gelato e lo offrì a Natalie.

Natalie aprì la bocca. Le sue papille gustative fecero festa. "Oh mio Dio, è buonissimo proprio come pensavo. Forse anche di più. Quando inizierai a venderlo?".

"Quando darò il via libera al mio fornitore. Ci sta lavorando da due settimane. Penso che potrebbe anche farci un nuovo gusto, è rimasto davvero colpito".

"Guarda un po'. Stai già cambiando il mondo del gelato". Natalie prese il cucchiaio dalla mano di Ellie e si servì da sola, gemendo. "Perfetto". Le baciò. "Un po' come te". Rimise la vaschetta nel freezer, poi prese la mano di Ellie. "Possiamo andare di sopra adesso?".

Ellie inclinò la testa. "Andiamo".

* * *

Ellie la fece entrare dalla porta del suo appartamento con un'intenzione così ardente nel suo sguardo che Natalie rimase affascinata. Il calore tra loro era cresciuto per tutta la sera. Era orgogliosa di aver superato le sue paure sul palco, ma questo era nulla rispetto all'avere Ellie al suo fianco.

Non l'aveva ritenuto possibile quella mattina, né all'ora di pranzo, ma ora erano lì.

Ellie la trascinò nel salotto prima di guidarla verso la parete di fondo. Le tende di Ellie erano aperte ma, poiché aveva lasciato le luci spente, nessuno poteva vedere l'interno. Tuttavia, Natalie poteva vedere Upper Chewford, gli ultimi partecipanti al festival stavano andando a casa. Ellie le prese la mano mentre la guardava, baciandola sulla guancia.

"È stato merito tuo, sai. Tutta questa storia di rendere famosa Upper Chewford. È stata la tua creatura".

Natalie si girò verso di lei, in modo che le loro labbra si sfiorassero. "Ho avuto un piccolo aiuto lungo la strada. Anche qualche distrazione, ma è stata gradita".

"Distrazione, eh?" Ellie sollevò un sopracciglio. Poi mise Natalie contro il muro vicino alla finestra, imitando le sue azioni nel negozio pochi minuti prima.

"Posso distrarti un po' di più, se vuoi". Poi Ellie accostò le sue labbra a quelle di Natalie.

Natalie non ebbe modo di rispondere. Si limitò a pensare a quanto fosse magnifica quella sensazione, quanto fosse meraviglioso avere di nuovo le labbra di Ellie sulle sue.

Come se sapesse quanto fosse già bagnata, Ellie non perse tempo. Sembrava capire l'urgenza che Natalie provava. Non si erano toccate da quando Ellie era partita, per quattro giorni interi. Nel breve arco della loro relazione, quella era una vita.

Quando Ellie incrociò il suo sguardo, Natalie avrebbe voluto congelare quel momento. Le diceva tutto quello che voleva sapere. Quando Ellie le aveva detto di amarla era stato incredibile, ma era stato anche parte di una montagna russa di emozioni. Quello sguardo, però, non era aperto a interpretazioni. Era affamato, audace e tutto suo. In quel momento, Natalie non poteva chiedere altro.

La bocca di Ellie si incurvò in un semi-sorriso mentre abbassava la testa e sfilava i jeans di Natalie in un colpo solo. Poi la spinse contro il muro e la abbracciò.

Porca puttana.

Ellie accostò le labbra all'orecchio di Natalie, il suo respiro rovente le solleticava il lobo. "Sento già quanto sei calda".

La pausa non fece altro che aumentare la temperatura.

"Fai un cenno con la testa se vuoi che ti scopi".

Non aveva bisogno di chiederlo due volte. Natalie non era mai stata così sicura di qualcosa in tutta la sua vita.

Ellie, però, non la rese così facile. Si inginocchiò, tenendo la mano premuta sul cuore di Natalie, mordicchiandole le gambe.

Da quando le sue gambe erano una zona erogena? Da quando Ellie ci si era avvicinata, ecco da quando.

Quando si rialzò, Ellie spinse una coscia tra le gambe di Natalie per dividerle, poi affondò la lingua nella sua bocca.

Natalie chiuse gli occhi e si lasciò trascinare. Non aveva molta scelta.

Mentre la lingua di Ellie le scivolava sul labbro inferiore, un dito fece lo stesso con il bordo delle mutandine.

Natalie inspirò bruscamente.

Il dito di Ellie avanzò ulteriormente, entrando in contatto con la sua umidità.

Natalie strinse gli occhi e appoggiò la testa alla parete del salone. Quando Ellie scivolò dentro di lei, non poté trattenere il gemito gutturale che le uscì. Era tutto il giorno che lo desiderava. Ora Ellie la stava accontentando.

Aggiunse un altro dito con un ritmo lento, quasi stuzzicante.

La sua lingua tornò sulle labbra di Natalie, portandola in luoghi ben più alti della sua posizione. Poi le sue labbra tornarono sul lobo di Natalie, il che le fece contrarre ancora di più la figa. Doveva tenere duro.

"Sei così sensuale. Voglio scoparti mentre guardi Chewford. Ti va?" Scivolò fuori da Natalie e la fece girare, rivolgendola verso la finestra. Poi le allargò le gambe da dietro.

Prima che Natalie potesse dire una parola, Ellie era di nuovo dentro di lei, con una mano sul sedere e l'altra che le dava quello che voleva. Era più che divino.

Per tutti quegli anni Natalie era stata una parte importante del paese. Eppure, da quando aveva fatto coming out, si era sempre sentita un'estranea. Non c'era bisogno di un partner per essere un vero membro della comunità, lo sapeva, ma era d'aiuto. Tutte le altre donne della sua vita non avevano mai capito il paese e ciò che significava per lei.

Ellie sì. Perché anche per lei aveva lo stesso significato.

Ora, mentre prendeva velocità e la scopava da dietro, Natalie si aggrappava al davanzale della finestra e si lasciava andare. Si liberò di tutte le cose che l'avevano trattenuta nel corso degli anni: tutte le sue paure, tutti i suoi dubbi. L'arrivo di Ellie nella sua vita li aveva spazzati via. Ellie voleva che entrambe avessero successo e che fossero una vera parte del paese. Fare sesso con il paese era come battezzarlo, ed era un nuovo inizio per entrambe. Era quello l'intento di Ellie?

Natalie non riusciva ad elaborarlo ora. I suoi pensieri giravano vorticosamente e aveva rinunciato a cercare di fissarli. Tutto ciò che riusciva a sentire era Ellie, nel suo cuore e nella sua anima. Mentre la sua amante si avvicinava per strofinarle il clitoride, Natalie si aggrappò al cornicione bianco. Almeno, se le avessero ceduto le gambe, avrebbe avuto qualcosa a cui reggersi.

In pochi secondi era in estasi, il suo corpo esplodeva di gioia, il suo clitoride pulsava di piacere. Perché era questo che Ellie le faceva: da quando era entrata nella sua vita, era stata una costante che non aveva mollato finché Natalie non aveva completato ciò che aveva iniziato. Il festival, il suo discorso di apertura e ora l'orgasmo in piedi più stupendo della sua vita, che la stava illuminando dalla testa ai piedi.

Niente avrebbe potuto prepararla a questo. Era così che ci si sentiva a essere sicuri? Immaginava di sì.

Si piegò, ansimando, mentre veniva di nuovo, con i fianchi che si agitavano. Girò la testa. "Mi fai sdraiare?".

Ellie annuì e la condusse in camera da letto. Una volta lì, la adagiò con tale cura che Natalie avrebbe potuto essere un gioiello della corona.

Una volta in posizione orizzontale, emise un lungo sospiro prima di aprirsi in un sorriso. "Bene", disse voltandosi. "Era inaspettato".

Ellie sorrise. "Lo speravo".

"Nessun'altra mi ha scopata affacciata sulla piazza del paese".

"Sono contenta che non avessero molta inventiva". Sorrise, prima di baciare le labbra di Natalie. "Spero che questo ti faccia capire come mi sento. Tu non sei come le altre, Nat. Non mi sono mai sentita così in tutta la mia vita".

Il cuore di Natalie si fermò mentre recepiva le parole di Ellie. "Mai?". I loro sguardi si unirono e un'ondata di desiderio la investì. Accidenti, la amava. Fino all'ultimo capello della sua testa.

Ellie scosse la testa, con le labbra ancora a pochi centimetri da quelle di Natalie. "Mai".

"Non tornerai a Londra?".

Ellie scosse la testa. "Ho la gelateria. Se me ne andassi ora ci sarebbe una rivolta".

"È vero".

"E poi, ho la compagna perfetta, quindi perché dovrei andarmene? Ho anche una nuova passione per il gin e ho contatti con la proprietaria. È stato il gin a suggellare l'accordo".

Natalie scosse la testa prima di rotolare sopra ad Ellie. "Se questo significa che resterai, puoi avere tutto il gin del mondo".

Ellie aggrottò un sopracciglio. "Possiamo metterlo per iscritto?".

Natalie la ignorò, slacciandole i jeans. "Possiamo fare quello che vuoi".

Capitolo 38

Il festival estivo di Upper Chewford era stato smontato e messo via, e tutti avevano dichiarato che era stato un successo. Quando Ellie e Natalie si erano presentate al pub quiz del lunedì sera, avevano ricevuto molte pacche sulle spalle per il lavoro ben fatto. Josie aveva insistito che il primo giro di drink fosse offerto dalla casa, dicendo loro che i loro incassi erano stati altissimi per tutto il fine settimana. Visto che gli eventi della domenica si erano svolti nel giardino del pub con la mostra canina e le band, Ellie non era sorpresa.

Portò i loro drink dove Natalie era già seduta al tavolo con suo padre e Jonathan, Yolanda, Max e Fi con il problematico Rocky. Quando Ellie si sedette, Fi stava raccontando loro una storia.

"Cosa ti ho detto? Siamo stati derubati". Mosse le zampe di Rocky con entrambe le mani, per far sembrare che stesse ballando. "Avremmo dovuto vincere quel titolo, no? Forse non è il cane più addestrato, ma sicuramente avrebbe dovuto vincere come quello più carino. Insomma, guardatelo. Non credi, Ellie?".

Ellie rise. "Forse come *cane più viziato*? Parla con tua cugina, magari può introdurre questa categoria l'anno prossimo. Ho sentito che ha una certa influenza".

Natalie alzò entrambi i palmi delle mani, scuotendo la testa. "Io non c'entro niente. La mostra canina è stata organizzata da Eugenie e Clive. Comunque, possiamo evitare di parlare del festival dell'anno prossimo? Mi sto ancora riprendendo. Datemi almeno una settimana".

Fi le sorrise. "Ok, ne parleremo lunedì prossimo".

Yolanda sgranò gli occhi.

"Ma davvero, ottimo lavoro", continuò Fi. "L'ultimo gruppo è stato epico. Non ho mai visto l'intero paese cantare e ballare sotto le stelle".

Natalie sorrise, bevendo un sorso del suo gin. "Neanche io. Anche voi due eravate contenti", disse, indicando il padre e Jonathan.

"Troppe persone ci hanno chiesto di ballare. Fare coming out con tutto il paese ti rende una piccola celebrità anche se non hai chiesto di esserlo", disse Keith. "Ricevi molta più attenzione di quanta ne meriti solo per quello che sei e per chi hai scelto di amare. E le persone pensano di avere il diritto di parlarti della tua vita, anche se non lo hanno. Quando ci si è avvicinata la signora Maynard, abbiamo dovuto scegliere. Avrei preferito ballare, piuttosto che farmi interrogare da lei su quando ho capito di essere gay".

"Credo di essermela cavata", aggiunse Jonathan, sorseggiando la sua pinta.

"È vero", concordò Natalie. "Soprattutto perché c'era anche la mamma, le sono toccate molte domande. Credo che stamattina fosse contenta di tornare a casa".

"L'ha presa bene, però. L'ho sposata per un motivo". Strinse il braccio di Jonathan mentre diceva l'ultima frase, ma Jonathan non sembrava infastidito di sentir parlare dell'ex moglie di Keith. Anche Jonathan era stato sposato con una donna e aveva avuto un figlio, capiva perfettamente il coming out in età avanzata e la gestione della famiglia.

Finora sembrava che Keith avesse scelto bene, ed Ellie non poteva essere più felice per lui. Anche lei aveva scelto piuttosto bene, quindi era un punto a favore di entrambi. Non importava che Keith avesse aspettato fino ai sessant'anni per essere se stesso. Finalmente era lì e sembrava entusiasta.

Josie toccò il microfono e tutti alzarono lo sguardo. "Due sterline a persona, massimo quattro membri per squadra. La nostra quizmaster, Helen, è pronta con le sue domande. Come ogni mese, vediamo se riuscite a superare in intelligenza una professoressa di Oxford!". Josie lanciò un'occhiata al loro tavolo. "C'è posto per un'altra persona?".

"Solo se è bella", ironizzò Fi.

"Giù le mani, Hill. È mia". Josie fece un occhiolino a Fi, prima di rivolgersi a Harry, che era seduta al bar da solo. "Tesoro, ti ho trovato una squadra. Vai a sederti con la dinastia del gin Hill. Ma non potrai rispondere a nessuna domanda sugli alcolici".

* * *

Ellie prese la mano di Natalie mentre salutavano suo padre e Jonathan, rimanendo in piedi vicino al ponte. *Il loro ponte*, di fronte al vecchio mulino. Proprio dove tutto era cominciato, in più di un modo. Ellie strinse le dita di Natalie mentre lo attraversavano, camminando lentamente. Quello era il ritmo con cui Ellie faceva le cose in quei giorni: lentamente. Viveva la sua vita al proprio ritmo. Persino i suoi mal di testa erano quasi un ricordo del passato.

Sopra di loro il cielo era blu notte, le stelle una trapunta di luci fatate. L'aria era ancora calda sulla loro pelle. Accanto a loro, il fiume Ale scorreva quasi silenzioso e le sponde erano vuote, a parte due donne che camminavano dall'altra parte.

"Prima serata fuori con tuo padre e Jonathan. Com'è andata?".

Natalie espirò e scosse la testa. "Non è stato strano, il che è strano di per sé. Sembrava normale, giusto. Ha sprecato così tanti anni, ma almeno ora ha trovato qualcuno. È come se tutta la tensione fosse uscita dal suo corpo e finalmente potesse respirare. Il che significa che posso respirare anch'io. Mi scaricava tutto addosso e non ho mai capito perché".

"Ma ora lo sai". Ellie diede un calcio a una pietra.

"Sì, ora lo so".

Una luce lampeggiante ruppe la quiete.

Ellie si voltò, strizzando gli occhi mentre la luce si avvicinava. Sembrava che venisse proprio verso di loro. Era una bicicletta? Quando il fruscio fu più vicino, ne fu quasi certa. "Ehi, attenzione!".

Lo stridore di pneumatici colpì l'aria mentre sia lei che Natalie saltavano all'indietro. Ellie allungò una mano per stabilizzarsi e fece un passo indietro, avvicinandosi al bordo.

Sussultò: *non un'altra volta, ti prego*. La sua vista oscillava mentre inciampava all'indietro.

Ma non cadde.

Invece, una mano la raggiunse e la raddrizzò. Chi era stato? Natalie. La sua donna prodigio di un metro e sessanta.

Il fatto che Natalie fosse sempre presente per lei era qualcosa a cui Ellie si stava ancora abituando.

Si aggrapparono l'una all'altra.

Natalie la tirò vicino e le baciò la parte superiore del braccio. "Stai bene?".

Ellie non riuscì a parlare per qualche istante mentre il respiro le si aggrovigliava nel petto. "Sopravviverò".

Il ciclista era scomparso.

"Maledetti turisti con le loro biciclette".

Natalie rise. "Forse dovremmo stare alla larga da questo ponte in futuro. Magari non è di buon auspicio per noi".

Ellie si chinò, con le mani sulle cosce per riprendere fiato. "Non sono d'accordo". Tornò in piedi e lanciò un'occhiata a Natalie. "Questo ponte ci ha fatte conoscere, ed è il luogo in cui ci siamo date il primo bacio. Che ci piaccia o no, è intessuto nella nostra storia. È il nostro ponte".

"Il nostro ponte. Suona bene. Anche se rischiamo sempre la vita camminandoci sopra".

Natalie smise di parlare quando Ellie le prese il viso tra le mani, avvicinando di nuovo le labbra alle sue. "Sei fantastica, lo sai?". Quando si ritrasse, gli occhi di Natalie scintillavano come le stelle. "Per essere sicure di conquistare il ponte, dobbiamo percorrerlo più spesso e anche baciarci di più. D'accordo?".

Natalie sorrise. "Affare fatto".

"A partire da domani. Voglio andare a correre domattina e, visto che stanotte sarai nel mio letto, potresti anche alzarti e venire con me. Che ne pensi?".

"Dipende da quanto tempo mi terrai sveglia stanotte. Se consumi tutte le mie energie, non posso prometterlo".

Ellie la baciò ancora una volta prima di strattonarla verso casa. "Vorrei chiederti un'altra cosa, ti va di fare qualcosa con me? A parte la corsa e il sesso". Lanciò un'occhiata a Natalie.

"Ora che il festival è finito e abbiamo un po' più di tempo, verresti a comprare un divano con me questa settimana?".

Natalie sorrise, poi le baciò la mano. Continuarono a camminare. "Mi piacerebbe molto".

Ellie respirò profondamente l'aria di Chewford prima di stringere la mano di Natalie. "Bene", rispose. Dentro di sé, il suo cuore faceva i salti di gioia.

Camminarono per qualche istante, l'unico suono erano i loro passi ovattati sul marciapiede. "Ti ho detto ultimamente che ti amo?".

Il cuore di Ellie batté di nuovo forte. "Stamattina. Ma mi fa piacere sentirlo ancora". Persino lei poteva sentire il sorriso nella sua voce.

Natalie le diede una gomitata mentre camminavano. "Chi avrebbe mai pensato che mi sarei innamorata di una londinese?".

"O che io avrei dato il tuo nome a un gelato. Sei pronta per Popcorn Hill?".

"E se mi stufo?".

"Non puoi".

"Allora sono pronta. A patto che sia tu a servirlo. A volte nuda, spero".

"Si può organizzare". Ellie la baciò sulla guancia.

"Allora ci sto. Per te, ma soprattutto per il gelato".

"Speravo che lo dicessi".

— FINE —

Vi è piaciuto questo libro?

 Se la risposta è affermativa, mi farebbe molto piacere se lasciaste una recensione ovunque l'abbiate acquistato. Bastano una o due righe e potrebbero fare la differenza per qualcun altro che si sta chiedendo se dare o meno una chance a me e alla mia scrittura. Fate un salto dove avete comprato questo libro – Amazon, Apple Books, Kobo, Google, B&N o qualsiasi altro punto vendita digitale – e dite cosa ne pensate.

Grazie, siete fantastici!

Con amore,
Clare x

Altri libri di Clare Lydon

Baciala E Basta
Prima Di Dire Sì, Lo Voglio
Change Of Heart: Edizione Italiana
C'era Una Volta Una Principessa
It Started With A Kiss: Edizione Italiana
Niente Da Perdere
Superstar